테이도의 모험

TEIDO'S ADVENTURE

모험

정희재 퓨전 판타지 소설

FUSION FANTASTIC STORY

테이도의 모험 5

정희재 퓨전 판타지 소설

초판 1쇄 찍은 날 § 2007년 12월 20일
초판 1쇄 펴낸 날 § 2007년 12월 31일

지은이 § 정희재
펴낸이 § 서경석

편집장 § 문혜영
편집책임 § 김동화
편집 § 이재권 · 조수희

펴낸곳 § 도서출판 청어람
등록번호 § 제1081-1-89호
등록일자 § 1999. 5. 31
어람번호 § 제1-0928호

주소 § 경기도 부천시 원미구 심곡1동 350-1 남성B/D 3F (우) 420-011
전화 § 032-656-4452 팩스 § 032-656-4453
http://www.chungeoram.com
E-mail § eoram99@chollian.net

ⓒ 정희재, 2007

ISBN 978-89-251-1093-6 04810
ISBN 978-89-251-0884-1(세트)

5

[완결]

정희재 퓨전 판타지 소설

FUSION FANTASTIC STORY

TEIDO'S ADVENTURE

테이도의 모험

청람

Teido's Adventure

A group of 15th-century French crossbowmen shooting from behind pavises

CHAPTER 1
세월은 변화를 낳고

괴물들의 천국 드레듀스 섬.

이곳은 아주 오랜 옛날부터 괴물들이 득실거리는 그런 곳이었다. 인간들은 그런 괴물들보다 나중에 이곳에 들어와 살게 되었는데, 그 시초는 클로무스 대륙에 전해지는 '회색빛 악몽' 이라는 기이한 현상 때문이었다.

갑자기 회색빛 기둥에 갇혀 낯선 드레듀스 섬으로 이동된 사람들.

그들은 난생처음으로 보는 괴물들 때문에 많은 어려움을 겪어야 했다. 하지만 후대로 갈수록 점점 독을 이용한 공격이 발전하여 지금은 놈들에 맞서 잘 싸울 수 있게 되었다.

드레듀스 섬에는 특이하게도 붉은 달이 뜨는 날이 있었다.

그날은 인간들이 가장 고통받는 밤이었다.

삼 개월에 한 번씩 일어나는 그 붉은 밤은 괴물들을 미치게 하여 인간이 사는 마을이나 도시를 공격하게 만든다.

분명 몇 년 전까지는 그랬다.

하나 지금은 달랐다.

어떻게 된 일인지 지금으로부터 한 3년 전부터는 놈들이 진짜로 미쳐 버리기라도 한 것인지 인간이 사는 곳이라면 어디든 수시로 공격하기 시작한 것이다.

붉은 달이 뜨든 그렇지 않든 아무 때나 수시로 공격하는 괴물들.

그때부터 인간은 엄청 힘들어지게 됐다.

그동안은 붉은 달이 뜨는 날만 특별히 조심하면 남은 날에는 도시마다 서로 물자들을 주고받는 상업 활동이 어느 정도는 가능했는데 지금은 놈들이 수시로 날뛰는 바람에 그것조차도 불가능하게 된 것이다.

이제는 어쩔 수 없이 인간들 자체적으로 모든 물자를 조달해야만 했다. 그래도 도시는 규모가 크다 보니 자체적인 물자 생산 능력이 있었지만 자그마한 마을 같은 경우는 무척이나 어렵게 되었다. 아니, 괴물들이 수시로 공격해 오니 물자 걱정보다는 자신들의 목숨이 더욱 크게 위협받게 된 상황이 된 것이다.

실제로도 인간의 마을 중 상당수가 사라졌고, 심지어는 인구 수가 일만 이상의 도시도 놈들의 공격에 사라진 곳도 몇 군데 있었다.

인간은 그런 괴물들의 위협에 서서히 뒤로 몰리는 상황이 되었는데, 무언가 새로운 변화가 일어나지 않는 이상은 인간에겐 더 이상 희망이 없을 듯했다.

사람들은 기도했다.

제발 인간을 사랑하는 신이 이곳 드레듀스 섬에 강림하여 힘겨운 삶을 이어가는 자신들을 구원해 주기를… 제발 한줄기의 빛을 인간에게 내려주시기를…….

드레듀스 섬에 이상한 소문이 돌기 시작했다.

어느 날부터인가 소리 소문없이 퍼진 그 믿기 힘든 이야기. 그건 인간에겐 희망과도 같은 얘기였다.

네 명의 절세 미소녀.

가히 인간이라고 믿기 힘든 미모를 지닌 네 명의 소녀가 동서남북의 네 방위에서 나타나 인간의 마을을 공격하는 괴물들을 가벼운 손짓만으로 물리친다는 것이었다.

물론 처음엔 대다수의 사람들이 그 같은 소문에 콧방귀를 뀌며 믿지를 않았지만 나중에는 그들도 믿게 되었다.

그럴 수밖에 없는 게, 스스로의 눈으로 그 네 명의 미소녀가 괴물들을 처치하는 광경을 본 사람들이 급속도로 늘어났기 때문이다.

사람들은 그 네 명의 미소녀에게 열광하기 시작했다.

정말 소문 그대로 빛이 나는 손을 한 번 휘두르면 괴물들은 속수무책으로 당하고야 말았다.

더욱 놀라운 것은 그 미소녀들이 처음 보는 이상한 병기로 괴물들을 공격하면 놈들은 못해도 수십여 마리가 한꺼번에 죽어나간다는 것이었다.

가히 인간의 능력을 벗어난, 마치 하늘의 무신과도 같은 미소녀들.

인간들에겐 그때부터 숨통이 작게나마 트이게 되었다. 괴물의 숫자가 그 네 명의 미소녀로 인해 많이 줄어들어 놈들과의 싸움이 전보다 많이 편해지게 된 것이다.

한줄기 희망과도 같은 네 명의 무신.

사람들은 그들 네 명의 미소녀에게 열광하며 언제부터인가 하나씩의 별호를 붙여 부르게 되었다.

가장 먼저, 검은 머리의 소녀에겐 암흑의 전신이라 불렀다. 두 번째로 붉은 머리의 소녀에겐 태양의 화신, 그리고 은빛 머리에겐 생멸의 여신이라 했고, 가장 마지막의 금빛 머리의 소녀에겐 광휘의 성신이라 불렀다.

암흑의 전신, 태양의 화신, 생멸의 여신, 광휘의 성신.

이렇게 그들의 별호의 이름 끝에는 모두 다 감히 신이라는 단어가 붙었다. 하지만 이것은 그만큼 사람들이 그들 네 명의 미소녀를 그냥 단순한 인간이 아닌, 신적인 그 무엇으로 생각하고 있다는 반증이었다.

사람들은 믿었다.

언제고 이들 네 명의 무신으로 인해 드레듀스 섬에 평화가 오리라고, 괴물들의 위협에서 벗어나 모두가 행복하게 살 수 있는 그런 날이 올 것이라고 믿었다.

*   *   *

부스럭부스럭.

그다지 길게 자라지 않은 풀숲을 헤치며 누군가가 느긋한 걸음으로 나타났다.

하나가 아닌 둘.

그들은 다른 누구도 아닌 현 드레듀스 섬 사람들의 절대적인 믿음을 받고 있는 세인아와 에란트였다.

"이제는 더 이상 없는 것 같아, 세인아."

"그러게. 벌써 석 달 이상 요족을 한 마리도 잡아내질 못했으니 이거 실망이 이만저만이 아닌걸."

"다 잡은 걸까?"

세인아가 그녀의 물음에 고개를 좌우로 흔들었다.

"아니겠지. 우리가 지금까지 잡은 놈들은 전부가 다 하급에 속하는 요족들이잖아. 그 위의 5요단 이상의 중급의 녀석들은 아직까지 단 한 마리도 못 잡았잖니."

"으음, 그건 그렇긴 한데, 정말 왜 그놈들은 한 마리도 보이지 않은 걸까?"

"그거야 모르지. 하지만 두 가지만큼은 확실히 알 수 있는 사실이 있지."

에란트가 고개를 옆으로 돌려 세인아에게로 향했다.

호기심이 이는지 두 눈이 반짝인다.

"뭔데?"

"후후, 별거 아니야. 그 두 가지 중 하나는 우선 놈들의 상층부가 우리를 두려워한다는 사실이지. 벌써 우리가 하급의 요족들을 처치한 것도 꽤나 되잖아?"

"그렇긴 하지. 벌써 놈들을 스물일곱 마리나 잡았으니 말이야."

"그래. 적지 않은 수를 우리가 잡았어. 한데 생각해 봐. 놈들의 숫자는 그렇게 많지가 않아. 하면 우리가 그렇게 하급의 녀석들을 사냥할 때 당연히 보다 힘이 강한 녀석들이 우리를 공격해 왔어야 해. 그렇지만 벌써 삼 년의 시간이 다 돼가는데도 놈들은 우리를 피하고만 있잖아."

세인아의 설명에 에란트가 고개를 끄덕였다.

"그래서 놈들이 우리를 두려워한다는 거구나?"

"그렇지. 그게 아니라면 놈들은 진작에 우리를 공격해 왔어야 해."

에란트가 물었다.

"그럼 두 번째는 뭐지?"

세인아는 에란트가 두 눈을 동그랗게 뜨고는 정말 궁금하다는 듯이 물어오자 작은 웃음을 터뜨렸다.

"호호호, 그것도 별거는 아니야."

"뭔데?"

빨리 대답해 주길 바라며 재촉의 말을 내뱉는 에란트.

세인아는 그런 에란트의 모습에 좀 더 웃음 띤 얼굴을 하다가 곧 이어 대답해 주었다.

"3년 전부터 시작된 괴물들의 난동, 그리고 우리가 겪은 몇 가지의 사건들… 이 모든 걸 종합해 보면 놈들은 지금 무언가를 획책하고 있다는 것이지. 그것도 중급 이상의 녀석들은 되도록이면 우리의 눈에 안 띄게 매우 조심스럽게 행동하면서 말이야. 잘못하다가 우리한테 걸려 사로잡히면 그들의 소굴을 불게 될 수도 있는 일이잖아?"

에란트가 고개를 갸웃거리며 의문이 깃든 눈으로 다시 물었다.

"그럼 놈들이 획책하고 있다는 게 뭐지?"

"그거야 나도 모르지. 으음, 어쩌면 사부는 알고 계실지도 모르겠지만 어쨌든 요족 놈들의 상층부에선 지금 아주 중요한 어떤 일을 하고 있다는 것만큼은 확실해."

세인아가 고개를 끄덕이며 확신에 찬 음성으로 대답했다.

에란트는 그런 세인아의 말에 잠시 아무 말도 없이 생각에 잠긴 채 풀숲을 헤치며 걷기만 했다.

시간은 조금씩 흘러갔고, 둘은 서로 몇 가지의 얘기를 더 꺼내들고는 수다를 떨었다.

잠시 후.

스윽.

에란트가 고개를 들어 회색빛 하늘을 바라보았다.

"시간이 꽤나 흘렀구나."

그녀의 시선에 붉은빛의 아름다운 석양이 서서히 가라앉고 있는 게 비쳐졌다. 아무래도 이제는 저녁 식사를 해야 할 것 같았다.

에란트가 시선을 다시 세인아에게로 향했다.

"우리 이제 그만 저녁 식사 준비를 할까?"

"좋아. 얼추 밥 먹을 시간이 됐으니 그렇게 하자. 오늘은 종일 돌아다니기만 했더니 조금 배가 고프긴 하네."

세인아는 에란트의 말에 시원스럽게 대답해 주고는 곧 기감을 확장해 식사하기 좋은 적당한 자리가 어디 있나 살펴보았다. 그러다가 갑자기 몸을 흠칫했다.

"어……?"

"왜 그래, 세인아?"

에란트가 세인아의 행동에 이상하다는 듯이 물었다.

"너도 한번 기감을 확장해 봐. 저기 3㎞ 앞에서 또 괴물들이 난동을 부리고 있어."

"그래? 그거 이상하네. 여기에 괴물들이 설칠 만한 그런 마을이 있었던가? 예전에도 한 번 이곳 근처를 돌아다녀 봤지만 놈들이 모일 만한 마을은 없었던 걸로 기억하는데."

에란트는 지체하지 않고 바로 기감을 확장해 보았다. 그리곤 곧 세인아의 말대로 괴물들이 사람들을 공격하고 있음을 알게 되었다.

에란트가 세인아를 바라보며 말했다.

"우리, 빨리 가보자."

"좋아. 감히 괴물들이 우리 인간들을 괴롭히다니 절대로 용서할 수 없는 일이지."

두 아이는 곧 신법을 펼쳐 하늘 위로 떠올랐다.

그리곤 초절정의 고수만이 사용할 수 있는 어기비행을 전력으로 펼쳐 날아갔다.

슈아아아아아악.

비록 작은 키이긴 하지만 상체의 근육은 엄청 발달한 그런 사람들이었다. 그들은 각자의 무기를 들고 눈앞에서 공격해 오고 있는 괴물들을 맞아 열심히 싸우고 있었다.

쇄에에에엑.

퍼벅!

"크아아앙!"

외뿔 공룡의 오른쪽 눈에 석궁의 쿼렐이 들어가 박혔다.

이리저리 몸을 비틀거리는 괴물.

하나, 녀석은 죽지 않았다. 석궁에서 발사된 화살촉에는 독이 묻혀 있지 않았던 것이다.

이들은 왜 화살촉에 독을 묻히지 않은 것일까?

이곳에선 괴물들과 싸울 때에는 약한 독이라도 반드시 묻혀 사용하는 게 생활화되어 있는데 말이다.

"쿠오오오오오—!"

놈은 눈이 하나 날아간 고통에 더욱더 난폭한 행동을 하며 난쟁이같이 작은 인간들을 공격해 들어갔다.

두두두두두.

머리를 바짝 밑으로 숙이고 달려드는 외뿔 공룡.

감히 막아설 엄두가 나지 않을 만큼 녀석의 기세는 사납게 들이닥쳤다.

퍼억!

"크아아악!"

결국 작은 인간 한 명이 놈의 머리 공격에 하늘 위로 솟구쳐 올랐다. 외뿔 공룡은 자신의 공격을 받은 인간이 다시 풀숲으로 떨어지기가 무섭게 달려들어 주둥아리 속으로 넣었다.

우두득우두득.

입가에서 뼈가 갈리는 소리가 작게 들려왔다.

"노, 놈들의 머리를 노려라!"

누군가가 동료의 죽음에 큰 소리로 외쳤다.

다들 그의 외침에 놈들의 머리를 노려보려 했지만 쉽지가 않았다. 무서운 기세로 빠르게 달려오는 사나운 녀석들이다.

오랜 시간 이 땅에서 싸워온 사람들도 힘에 겨운데 갑작스럽게 이상한 곳에 떨어져 내린 그들로서는 이런 커다란 괴물들을 어떻게 상대해야 할지 모르는 것이다.

"쿠오오오오오!"

몬스터 중에서도 상급에 올라 있는 오우거가 포효를 터뜨렸다. 녀석은 사람보다 훨씬 커다란 몽둥이로 눈앞에 있는 작은 인간을 향해 거칠게 휘둘렀다.

휘이이이잉.

"이익!"

작지만 다부진 체격의 인간은 몸을 재빨리 옆으로 피하며 자신의 중병기인 배틀 엑스를 휘둘렀다.

쿠앙!

나무 몽둥이와 배틀 엑스가 부딪치며 강한 충격파가 일었다.

하지만 무기 중 하나는 나무였고 다른 하나는 무쇠였다. 오우거의 무기는 갈라져 버렸고, 더 이상 사용할 수 없게 된 것은 당연지사였다.

하나, 오우거는 상급의 몬스터.

휘이이익.

콰직!

그의 왼손이 다시 휘둘러지며 작은 인간의 머리를 날려 버렸다. 그 속도가 너무나 빨라 작은 인간은 미처 피하지 못한 것이다.

오도독, 오도독.

오우거는 작은 인간을 입속에 넣으며 그의 무기인 배틀 엑스를 집어 들었다.

"크르릉."

녀석의 입에서 낮은 울음이 흘러나왔다. 배틀 엑스의 무게가 마음에 든 것이다.

손에 쥐기에는 작지만 휘두르기엔 제법 괜찮은 그런 무기.

녀석은 입가에 흉측한 미소를 짓고 다시 눈앞에 있는 인간들을 향해 걸어갔다.

"뭐 하는 거냐, 저렇게 우리의 동료를 잡아먹고 있는데? 놈들이 저렇게 느릿하게 걸을 때 쏘란 말이다."

노인이었다.

이들 삼십여 명의 인물 중 가장 나이가 많아 보이는 그는 소리를 크게 지르며 어지러운 동료들의 정신을 일깨웠다.

쉐에에에엑.

쐐에엑.

다시 석궁에서 쿼렐들이 날아갔다.

툭, 투툭.

하지만 녀석들의 몸에 제대로 들어가 박히는 것은 얼마 없었다. 피부가 얼마나 단단하고 질긴지 모조리 튕겨 나오는 것이다. 또한 제대로 들어가 박혔다고 해도 놈들은 죽지 않고 계속해서 주위의 거목들을 부수며 앞으로 다가왔다.

"크아아아아앙!"

"펠크루, 조심해! 뒤에 괴물이다―!"

그때 누군가가 동료가 위험에 처하자 크게 외쳤다.

"으아악!"

하지만 조금 늦고 말았다. 아직 예순 살밖에 안 된 그의 어린 동료는 양머리 공룡의 주둥아리 속으로 사라져 들어가 버렸다.

상황은 점점 이들 작은 인간들에게 불리하게 돌아갔다.

벌써 세 명의 동료가 저 이상하게 생긴 괴물들에게 잡아먹힌 것이다.

한데 생각해 보면 정말 이상한 일이었다.

왜 괴물들은 이곳에 이렇게 많은 수로 몰려 있는 것일까?

원래 이곳은 인간들의 발길이 뜸한 곳이라 괴물들 또한 그다지 많이 찾지 않은 지역이었다. 따라서 지금 이곳에서 벌어지고 있는 현상은 정말 이상하다 생각할 수밖에 없는 일이었다.

녀석들은 마치 누군가의 조종으로 이 자리에 몰려든 것 같은 그런 분위기를 풍기고 있었다.

"젠장, 도대체 이곳은 어디길래 이런 듣도 보도 못한 괴물들이 날뛴단 말인가!"

노인의 입에서 절망의 탄식이 흘러나왔다.

"회색빛 악몽! 그게 우리 강철의 드워프 족에게 닥칠 줄 어느 누가 알았겠는가 말이다. 왜 하필 그게 우리 마을에 닥쳐와서 이런 험한 고생을 겪어야 하는지."

이제 보니 이들은 그냥 인간이 아닌 드워프 족이었던 모양이다. 그래서 키가 작으면서도 옆으로 퍼진 그런 다부진 체격들을 가지고 있었던 것이다.

노인은 얼굴에 힘든 기색을 내보이며 손에 든 석궁을 괴물들의 머리에 조준했다. 그의 사격 솜씨는 오래 살아온 연륜에 맞게 최고의 솜씨를 자랑했다.

쉐에에에엑.

퍼벅!

석궁의 화살은 외뿔을 가진 공룡의 양미간 사이를 정확히 파고들었다.

털썩.

비명 한 번 내지르지 못하고 쓰러진 외뿔 공룡.

하나, 그 하나를 죽였다고 해서 주위에 있는 수많은 괴물들이 물러설 것이라면 그건 잘못된 생각이다. 오히려 주위에 있던 괴물들은 좀 전보다 숫자가 더 늘어난 상태가 되었다.

"모두들 뒤로 조금씩 물러나라! 저기 뒤에 있는 바위 절벽으로 올라간다."

아무래도 안 되겠는지 노인이 부족의 드워프들을 뒤로 물린다.

"알겠습니다, 팔모 부족장님!"

"조심해라! 석궁은 계속해서 발사한다!"

이름이 팔모인 노인은 정면을 주시하며 빠르게 신형을 절벽 쪽으로 향했다. 그곳은 손발이 있는 사람들이 오르기엔 그다지 어렵지 않았지만 커다란 괴물들에게 꽤나 어려운 길이었다.

물론 괴물들 중에는 오우거처럼 손발이 있는 녀석들도 있었지만 공룡의 경우는 대부분이 오를 수 없는 그런 절벽이라 할 수 있었다.

우지지지직.

쿠웅!

괴물들은 자신들의 앞을 방해하는 거목들을 온몸으로 부수며 빠르게 앞으로 나아갔다. 드워프들이 절벽의 위로 오르지 못하게 하려고 사력을 다해 움직이고 있는 것이다.

"으아악!"

비명 소리와 함께 또 한 명의 드워프가 놈들의 뱃속으로 사라져 갔다. 그러자 족장의 안타까운 외침이 곧바로 커다랗게 울려 퍼졌다.

"어서 서둘러 절벽으로 오른다! 클로인! 펠트! 너희들 지금 뭐 하는 거야? 어서!"

그의 속은 점점 타 들어갔다.

"제기랄!"

팔모 부족장은 누군가가 제발 이 자리에 나타나 자신들을 구해줬으면 하는 그런 바람을 품었다. 설령 그 누군가가 자신들이 하찮게 여기는 인간이라 하더라도 말이다.

*　　　*　　　*

어둑어둑한 땅거미가 서서히 가라앉기 시작하는 대지 위로 더운 날씨를 단번에 날려주는 그런 시원한 바람이 불어왔다.

휘이이이잉.

물론 지금 지상에서 한창 사투를 벌이고 있는 드워프들은 바람이 부는지 어떤지조차 모를 것이다. 하지만 그들과 다르게 하늘 위에 어느 순간 갑자기 나타난 두 인영은 바람의 시원함을 충분히 느끼고 있는 중이었다.

세인아가 시선을 에란트에게 향한 채 말했다.

"너도 느끼고 있지?"

"으응. 아주 잘 느껴지네."

"3개월 만이야. 후후, 이번엔 내 차례인 거 알지? 저번엔 에란트 네가 했었으니까 말이야."

에란트가 웃으며 말했다.

"호호호! 너 지금 달아올랐구나? 저번엔 나한테 요족을 빼앗겨서는 이번에 단단히 벼르고 있었는데 말이야. 그러다가 이제… 어? 저놈이 걸어나오고 있네."

에란트의 말에 세인아의 시선이 재빨리 200여 미터 앞의 절벽 위로 향했다.

작은 수림이 나 있는 절벽.

지금 그곳엔 웬 요족 한 마리가 수림을 헤치고 걸어나오고 있었다.

키가 거의 5미터에 생긴 모습은 꼭 쥐새끼를 연상시키는 그 녀석은 네 개의 팔을 지니고 있었고, 결정적으로 놈의 몸에는 날카롭게 보이는 가시가 기다랗게 나 있어 상당히 위험스럽게 느껴지는 요족이었다.

현재 그 요족은 절벽 아래에 있는 괴물들을 정신감응으로 통제하고 있는 상태였다.

"으음, 저놈은 옛날에 한 번 상대해 본 녀석이네."

"호호호! 좋겠다, 세인아. 이제 보니 저 요족은 그때의 그 가시요족이야. 몸이 상당히 날렵했던 그놈 말이야."

세인아의 고개가 끄덕여졌다.

"맞아. 하지만 저 녀석은 그때의 놈보다 상위의 요족 같아. 하급 요족 중 가장 강한 4요단 말이야."

"으응, 그래. 나도 그렇게 느껴져. 그리고 저기 저 절벽 아래에서 싸우고 있는 사람들은 조금 특이하네. 꼭 시에 있는 메키 아줌마를 보는 것 같아. 작은 키에 널따란 어깨, 거기다 특이한 얼굴."

"아무래도 저들은 드워프인 모양이군. 이곳 드레듀스 섬에는 그동안 메키 아줌마가 유일한 드워프였는데 말이야."

그때 에란트의 눈이 동그랗게 떠지며 다급한 듯한 목소리가 흘러나왔다.

"세인아, 저 요족이 이제는 밑으로 내려가 괴물들과 같이 공격을 하려나 봐. 아무래도 우리가 빨리 구해주어야겠어."

"좋았어. 그럼 빨리 내려가자."

두 아이는 시선을 주고받으며 서로 고개를 끄덕였다. 그리곤 어기비행의 경신술을 전력으로 펼쳐 지상으로 내려갔다.

슈아아아아악.

괴물들 사이에 갑자기 큰 소요가 일었다.

"크아아아아앙―!"

"키리리릭."

놈들의 포효가 두려움에 찬 듯 크게 울려 퍼져 나갔다.

이건 그럴 수밖에 없는 게, 이들 앞에 난데없이 사신이 등장했기 때문이다. 그것도 드레듀스 섬 최강의 사신이.

콰콰쾅!

새하얀 빛을 띠는 강환이 빗살처럼 날아가 여덟 마리의 괴물을 한꺼번에 폭사시켰다.

"키에엑—!"

"크앙!"

후드드드드득.

놈들의 찢겨진 몸에서 검은 피와 붉은 피가 조화를 이루며 수풀 바닥으로 비가 오듯 떨어져 내렸다.

하지만 강환의 역할은 그걸로 끝이 아니었다. 녀석은 조금은 약해진 빛으로 또 다른 괴물들을 향해 날아가 열세 마리의 괴물을 더 죽이고는 소멸해 버렸다.

가히 상상을 불허하는 그런 힘이었다.

스윽.

에란트는 거목 위에서 스물한 마리의 괴물을 죽인 뒤 시선을 들어 잠시 절벽 위를 바라보았다.

콰앙!

한차례의 폭발음이 그곳에서 들려왔다.

세인아였다. 그녀는 이미 가시요족을 잡기 위한 행동을 보이고 있었던 것이다. 특별한 이변이 발생하지 않는 이상 자신들에게 모습을 들켰으니 어렵지 않게 제압할 수 있을 터였다.

스윽, 척.

에란트는 거목 위에서 수풀 바닥으로 가볍게 내려섰다.

"크아아아아앙—!"

"쿠오오오오."

시선을 다시 정면으로 향하는 에란트.

삼십여 마리의 괴물이 드워프를 쫓던 행동들을 멈추고 전부 수림의 외곽에 내려선 에란트에게로 몰려들었다.

녀석들은 본능적으로 방금 전의 공격이 자신들의 뒤에 있던 소녀가 공격한 것임을 알아챈 것이다.

쿵쿵쿵.

녀석들의 뜀박질 소리가 지축을 거칠게 흔들었다.

평균 6미터 이상의 거대한 놈들이 가녀린 한 소녀를 사방을 막아선 채 공격하려는 지금의 모습은 일견 안타깝게도 느껴질 만한 것이었다.

지금 절벽 위를 오르고 있는 드워프들은 특히 그랬다.

그들의 눈에는 이제 곧 은빛 머리의 인간 여자 아이가 괴물들에게 잡아먹힐 거라는 생각에 안타까운 마음을 품었다. 능력이 된다면 당장에라도 달려가 도와주고 싶었지만 현재 자신들도 위기의 순간이지 않은가.

하지만 그들은 곧 놀라움을 넘어서 경악할 만한 일을 보게 되었다.

에란트는 자신의 주위로 빠르게 몰려드는 괴물들을 바라보며 생긋 웃었다.

"호호! 그럼 이번엔 직접 몸을 움직여 볼까?"

스윽.

그녀의 양손이 살짝 들려졌다.

그 손은 매의 발톱처럼 모아졌고, 곧 열 손가락의 끝에는 새하얀 빛을 피우는 강기가 만들어졌다.

우우우우웅.

파괴의 기운을 풍기며 울음을 토해내는 그것은 다른 게 아 닌 옥소선자의 곤룡조(坤龍爪)였다.

에란트는 곧바로 곤룡조의 절기를 일으키며 지척으로 다 가온 괴물들을 향해 신형을 움직였다.

스르르르르.

마치 환상을 보는 듯한 그런 움직임.

괴물들은 에란트의 환상적인 움직임 속에서 하나씩 죽음 의 포효를 터뜨리며 쓰러져 나갔다.

"크아아아아아앙!"

"케에엑—!"

잡을 수 없었다.

또한 막을 수도 없었다.

현재 에란트는 수룡환상보(水龍幻像步)란 보법을 펼치고 있 었는데 그 모습이 마치 열두 마리의 수룡이 안개가 자욱한 호 숫가에서 춤을 추고 있는 듯한 그런 모습이었다.

"쿠오오오오!"

아무리 발버둥을 쳐봐도 소용없는 짓이었다. 이건 절대로 막을 수 없는 보법이었다. 또한 막아낸다 하더라도 파괴적인 기운을 흘리는 조법(爪法) 앞에는 그 두꺼운 갑옷 같은 피부는 한낱 종잇조각에 불과했다.

서걱서걱!

다섯 줄기의 깊은 고랑이 머리에 새겨지며 녀석들은 그렇게 낮은 풀숲으로 쓰러져 나갔다.

쿠웅, 쿠웅!

절벽 위로 오르고 있던 드워프들의 두 눈이 더 이상 커질 수 없을 정도로 치켜떠진 건 당연한 수순이었다.

팔모 부족장은 더듬거리는 음성으로 중얼거렸다.

"뭐, 뭐야, 저 흐릿한 뱀 같은 건?"

그의 눈에는 에란트의 모습은 보이지 않고 안개 속에 자리한 이상한 흰 괴물들만 보였다.

물론 팔모 족장은 그 같은 현상이 처음에 봤던 은빛 머리의 소녀가 일으키고 있다는 사실은 알고 있었다. 하지만 어떻게 저런 무시무시한 현상을 일으키는지는 알 수 없었다.

"호, 혹시 저건 마법이 아닐까요, 부족장님?"

옆에 있던 클로인이란 이름의 드워프가 한마디 했다.

"그, 그럴지도 모르겠군. 한데 인간의 마법 중에 저런 게 있다는 소리는 아직까지 한 번도 들어보지는 못했는데. 그리고 마법을 저리 빠르게 펼친다는 소리는 더더욱 들어보지 못했고."

클로인이 부족장의 말에 고개를 갸웃거렸다.

"그럼 저게 뭡니까?"

"그건 나도 모르겠네. 하지만 다행이라 할 수 있는 게 저 무시무시한 환영을 일으키는 인간 소녀가 아니… 아니지. 은빛 머리의 아이가 인간인지 아직 확실치는 않군. 뭐, 어쨌든 저 사람 같지 않은 능력을 발휘하는 자가 우리의 적이 아니란 건 틀림없는 사실일세."

"쿠오오오오─!"

털썩털썩.

그들이 잠깐 대화를 나누는 동안 이미 장내의 일방적인 싸움은 끝을 향해 나아갔다. 육십여 마리의 거대 괴물들이 숨을 몇 번 들이마시는 그런 극히 짧은 시간에 모두 쓰러져 버린 것이다.

하나같이 머리 부위가 날카로운 무언가에 갈라져 뇌수를 흘린 채 죽은 그 모습.

어떻게 보면 잔인한 광경이랄 수 있는 모습이었다.

그리고 사실 손가락을 오므려 사용하는 조법이란 게 원래부터 잔인한 절기에 속하는 것이기도 했다.

온몸에 날카로운 가시를 달고 있는 요족.

노바란 이름을 가지고 있는 녀석은 지금 사력을 다해 도망치고 있는 중이었다.

휘이익.

작은 나무는 가볍게 건너뛰고 어지러운 숲길은 피하며 달렸다. 가시요족은 요족들 중에서는 그래도 상당히 빠른 편에 속하는 녀석이지만 노바는 이제 곧 자신이 뒤에서 쫓아오는 무시무시한 사신에게 잡힐 거라 생각했다.

그도 드레듀스 섬의 네 명의 무신에 대한 소문은 진작부터 들어 알고 있었던 것이다. 특히 요족들 사이에서는 사신이라 불리는 그들은 한번 상대를 발견하면 절대 놓치는 법이 없다고 했다.

"크윽!"

그때 무슨 일인지 노바의 입에서 갑자기 작은 신음성이 터져 나왔다.

줄줄줄줄.

녀석은 자신의 옆구리를 매만지고 있었는데 어느새 그곳에선 회색빛의 피가 흘러내리고 있었다.

"크르릉! 제기랄! 저 사신 놈은 대체 뭘로 공격하기에 피가 멈추지 않는 거야. 내 힘이 전혀 통하지 않다니."

요기를 흘려 피를 막아보려 하지만 소용없었다. 상처를 입은 곳에 어떤 꺼림칙한 기운이 머물고 있어 요기의 이동을 방해하고 있었던 것이다.

"실수였어. 지나가다가 특이한 기운을 가진 인간들이 갑자기 나타나기에 모두 잡아먹으려고 했는데, 제길, 하필 이곳에 무신이 나타날 게 뭐람. 크르릉! 아무래도 더 이상은 안 되겠군."

노바는 차라리 여기서 끝장을 보자는 그런 생각을 가졌다.

주위는 어지러운 수림들로 가득 차 있으니 여기가 그래도 다른 곳에서 싸우기보다는 낫다고 생각한 것이다.

녀석은 감각을 일으켜 자신을 쫓고 있는 무신을 파악해 보았다. 하나, 그 어디서도 상대의 기척은 느껴지지 않았다.

"크윽!"

그때 또다시 요족의 입에서 신음성이 터져 나왔다.

이번엔 그의 왼쪽 허벅다리가 작은 동전만 한 크기를 하나 만든 채 뚫려 있었다. 또한 옆구리 쪽과 마찬가지로 요기의 흐름이 방해를 받아 치료가 되지 않았는데 이제 녀석은 행동에 크나큰 제약을 받게 돼버렸다.

놈의 장기는 강력한 독성이 묻혀 있는 철 가시와 빠른 몸놀림이었는데 이제 그중 하나가 쓸모없게 된 것이었다.

그때였다.

요족이 잠시 멈칫거리는 그 순간에 맞추어 한 인영이 마치 무형의 바람처럼 요족의 앞에 모습을 드러냈다.

스르르르르.

금빛 머릿결을 멋지게 휘날리며 나타난 그녀는 당연히 세인아였다.

"크르릉."

노바는 낮게 울음소리를 흘리며 상대를 위협했다.

하나 세인아의 입장에서는 녀석의 으르렁거림이 가소롭게

느껴지는 그런 것이라 할 수 있었다.

"호호, 역시 삿된 녀석들에게는 불존주가 최고지. 놈들의 힘을 조금씩이나마 계속해서 약하게 만들어주니까 말이야."

세인아는 생긋이 웃으며 자신의 손에 들린 불존주를 다시 목에 걸었다.

방금 전까지 그녀가 요족을 쫓으며 공격한 수법은 다른 게 아닌, 불성의 불존주를 이용한 공격법이었다.

서른여섯 개의 고승의 사리로 만들어진 불존주.

그것은 모두 다섯 가지의 초식이 존재했고, 그녀는 방금 전 녀석을 향해 첫 번째 초식인 일섬불존(一閃佛尊)을 사용했다.

그녀의 독문 무기는 다른 세 친구에 비해 요족들에게 특히 유용한 것이었다. 불성의 무공 자체가 원래부터 파사(破邪)의 기운이 강한 것이었고, 그중에서도 특히 불존주를 이용한 초식들은 그 파사의 기운이 더더욱 강했던 것이다.

당연히 상처를 입은 요족들은 제대로 된 치료를 하지 못한다. 다른 세 아이의 무공은 그래도 바로 죽지만 않으면 시간이 지나면 서서히 회복이 되는 데 반해 세인아의 공격은 시간이 지날수록 오히려 상처가 더욱 커지게 되어 있었던 것이다.

"크르릉! 네년을 곱게 죽이지 않겠다."

노바가 두 눈에 투지를 일으키며 상대를 위협하는 말투를 사용했다.

그러자 세인아는 다시 싱긋이 웃으며 말했다.

"호호호! 어디 마음대로 해봐. 나는 어차피 네놈을 사로잡아야 하니까 너를 크게 다치게 해선 안 되거든. 나는 그냥 느긋이 너를 상대할게."

"뭐라고? 이, 인간 년이 감히 나를 무시해!"

부르르르르.

녀석이 한차례 몸을 떨었다. 그러자 요족의 몸에 있는 독가시들이 뻣뻣이 고개를 세웠다.

이 모습은 바로 그가 상대방을 공격하기 직전의 모습이었고, 곧 놈은 지체하지 않고 자신의 독가시를 세인아를 향해 발사하였다.

피슉, 피슉.

평범한 인간의 귀에는 절대로 들리지 않는 그런 소음과 함께 놈의 독가시 십여 개가 빠르게 세인아의 몸에 꽂혀 들어갔다. 하나, 어느샌지 세인아는 그 자리에서 사라지고 모습을 보이지 않고 있었고, 놈의 독가시는 그녀의 뒤에 있던 거목에 들어가 박혀 있었다.

"크르릉! 이 인간 년!"

이제부터는 진짜 싸움이었다.

상대를 죽이지 않고 제압하려는 소녀와 어떻게든 상대를 죽여야만 이 자리를 벗어날 수 있는 요족 간의 그런 싸움이…….

휘이이익.

피슛, 피슛.

작은 소음과 함께 시간은 천천히 흘러갔다. 하나 수림 주위의 어둠은 빠르게 대지로 가라앉았다.

"크르르릉! 죽어랏—!"

자신이 이렇게 나약한 존재였던가.

"헉헉헉헉! 크르릉!"

노바는 차오르는 숨결에 호흡을 크게 고르며 계속해서 달렸다.

휘이익.

하지만 몸을 빠르게 움직여 보려 애써보지만 허벅지에 난 상처로 인해 제대로 된 움직임이 나타나지 않았다.

스르르르르.

그때 또다시 그의 앞에 유령처럼 나타난 세인아.

"호호, 벌써 지친 거야? 이제 한 시간 반 정도밖에 안 지났는데? 너, 꽤나 허약한 요족이로구나?"

"크르릉! 이 죽일 년!"

자신을 조롱하는 듯한 말에 화가 난 노바.

가시요족은 몸을 떨며 다시 자신의 무기를 세인아를 향해 날려주었다.

피슛, 피슛.

눈에 보이지 않을 정도의 작은 가시들이 빠르게 세인아의 몸을 뚫고 지나갔다. 노바의 눈에는 분명 그렇게 보였다.

하나, 지금까지 항상 그랬던 것처럼 세인아는 아무렇지도 않은지 웃는 얼굴을 하며 그 자리 그대로 서 있었다.

"크아아앙!"

화가 치밀어 큰 소리로 포효를 터뜨리는 노바.

"어떻게… 어떻게 그럴 수가 있어? 분명 내 철 독가시가 네년의 몸을 뚫고 들어갔는데 어떻게 멀쩡히 서 있을 수가 있는 거야? 어떻게?"

세인이의 이상한 방어술에 요족의 이성은 크게 흔들렸다. 한 번만 자신의 독가시가 들어가 박히면 모든 게 끝날 것 같은데, 그러면 자신은 이곳을 벗어날 수가 있을 것 같은데 그게 안 되니 미칠 것만 같았다.

세인아가 웃으며 말했다.

"호호, 미안하다. 너무 그렇게 화내지 마. 나는 단지 너를 조금 놀려주려고 불성의 최강 보법을 사용한 것뿐이니까 말이야."

그렇다.

방금 전 그녀가 펼친 것은 불성의 부동명왕보(不動明王步)란 보법이었다. 명왕은 움직이지 않는 것 같아도 세상 어디에나 있다는 그것을 보법으로 구현해 낸 것이다.

"자아, 그럼 이제 우리 그만 끝내자. 시간도 많이 지난 것 같고 나도 이제는 쉬어야 하니까 말이야. 아아! 저기 내 친구가 오네. 아무래도 내가 너무 지체하고 있으니까 찾으러 왔나 보다."

"뭐라고?"

노바는 재빨리 뒤를 돌아보았다.

너무 어두워 사람의 모습이 보이진 않았다. 하지만 몸속의 요기를 넓은 범위로 흘려보내자 이내 200여 미터 뒤에서 한 인영이 느긋한 걸음으로 다가오고 있는 게 느껴졌다.

"크르릉! 제기랄."

시간이 없었다.

눈앞에 있는 괴물도 버거워 죽겠는데 잠시 뒤에 또 다른 괴물까지 나선다면 자신에게는 앞으로 더 이상의 희망은 없는 거나 마찬가지였다.

부르르르르르.

노바의 몸이 심하게 떨리며 독이 묻혀 있는 철 가시들이 모조리 일어섰다.

가시요족은 이번엔 자신이 할 수 있는 모든 힘을 동원할 생각으로 요기를 극성으로 끌어올리고 있는 중이었다.

실체를 가지고 있는 사람이라면 피하지 못하리라.

요족은 그렇게 믿었다.

아니, 그렇게 믿고 싶었다.

"인간 괴물아! 이제는 죽어버려랏—!"

슈슈슈슉.

커다란 외침과 함께 노바의 몸에서 보이지 않는 수천, 수만 개의 가시가 하늘과 동서남북을 비롯한 모든 방위를 향해 날아갔다.

두꺼운 철판이라도 뚫고 들어간다는 철 독가시.

슈슈슈슈슈슉.

이것은 보법이 제아무리 뛰어난 자라해도 절대로 피할 수가 없는 그런 것이었다.

하지만…….

팅팅팅팅팅.

찬란하게 빛나는 금빛의 구였다.

세인아는 녀석의 공격을 이번엔 보법 대신 호신강기로 막고 있었던 것이다.

"호호, 불쌍한 녀석. 아주 악을 쓰는구나."

스윽.

세인아는 호신강기를 몸에 계속 두른 채 손을 들어 목에 걸려 있는 불존주를 꺼내 들었다.

이제 서서히 철 독가시의 공세는 끝나가고 있었다.

"불쌍하니 빨리 끝내줘야겠구나."

둥그런 목걸이의 형태를 지닌 불존주.

틱.

그것의 한쪽에 달려 있는 손톱만 한 단추를 누르니 매듭이 풀렸다. 이 불존주를 이용한 공격법은 그냥 들고서 싸우는 방식도 있었지만 진정한 위력은 불존주 하나하나를 날려서 쓰는 초식에 있었다.

"자아, 이제는 내가 공격하지. 이번 나의 공격을 네가 막아내면 풀어주지."

노바는 허탈한 모습으로 서 있었다.

자신의 최강 공격이 전혀 먹혀들지 않았으니 그건 당연한 것이었다. 하지만 방금 세인아가 한 말이 그에게 작은 희망을 전해주었다.

"크르릉! 네년의 그 말! 헛소리가 아닐 거라 생각하마."

"호호, 당연하지. 하지만 과연 네가 나의 공격을 막아낼 수가 있을까?"

노바는 세인아의 자신에 찬 말에 두 눈에 회색의 기운을 가득 끌어올렸다. 불안한 마음이 전신을 뒤덮고 있었지만 자신에게는 선택의 여지가 없었다.

"자아, 그럼 한번 받아봐라!"

세인아는 저 앞 50여 미터에서 에란트가 다가오고 있자 지체하지 않고 바로 불존주를 이용하는 다섯 가지 초식 중 두 번째를 사용해 가시요족을 향해 날렸다.

"구궁성불(九宮成佛)!"

슈아아아아악!

서른여섯 개의 불존주 중 아홉 개가 빗살처럼 날아가 노바의 전신을 에워쌌다.

그러자 곧바로 금빛의 작은 막이 생겼다.

"크르릉! 이익—!"

마치 결계를 친 듯한 그 모습에 노바는 아무런 움직임도 보일 수가 없었다. 힘을 써서 나가보려고 하지만 그럴 때마다 자신의 몸은 타 들어갔다.

치지직.

사실 구궁성불이라는 초식은 이렇게 누군가를 가두는 게 아니라 아홉 방위에서 뚫고 들어가 상대를 격살시키는 것이었지만 세인아는 그걸 진법의 형식을 빌려 사용한 것이었다.

"그럼 이제는 잠시 잠들어 있어라."

세인아는 구궁성불에 갇힌 노바에게 다가가서는 자신의 오른손을 막을 향해 들이밀었다.

슈욱.

막은 너무나 쉽게 세인아의 손을 들여보내 주었고, 그녀는 곧바로 노바의 가시를 일부 잘라내고 녀석의 요핵을 봉쇄해 버렸다.

털썩.

노바는 곧 풀숲 바닥으로 쓰러졌다.

*   *   *

작은 동혈이었다.

바람 한 점 들지 않는 이곳엔 입구로 보이는 부분이 안개로 가득 차 흐르고 있었는데, 어찌 된 일인지 그 안개는 동혈의 안쪽으로는 조금도 들어오지를 못했다.

또한 동혈 안은 생각보다 그다지 어둡지가 않았다.

천장의 위에 마법 물품으로 보이는 구슬이 박혀 있어 동혈 전체에 작은 빛을 만들어주고 있었던 것이다.

그리고 빛의 아래에는 한 사내가 눈을 감고 가부좌를 취한 채 앉아 있었다.

그는 바로 테이도였다.

지금 그는 삼 일간 그렇게 가부좌의 자세를 취한 채 마음의 수련을 하고 있었는데 도통 그 자세에서 벗어날 줄을 몰랐다. 아니, 벗어나려면 벗어날 수는 있었겠지만 그렇게 하기 싫은 그였다. 왜냐하면 지금 그는 선천의 기운에 마음을 싣고 천지 와 노닐고 있었기 때문이다.

휘류류류류류.

어느 순간 그에게서 이상한 현상이 일어났다.

가부좌를 취하고 있는 그의 몸에서 금빛의 광휘가 피어나 오며 무언가가 튀어나오려 하고 있었던 것이다.

지이이잉.

그건 투명한 그 '무언가' 였다.

서서히 전체의 모습을 보이기 시작하는 그것.

ㅅㅅㅅㅅㅅㅅㅅㅅ.

드디어 그게 모습을 완전히 드러냈다.

그리고 이제는 그게 무엇인지 확실히 알 수 있었다. 그건 다름 아닌 테이도였던 것이다.

놀라운 일이었다.

지금 동혈 안에는 두 명의 테이도가 가부좌의 자세로 서로 마주 보고 있었다.

단지 틀린 점이 있다면 두 명의 테이도 중 하나는 실질적인 몸을 가지고 있는 테이도였고, 거기서 빠져나온 테이도는 투명한 모습을 지닌 영혼과 같은 것이라 할 수 있었다.

두 명의 테이도는 계속해서 마음의 수련을 해나갔다.

스윽.

그러다가 문득 영혼과 같은 테이도가 두 눈을 뜨고는 자신의 육체를 바라보았다.

'이런, 제길. 원신금단(元神金丹)에 또 영이 스며들어 갔네. 요즈음은 툭하면 이렇게 멋대로 밖으로 나가니 이거야 원 마음대로 명상 수련을 할 수가 있나.'

영의 모습을 한 테이도가 잠시 이맛살을 찌푸렸다. 그러자 앞에 있는 육체의 테이도 또한 미간을 찌푸렸는데 아무래도 영과 육체는 서로가 연결되어 있어서 이런 모습이 나타나는 것 같았다.

'이제 그만 수련을 해야겠군.'

스스스스스.

영의 테이도는 곧 자신의 신체 속으로 들어갔다.

그러자 그의 몸에서 금빛의 광휘가 크게 한번 피어나왔고, 테이도는 잠시 후 두 눈을 뜰 수가 있었다.

"휴우우우!"

그의 입에서 평소에 그렇게 싫어하던 한숨이 흘러나왔다.

뭔지 모를 불만이 그의 얼굴에 드러나 있다.

분명 방금 전의 모습을 보자면 어떠한 성취가 있어 보였는데 그는 그게 별로 달갑지 않은 모양이었다.

"요족 놈들을 너무 많이 잡아먹어서 그런가? 삼라귀원선법을 특별히 운기행공할 생각은 없었는데 저절로 경지가 상승의 경지로 나아가려고 하니."

잠시 말을 끊은 테이도.

하지만 곧 다시 이어서 중얼거렸다.

"혹시 이러다가 완전한 무형(無形)의 경지에 드는 거 아니야? 이거 불안한데. 이러다가 혹시 다른 세상으로 가면 어쩌지? 우화등선을 하면 간다는 선계(仙界)와 같은 세계로 말이야."

그랬다.

테이도는 지금 자신이 혹시나 이 세상을 떠날까 봐 걱정이 된 것이다.

이미 그는 2년 하고도 9개월 전에 지조(地調)의 끝이라는 지령(地靈)의 경지에 들어섰다. 그 지령의 경지는 반선의 경지였고, 그 후 그는 마법을 비롯해 모든 무공이, 심지어 오천의 무공마저 모두 대성해 버리고 말았다.

수련이고 뭐고 필요없었다.

삼라귀원선법으로 인한 반선의 경지는 그에게 세상의 법칙을 일부나마 알려주었고, 그 일로 인하여 테이도는 원하지 않아도 알고 있던 모든 것을 완성시켜 버렸다.

테이도는 자신이 반선의 경지에 이르고부터는 특별히 수련에 힘쓰지 않았다. 물론 마법 같은 경우는 신경을 쓰기는 했다.

마법은 7써클까지의 모든 마법을 시동어만으로도 펼칠 수가 있었지만 테이도는 마법이 그게 끝이 아님을 알고 있었던 것이다.

이곳 섬이 아닌 클로무스란 대륙에는 엘프가 있다고 했는데 그들 중에는 인간에게는 없는 8써클의 마법이 있다고 했다. 현재 테이도는 다른 건 몰라도 마법만큼은 수련을 계속하며 새로운 수식을 만들고 있는 중이었다.

한데 삼라귀원선법이 요즈음 들어 이상한 행동을 보이고 있었다. 특별히 수련을 하지 않는데도 불구하고 그동안 아이들이 잡아오는 요족을 식사로 대신해서 그런지 중단전에 자리한 금단이 지극한 영성을 지니게 된 것이다.

그 금단은 얼마 전에 심라귀원선법의 삼법인 천의(天意)에 들어서야지만 나타난다는 원신금단이 되어버렸다.

수련을 특별히 하지 않았는데도 불구하고 천의의 경지에 들어선 것이다.

물론 그것은 단지 입문에 불과한 것이긴 했다.

진정한 천의의 시작은 무형이라는 일단공이었고, 그는 아직 그 같은 경지에는 들어서지 않은 것이다.

근데 문제는 천의의 경지란 건 신으로 들어서는 거라는 데 있었다. 지조의 삼단공인 지령은 그래도 반선의 경지라 지상의 인간 세상에 남을 수가 있었지만 천의는 그게 아니기 때문이었다. 만약 자신이 무형이라는 경지에 이르면 바로 천외천(天外天)의 다른 세상으로 넘어가는 게 아닐까 그런 걱정이 드는 거였다.

"고향으로 한번 돌아가기는 해야 하는데… 내가 그래도 하오문의 수호법비잖아? 벌써 이곳에 온 지도 7년이나 지났는데… 그렇게 오랜 시간 자리를 비워두면 안 되는 건데 말이야. 사부가 걱정이 많겠군. 으음, 어쩌면 새로운 제자를 물색하고 있을 수도 있겠어. 나이도 이제는 꽤나 드셨을 텐데……."

지이이잉.

그가 고향의 사부가 걱정스러운 듯 중얼거리고 있을 때 갑자기 그의 왼쪽 손에서 작은 진동과 함께 빛이 일었다.

"뭐야? 세인아잖아."

테이도는 왼쪽 손가락에 껴 있는 통신 반지를 보며 별로 달갑지 않다는 듯이 중얼거렸다.

"에이, 당분간 연락하지 말라고 하니까. 하여간 말은 징그럽게 안 들어요."

할 수 없는지 테이도는 통신 반지에 내력을 주입하며 말을 걸었다.

"뭐냐?"

그의 퉁명스러운 물음에 상관없이 반지에선 조금은 들뜬 듯한 목소리가 들려왔다.

"헤헤, 사부, 저 세인아에요."

"안다. 그런데 무슨 일로 연락하는 거야? 나 좀 쉬게 놔두지 않고."

정말 귀찮다는 듯 말하는 테이도다.

"헤헤헤, 다른 게 아니라 제가 근 삼 개월 만에 요족을 잡아서 말이에요. 얼른 와서 가져가시라고요."

"요족? 설마 5요단 이상의 중급의 녀석은 아니겠고, 하급의 요족이 아직도 있었나?"

"예에, 하급의 요족이에요. 사부, 그리고 오늘은 요족 말고도 재미있는 일도 있었어요. 그게 뭐냐 하면은요, 시에 있는 메키 아줌마와 똑같이."

테이도가 의문 섞인 말투로 말을 하자 세인아는 통신 반지로 오늘 겪었던 일을 자세히 설명해 주기 시작했다.

시간은 흘렀다.

정말 짧은 내용을 길게 설명하는 재주를 가진 세인아였다.

그냥 요족과 싸운 일과 드워프의 얘기만 해주면 될 것을 아침에 자리에서 일어나서 시작한 모든 일을 설명하는 것이었다. 이것은 거의 열흘간 사부를 보지 못한 데에 대한 반작용이나 마찬가지였다.

사부와 대화는 나누고 싶었는데 그러질 못하니 오늘의 일을 계기로 마음껏 수다를 떨어보고 싶은 거였다.

잠시 후.

테이도는 이마에 주름을 가득 만들고 세인아의 설명을 모두 다 들어주었다.

"그러니까 네 말은 요족과 드워프 족이 그곳에 있다는 거 아니야."

"뭐, 간단히 얘기하면 그런 거죠, 사부."

세인아의 간단한 대답에 테이도가 버럭 화를 내질렀다.

"그럼 그렇게만 말하면 되는 거였잖아!! 한데 뭔 말이 그렇게 길어, 이놈아!"

"에이, 그건 오랜만에 사부와 대화를 나누니까 이 착하고 예쁜 제자가 너무 좋아서 그런 거죠. 솔직히 너무하신 건 너무하신 거잖아요. 사부가 그냥 공간이동술로 저희를……."

"시끄럽다, 이놈아. 어쨌든 거기에 그대로 있어. 내 금방

갈 테니까."

테이도는 세인아의 얘기가 길어질 것 같자 일방적으로 통신 반지에 주입하던 내력을 끊어버렸다.

"에이, 말 많은 녀석 같으니라고. 어떻게 된 게 나보다 더 말이 많아요. 나도 예전엔 말 많다는 얘기를 곧잘 듣곤 했는데 타이니와 에란트를 빼곤 나보다 더 시끄러워."

잠시 제자에 대한 불평을 늘어놓은 그는 동혈 내부를 한번 둘러보며 자신이 뭔가 놓아둔 게 있나 살펴보았다. 이내 그의 고개가 끄덕여졌다.

"하긴 지난 열흘간 마법을 비롯해 좌선 명상만을 하다 보니 뭔가 놔둘 만한 게 없긴 하군. 한데 드워프가 한둘도 아니고 떼거지로 이곳 드레듀스 섬에 나타나다니 의외로군."

잠시 드워프족에 대해 생각하다가 그는 곧 공간이동술의 시동어를 입에 올렸다.

"일보만리!"

CHAPTER 2
테이도 시

웅성웅성.

드워프 족 사이에 작은 소요가 일었다.

평상시에 자신들의 부족장인 팔모는 인간을 알기를 길거리에 흔히 널려 있는 개똥보다도 못하다고 여기던 그런 사람이었다.

한데 지금은 두 명의 인간 소녀를 아주 극존칭을 쓰면서까지 대하니 다들 놀라는 것도 무리는 아니었다. 물론 그들 모두는 자신들을 구해준 두 명의 소녀가 진짜 인간이라고는 생각하지 않았다.

어쨌든 팔모 부족장은 두 명의 소녀를 은인 이상으로 대했다.

스윽.

팔모 부족장의 시선이 옮겨졌다.

그는 은인들에게 저 앞 수림의 입구 근처에 서성이고 있는 인간 남자를 가리키며 물었다.

"으음, 그런데 무신 아가씨들의 스승이란 분은 저기서 무얼 하고 있는 것인지요?"

그의 음성과 말투에서 왠지 경건함이 묻어 나왔다.

그는 지금 이 두 명의 아이와 테이도를 단순한 인간이 아닌, 신적인 그 무언가로 생각하고 있었던 것이다.

방금 전까지 그는 테이도와 짧게나마 여러 가지 대화를 나누었고, 거의 300년 가까이 살아온 그의 느낌으로 검은 머리의 사내는 절대로 인간이 아니란 그런 생각을 하게 되었었다.

"아마 식사를 하려는 모양이네요. 사부는 요족의 회색 피를 아주 좋아하시거든요."

세인아의 말에 팔모 부족장의 고개가 갸웃거려졌다.

"식사를 말입니까? 그것도 아까 전에 잡아오신 그 뾰족한 가시를 온몸에 두른 괴물의 피를 가지고요?"

"예, 맞아요. 저는 싫은데 사부는 그게 매우 맛있대요. 먹으면 힘이 난다고 하니 저희 힘없는 제자들은 사부를 위해 매일같이 저런 요족 놈들을 잡기 위해 돌아다니고 있답니다. 사부는 요족을 잡아서 가져오지 않으면 막 화를 내시거든요. 후유우! 저희들, 불쌍하죠?"

세인아는 정말 자신이 힘이 든다는 듯이 한숨을 내쉬었다. 그러자 옆에서 그녀의 말을 듣고 있던 에란트가 어이가 없는 듯 핀잔을 준다.

"너 그러다가 사부님께 혼난다. 사부님은 모르는 게 없어. 아마 지금 너의 그 말도 다 들었을걸."

"아차—!"

에란트의 말에 세인아는 얼른 시선을 들어 사부가 계시는 수림의 입구로 향했다.

그러자 시선과 시선이 곧장 부딪쳤다.

화가 난 듯한 느낌을 갖게 하는 얼굴과 계면쩍은 미소를 짓는 그런 얼굴이 만난 것이다.

"흥! 네 녀석이 이제 이 사부를 아주 몹쓸 사람으로 만드는구나."

세인아는 사부의 전음에 얼른 자신도 전음을 보냈다.

"헤헤, 사부도 참. 제가 농담한 거 아시잖아요. 여기 할아버지와 좋은 분위기 속에서 대화를 하려고 말이에요. 너무 그렇게 화난 표정을 지으시면 이마에 주름이 많이 생기니 그만 화를 푸세요, 사부."

"흥! 잘도 갖다 붙이긴."

테이도는 세인아의 전음에 콧방귀를 뀌고는 더 이상 녀석이 자신에게 전음을 보내지 못하게 주위에 둥그런 기막을 쳐 두었다.

스윽.

그의 시선이 다시 밑으로 내려가 5미터 크기의 가시요족에 게 향했다. 이미 요족 녀석에게서 알아낼 건 모두 다 알아낸 상태였다. 물론 그 알아낸 정보란 게 그의 귀를 솔깃하게 만 들 정도의 그런 건 아니었다.

지금까지 하급의 요족 녀석들과 마찬가지로 놈들의 소굴 은 여전히 오리무중이었다.

"제기랄! 내가 언제까지 이곳에 있어야 하는 거야? 나가려 마음먹으면 나갈 수도 있겠지만 빌어먹을 요족들이 아직까지 이 드레듀스 섬 어딘가에 숨어 있으니."

화가 난 테이도.

사실 그는 이미 스스로의 힘으로 이곳 드레듀스 섬에 펼쳐 져 있는 결계를 뚫고 밖으로 나갈 수가 있었다.

그의 삼라귀원선법의 경지가 지령의 경지에 이르자 자연 스럽게 결계를 뚫고 나갈 수 있게 된 것이다. 그리고 실질적 으로 한 번 결계를 뚫고 하늘 위로 날아올라 보기도 했다.

그때 바라본 하늘의 모습이란 오래간만이라서 그런지 색 다르게 느껴졌다.

푸른빛의 창공.

그것이 그의 가슴을 시원스럽게 해주었던 것이다.

"휴우우, 놈들의 우두머리부터 모두 다 잡아들인 다음에나 나가야 할 텐데. 이것들이 지금 무슨 일인가를 벌이고 있다는 건 알겠는데 어디서 지랄들을 하고 있는지 알 수가 없으니 답답하구나."

테이도는 고개를 살래살래 내저었다.

당장이라도 애들을 데리고 나가고 싶었지만 이곳의 인간들이 걱정되어 도저히 나갈 수가 없었다.

"에라이, 이놈이나 어서 먹자."

가슴의 답답함을 맛있는 음식으로 대체하기로 마음먹은 테이도는 곧 죽은 듯 쓰러져 있는 가시요족의 팔 한 짝을 들어 올렸다.

"우선 가시를 없애고."

사가가각.

가시가 많이 나 있어 우선 강기의 무공으로 깨끗이 밀어버린 그는 손가락 하나를 녀석의 팔에 꽂아 넣었다.

푸욱!

그러자 죽은 듯 잠들어 있던 요족이 비명을 내질렀다.

"크아아아아앙—!"

따악!

뚝.

한 번의 손찌검에 녀석의 비명은 사라졌다.

테이도는 녀석의 뒤통수를 한번 매만져 주고는 곧 자리에 앉아 입을 벌렸다.

휘류류류류류.

그러자 놀랍게도 그의 입속으로 요족의 회색 피가 빨대에 흡수가 되듯이 빠르게 빨려 들어갔다. 전 같으면 일일이 손으로 찍어 먹던 그였지만 지금은 이렇게 편하게 피를 흡수하는 것이었다.

'으음, 좋아, 좋아. 이건 정말이지 최고의 보양 식품이자 강장제야. 조금만 마셔도 이렇듯 활기가 넘쳐나니.'

잔뜩 찌푸린 표정을 짓고 있던 테이도는 어느새 황홀한 표정을 한 채 녀석의 피를 다 흡수할 때까지 그렇게 앉아 있었다.

휘이이이잉.

시원한 바람이 불어왔다.

칠십여 명의 드워프 족은 그 시원한 바람을 놀랍다는 눈으로 바라보고 있었다.

그것은 그냥 단순한 바람이 아니었다.

그들도 거의 본 적이 없는 실라페란 이름의 바람정령이 불어주는 그런 바람인 것이다.

정령은 거의 10여 미터에 이르는 키에 여자처럼 치렁치렁한 머리를 하고 있었다. 새하얀 빛을 내며 마치 천상의 여신과 같은 풍모를 하고 있는 바람정령은 자신의 힘을 최대한 약하게 한 채 주위를 시원하게 해주고 있었다.

이것은 세인아의 힘이었다.

세인아는 날이 너무 더운 것 같아 자신과 계약을 맺은 실라페를 소환해 주위를 시원하게 해주고 있는 것이었다.

"실라페, 계속 그렇게 수고 좀 해줘."

―아니에요, 주인님. 수고는요. 저는 이렇게 주인님과 함께 있는 게 너무나 좋은 걸요.

웅성웅성.

지금까지 조용하기만 하던 드워프들이 갑자기 작게나마 떠들기 시작한다.

"저, 정말 엄청나군."

"그러게나 말일세. 정말 대단한 일이야. 갑자기 낯선 곳으로 떨어져 암담했는데 이렇게 대단한 모습들을 구경할 수 있게 될 줄 누가 알았겠나."

"인간이 아니야, 인간이!"

그들은 좀 전부터 놀라운 광경을 계속해서 목도하게 되어 다들 약간씩은 흥분된 상태였다.

그들이 지금 보고 있는 바람정령을 제외하면 우선적으로 그들의 머리 위를 들 수가 있었다.

지금은 분명 한밤중이었다.

한데 그들의 머리 위로는 커다란 빛의 광구가 홀로 떠 있어 주위를 아주 환하게 만들어주고 있었다. 마치 어두운 밤이 물러나고 다시 태양이 모습을 드러낸 것 같은 그런 현상이 장내에 나타난 것이다.

이건 1써클에 자리한 라이트 마법이 절대로 아니었다. 1써클의 마법이 어떻게 태양의 빛을 만들어낼 수 있겠는가.

그리고 바람정령을 불러들인 세인아의 옆에는 에란트가 있었는데 현재 그녀는 설거지를 하고 있는 중이었다.

조금 전 드워프 일족과 테이도 일행은 공룡 고기로 저녁 식사를 했다.

에란트는 저녁 식사를 위해 자신의 마법 배낭에서 조립식 식탁을 비롯해 그릇들을 꺼냈는데 이제는 설거지만 남게 되었다. 한데 이곳엔 그 어디에도 물가가 보이지 않아 드워프들은 당연히 그 빈 그릇들을 그대로 마법 배낭 안으로 집어넣을 줄 알았다.

그러나 에란트는 그들의 그런 생각을 뒤집고 세인아처럼 자신의 정령인 운다인을 불러내 눈앞에 있는 식탁을 비롯한 그릇들을 모두 씻게 하고 있는 중이었던 것이다.

물의 정령인 운다인.

운다인은 2미터 크기에 푸른빛을 내는 여성형의 정령이었다. 물론 여기서 크기란 건 정령이기에 얼마든지 조절할 수가 있는 것이었다.

쏴아아아아아—

운다인은 한 번씩 자신의 몸에서 물줄기를 뿜어내 그릇을 깨끗이 세척하며 물기를 다시 거둬들이는 일을 반복하고 있었다.

설거지를 다 마친 운다인은 곧 에란트의 얼굴에 묻은 먼지를 닦아주었다.

"고마워, 운다인."

─아닙니다, 주인님. 저도 실라페처럼 주인님의 일을 돕는 게 너무나 즐겁습니다.

"호호호, 말이라도 그렇게 해주니 정말 고마운데?"

스윽.

에란트는 운다인을 향해 싱긋이 한번 웃어주고는 곧 시선을 돌려 절벽 가에 따로 탁자와 의자가 마련되어 있는 곳으로 향했다.

그곳엔 지금 드워프인 팔모 부족장과 사부인 테이도가 함께 앉아 무언가 대화를 나누고 있는 중이었고, 그 대화는 이제 서서히 마무리가 되어가는 중이었다.

"그러니까 이제 저희 강철의 드워프 족은 다시는 고향으로 돌아가지 못한다는 얘기로군요."

팔모 부족장이 힘 빠진 목소리로 말했다.

"뭐, 일단 이곳의 결계가 깨지지 않는 이상은 어쩔 수 없는 일이니. 에이, 이봐요, 팔모 영감님. 너무 그렇게 풀 죽은 듯한 모습은 하지 맙시다. 그래도 한 일족의 대장이라는 사람이 그런 모습을 보이면 다른 부족원들이 어떤 생각을 하겠습니까. 안 그래요?"

"아아, 예. 물론 그렇지요. 하지만 아무리 그렇다 하더라도 지금의 얘기가 너무 충격적인지라. 조금 가슴이 답답하군요, 테이도 씨."

그는 처음 테이도를 보았을 때 그를 어떻게 칭해야 할지 몰라 대화에 어려움을 겪어야 했다. 부족장이 느끼기에 테이도는 분명 이곳 중간계에 살아가는 평범한 사람이 아닌 천상계에 자리한 신적인 그 무언가로 느껴졌기 때문이다.

그렇지만 다행인 게 처음부터 테이도가 편하게 자신의 이름을 부르라 하여 지금은 이렇듯 이름의 끝에 '씨' 라는 말을 붙여 공대를 하고 있었다.

"어쨌든 제가 방금 말한 대로 앞으론 이곳에서 살아가야 하니 얼른 살 곳을 찾아 떠납시다. 메키가 있는 그곳이면 제가 장담하건대 드워프들이 살아가는 데 큰 불편은 없을 테니 말이에요."

테이도의 말에 팔모 부족장이 주름진 얼굴에 근심을 드리우며 말한다.

"드워프와 인간이 같이 어울려 산다는 게 그렇게 쉽지만은 않은 일인데."

"아, 나 참! 그러니까 당분간만 그곳에 있다가 이곳 생활에 좀 적응이 되면 다른 곳으로 가 터를 만들면 된다고 얘기했잖아요. 아까도 얘기했지만 지금 이곳 드레듀스 섬은 상당히 혼

란스러운 시기란 말입니다. 전 같으면 세 달에 한 번 지랄을
떨던 괴물들이 지금은 수시로 난동을 부리니 제대로 된 방어
벽을 갖추지 못한 곳에 정착했다가는 큰일이라구요. 그냥 싸
그리 다 죽는단 말입니다."

결국 다 죽는다는 말이 팔모 부족장의 마음을 돌려놓았다.
자신 혼자라면 따로 떨어져 살 수도 있겠지만 현재 그는 한
부족의 수장이었기 때문에 생각대로만 행동할 수는 없었다.

"예, 알겠습니다, 테이도 씨. 그럼 아까 말씀하신 대로 저희
가 그곳 시로 가겠습니다. 한데 시의 이름이 어떻게 됩니까?"

부족장의 질문에 테이도의 얼굴이 무슨 일인지 잔뜩 구겨
졌다. 그건 정말이지 대답하기 싫은 질문을 받았다는 듯한 그
런 표정이었다.

"시의 이름은?"

"이름은?"

"테이도 시입니다."

"……."

부족장의 두 눈이 동그랗게 치켜떠졌다.

테이도는 구겨진 얼굴 표정을 계속해서 유지한 채 서둘러
화제를 바꾸었다.

"허험, 잠시만 기다려 봐요. 내 그리로 금방 보내줄 테니."

얼굴을 살짝 붉히며 자신의 왼손에 끼워져 있는 통신 반지
에 내력을 주입하는 테이도. 그는 곧장 제자 중 한 명의 이름

을 불렀다.

"크리티안!"

*　　　*　　　*

밤하늘엔 어느샌지 많은 구름이 들어차 있었다. 내일쯤에
는 비라도 한바탕 쏟아질 것 같은 그런 날씨.

크리티안은 별빛 한 점 비치지 않는 그런 하늘을 잠시 바라
보다가 곧 시선을 돌려 옆을 바라보았다.

마루처럼 보이는 커다란 목대에 몇 사람이 보였다.

두 명의 남자와 두 명의 여자.

모두 그녀가 알고 있는 이들이었다.

이곳은 시의 외곽에 자리한 작은 숲의 공터였는데, 어릴 때
아이들과 무림 놀이를 할 때면 꼭 이곳에 와서 놀곤 했던 크
리티안이었다.

"어루루루루, 깍꿍!"

알레인은 잠이 든 아기가 보채자 안아 들며 물었다.

"이제 그만 사부가 있는 곳으로 가도 되지 않니, 크리티안?
사실 이곳은 네가 없어도 우리들만으로도 충분하잖니."

그의 말에 크리티안이 고개를 살래살래 내젓고는 곧 힘없
이 말을 이었다.

"안 돼요, 아저씨. 앞으로도 5일간은 이곳 남부에 제가 있

어야 해요. 아저씨도 알고 있는 그 요족들을 잡지 못하는 이상 사부가 시킨 대로 이 지역에 머물러 있어야 하거든요."

옆에 있던 호드리조가 곤히 자고 있는 자신의 딸을 안은 채 말했다.

"하여간 테이도 그 녀석은 좀 알아주어야 해. 그냥 지 제자들과 같이 돌아다니면 뭘 어때서. 꼭 그렇게 나누어서 요족들을 잡네 어쩌네 하는지 몰라."

"어쩔 수 없죠, 뭐."

크리티안은 잠들어 있는 아이들의 볼을 쓰다듬어 보았다.

보송보송한 피부가 손끝에 부드럽게 스쳐 지나가는 게 기분이 좋았다.

알레인과 호드리조, 그리고 현재 이 자리에는 없는 하르노프는 이제는 모두 다 가정을 꾸려 애까지 딸린 유부남이 되어 있었다.

애들 자랑을 어찌나 하는지 테이도는 이 세 친구가 꼴도 보기 싫어 지금은 이곳 시로 잘 찾아오지 않는다. 물론 자신의 이름을 시의 이름으로 사용한 것 또한 무척이나 마음에 안 들기는 매한가지였다.

지이이이잉.

크리티안은 자신의 왼손에 있는 통신 반지에서 갑자기 빛이 일자 두 눈에 반색을 지었다.

"어? 사부잖아. 헤헤, 웬일이지? 사부가 이렇게 먼저 연락을 다하고 말이야."

"테이도니?"

알레인의 물음에 크리티안이 고개를 끄덕였다.

"호호호. 예, 그래요, 알레인 아저씨. 호호, 아무래도 제가 많이 보고 싶어서 이렇게 연락을 하시나 봐요. 제가 그래도 세 친구보다는 더 예쁘잖아요?"

크리티안은 입가에 환한 미소를 머금고 곧 통신 반지에 자신의 내력을 주입해 보았다. 그러자 통신 반지에서 곧 테이도의 말소리가 들려왔다.

"크리티안!"

"예, 사부. 저 크리티안이에요."

"잠깐 그렇게 내력을 주입하고 있어라. 게이트를 열 테니."

"게이트를요?"

갑자기 사부가 게이트를 열겠다는 말에 의아하다는 생각을 품는 크리티안이다.

보통 사부가 사용하는 게이트는 대규모의 물자나 사람을 이송할 때에 사용하던 것이기 때문이었다.

공간 계열의 마법인 게이트는 기존의 마법에는 존재하지 않는 마법이었다. 마법의 끝이라는 7써클의 마법에도 존재하지 않는데 그 이유는 이 게이트 마법을 테이도가 직접 만들어냈기 때문이다.

테이도는 현재 마법에서도 특히 공간 계열에 많은 심혈을

쏟으며 연구하고 있었다.

"그래, 그러니까 잠시만 그렇게 하고 있어. 좌표를 계산해 봐야 하니까."

사부의 말에 크리티안은 통신 반지에 계속해서 내력을 주입했다. 그러자 잠시 후. 그들이 있는 곳에서 10여 미터 정도 떨어진 지면의 위에 작은 진동이 일었다.

지이이이이잉.

공간이 흔들리며 곧 검은 구체와 같은 구멍 생겨났다.

그것은 점점 크기를 더해 나중에는 직경이 5미터 가까이 되는 그런 큰 구멍으로 변했고, 그 안에서 곧 특이한 생김새의 인간들이 걸어나왔다.

그들은 다름 아닌 드워프들이었다.

"어? 메키 아줌마와 똑같은 사람들이네?"

크리티안의 말에 마루에 앉아 있던 사람들이 벌떡 일어나 다 같이 놀랍다는 듯이 말했다.

"이게 어찌 된 일이지? 어떻게 이런 많은 수의 드워프들이 이곳 드레듀스 섬에 나타난 거야?"

호드리조의 말에 알레인이 대답했다.

"그러게 말이야. 이건 정말 대사건이군."

"어서 파구스 시장님을 모셔와야겠는걸. 세니아, 당신이 어서 가서 시장님을 좀 데려와 줘야겠어. 긴급으로 말이야."

호드리조가 옆에 있던 자신의 아내에게 말을 하자 그녀는 곧바로 고개를 끄덕이며 대답했다.

"알겠으니 당신은 그럼 우리 애나 잘 봐요. 저번처럼 크게 울리지나 말고요."

"알았어. 걱정 마."

왠지 전보다 많이 점잖아진 호드리조였다.

그는 세니아를 시의 청사로 보내고는 자신은 알레인과 같이 게이트를 통해 나오는 드워프들의 숫자를 세어보았다.

하나, 둘, 셋.

모두 일흔다섯의 드워프였다.

그리고 그들 드워프들의 뒤로 세인아와 에란트, 그리고 마지막으로 테이도가 모습을 드러내며 검은 공간을 만들어내던 게이트 마법은 사라졌다.

웅성웅성.

드워프들은 자신들 앞에 있는 몇 명의 사람들을 바라보고는 서로 떠들어대기 시작했다. 모두들 이곳이 어디인지 무척이나 궁금하다는 그런 눈치를 보이고 있었다.

저벅저벅.

그때 드워프들이 서 있는 공간을 뚫고 세 인영이 앞으로 나섰다. 테이도와 세인아, 에란트.

"사부, 여기 크리티안이에요."

크리티안은 사부의 모습을 보자 큰 소리로 불렀다. 그리곤 쏜살같이 달려가 안겼다.

부비부비.

크리티안은 테이도의 상의에 얼굴을 묻고는 빠르게 물었다.

"사부, 사부! 사부는 저 안 보고 싶었어요? 저는 매일같이 사부 생각하느라 잠도 제대로 못 잤는데."

정말 사내의 심금을 울리는 그런 예쁜 목소리다.

돌부처가 아니라면 이런 목소리의 주인공한테는 그 무슨 부탁이라도 당장 들어줄 것 같았다.

하지만 테이도는 크리티안이 너무 달라붙자 얼굴을 살짝 구기며 말했다.

"덥다. 저리 비켜 서거라."

"우웅! 너무해요, 사부! 제 진심도 몰라주고."

테이도가 손가락으로 그녀의 이마를 누르며 떼어나자 크리티안이 심통난 표정을 지었다.

봐도 봐도 보고 싶은 게 사부의 모습인데.

"하하, 테이도. 보기 좋은데?"

"어서 와라, 테이도."

테이도는 시선을 돌려 자신을 반가워하는 얼굴로 맞이하는 두 친구에게 콧방귀를 뀌며 말했다.

"홍! 번들번들거리는 얼굴이 요새 무슨 좋은 일이라도 있는 모양이군. 아주 행복에 겨운 얼굴들이야."

테이도의 말에 두 친구가 얼른 나서며 말했다.

"헤헤, 너도 그렇게 부러우면 결혼하면 되잖아."

"맞아, 맞아. 그러면 이렇게 귀엽고 사랑스러운 아기도 얻을 수가 있는 것이지."

"흥흥! 부럽기는 개뿔이 부러워."

테이도는 기분이 나빠졌다. 그래서 바로 질문에 들어갔다.

"파구스 영감님은?"

"응. 곧 오실 거야. 세니아에게 방금 다녀오라고 시켰거든."

"그래? 에이, 그럼 여기로 오기 전에 영감님께 그냥 먼저 연락할 걸 그랬군."

스윽.

테이도는 미간을 살짝 찌푸리더니 곧 시선을 돌려 드워프들이 모여 있는 곳으로 향했다.

드워프들의 가장 앞줄, 거기에 팔모 부족장이 보였다.

원래대로라면 이들을 데리고 바로 시의 안쪽에 있는 청사로 가야 했지만 테이도는 그렇게 하지 않았다.

별로 시의 안쪽으로 들어가고 싶은 마음이 없었던 것이다.

대충 여기서 서로 인사만 시키고 자신은 다른 곳으로 가볼 생각을 가진 테이도였다.

"어이, 팔모 영감님. 잠시만 있어봐요. 곧 이곳 시장이 올 테니 말이에요."

"알겠습니다, 테이도 씨."

그들은 그렇게 시의 사람들이 오기를 기다렸다.

잠시 후.

일단의 사람들이 빠른 걸음으로 몰려왔다.

한데 그들 중에는 테이도의 친구 중 하나인 메키도 포함되어 있었다.

메키는 오래간만에 자신과 같은 드워프 족을 보자 감격이 복받쳐 오는지 두 눈에 눈물이 살짝 어려 있었다.

"아니, 이게 어찌 된 일이야? 우리의 마스코트인 메키 양께서 눈에 이슬을 맺히다니, 이건 세상이 망할 징조인 건가?"

테이도는 오래간만에 보는 메키를 향해 농담을 건넸다.

하나, 메키는 테이도의 말에 별다른 반응을 일으키지 않았다. 다만 고마움이 담긴 눈빛으로 그를 한 번 보고는 곧바로 드워프들이 자리한 곳으로 다가가 대화를 나누기 시작했다.

서로의 부족 명을 말하며 즐거운 듯 대화를 나누는 그들.

강철의 드워프 족은 이곳 드레듀스 섬에 자신들보다 먼저 와서 잘살고 있는 메키를 보자 서로 저마다 질문을 퍼붓기 시작했다.

"허허, 이곳에 이런 미인이 먼저 와 계실 줄은 미처 몰랐습니다. 우리 강철의 부족에게 많은 것들을 가르쳐 주십시오."

"아닙니다, 아니에요."

그리고 팔모 부족장의 경우는 따로 떨어져서 누군가와 대화를 나누기 시작했다.

테이도는 파구스 시장과 팔모 부족장을 서로 소개시켜 주었고, 앞으로 이러이러했으면 좋겠다는 말들을 해주었다.

"강철의 드워프 족이라고요. 하여간 반갑습니다. 이렇듯 낯선 땅에 갑자기 떨어져 모든 게 혼란스러우실 테지만 제가 당신들이 이 땅 어딘가에 정착하실 때까지는 최대한 편의를 봐드리겠습니다."

"허허허, 감사합니다. 이렇게 환대해 주실 줄은."

"허허, 아닙니다. 환대는요. 당연히 해야 할 일을 하는 것뿐이니 너무 부담 가지실 필요는 없습니다."

팔모 부족장은 처음 테이도에게 파구스 시장이 마법사라는 말에 고개를 끄덕였다. 인간은 하찮게 여기지만 마법사는 인정하는 게 드워프였다.

그리고 파구스 시장 같은 경우에는 그냥 마법사가 아니라 6써클에 이른 마도사이지 않은가.

파구스 시장은 지금으로부터 석 달 전쯤에 꿈에 그리던 6써클에 오를 수 있었는데 이것은 모두 3년 전 테이도가 전해준 한 가지 물건 때문이었다.

바로 자신에게 전해졌어야 할 그 7써클까지의 마법 이론과 수식이 적혀 있는 천고의 마법서가 다시 자신의 손으로 들어

온 것이다.

물론 그가 6써클의 마도사가 될 수 있었던 이유는 마법 서적 말고도 다른 이유가 있었다.

사실 그 이유가 더 크긴 했다.

테이도는 자신이 갖고 있던 그 열두 권의 마법 서적을 파구스 시장에게 전해주며 그냥 끝낸 게 아니라 6써클의 마도사에 이르는 방법을 알려주었다.

마나 명상법을 어떠한 식으로 해야 하는지와 6써클의 마법 수식 중 한 가지를 가르치며 앞으론 자신이 가르치는 방식대로 수행하면 머지않아 6써클에 오를 것이라 했다.

그리고 테이도의 그 말은 2년 하고도 9개월 만에 현실로 이루어졌다.

이 땅에 새로운 마도사가 탄생하게 된 것이다.

"자자, 그럼 이제 여기서 이럴 게 아니라 다들 시로 돌아가서 마저 대화를 나누세요. 나는 이만 빠질 테니."

테이도의 말에 파구스 시장이 두 눈을 동그랗게 뜨고는 말했다.

"자네는 안으로 들어가지 않을 셈인가?"

"제가 왜 시의 안쪽으로 들어갑니까? 시의 이름을 바꾸지 않는 이상 앞으로도 웬만하면 이곳엔 얼씬도 않을 테니 그리 아세요."

기분 나쁘다는 듯이 말하는 테이도다.

"아니, 그건 나도 어찌할 수 없다는 걸 자네도 알고 있지 않은가. 그때 시의 이름을 지을 때 모두의 의견을 받아들여 자네의 이름을 따 테이도라 지었는데 지금에 와서 그걸 어찌 바꾸는가?"

"몰라요, 몰라. 나는 그거 모르니까. 하여간 시의 이름을 빨리 다른 걸로 바꿔요. 남사스럽게 내 이름을 시의 이름으로 삼다니, 생각할수록 얼굴이 다 뜨거워지네."

테이도는 인상을 팍 구기고는 뒤에 있던 세 아이를 불러들였다.

"자아, 애들아, 이만 가자."

"예, 사부."

"잠시만요, 사부님. 알레인 아저씨의 아기가 너무 귀엽네요."

에란트의 말에 테이도가 신경질을 부렸다.

"귀엽긴. 네가 나중에 커서 애 한번 키워봐. 그게 얼마나 귀찮은 일인데. 얼른 와 안 오면 그냥 갈 테니까."

"사부님도 참……."

사부의 재촉에 에란트가 어쩔 수 없는지 걸음을 옮겼다.

테이도는 곧바로 게이트 마법을 펼쳤다.

지이이이잉.

이번엔 좀 전보다 작은 공간이 생겼고, 테이도는 세 아이를 우선 들여보내고는 파구스 시장에게 한마디 했다.

"하여간 빠른 시일 내에 이름을 바꾸지 않으면 다시는 이리로 오지 않을 테니 그리 아세요."

그리곤 게이트의 공간 속으로 사라지는 테이도다.

"허허허, 거참."

파구스 시장이 사라진 테이도를 보며 너털웃음을 터뜨렸다.

사실 그는 시의 이름을 바꿀 생각이 전혀 없었다. 또한 시의 사람들도 그걸 원치 않을 것이다.

지금의 이 완벽한 도시가 세워지기까지는 테이도의 힘은 절대적이었고, 다들 그 고마움으로 시의 이름을 지었기 때문이다.

'아무튼 너무나 고맙군. 말은 저렇게 해도 도시가 위기에 처할 만하면 도와주러 오니.'

＊　　　　＊　　　　＊

태양의 빛이 가장 강한 한낮이다.

한데 이상하게도 이곳은 빛보다는 어둠이 더 많은 자리를 차지하고 있었다. 사실 이건 그럴 수밖에 없는 게 이곳은 빽빽한 거목들이 사방을 감싸고 있는 그런 수림 지역이었기 때문이다.

좀 더 정확히 말하자면 이곳은 드레듀스 섬의 북동부에 자리한 어둠의 숲이었다.

"크아아아아앙!"

"쿠오오오오!"

어디선가 괴물들의 포효 소리가 들려왔다.

그 포효 소리에는 다급함이 묻어 나오고 있었는데, 마치 무언가에 쫓기고 있는 듯한 그런 느낌을 갖게 했다. 그리고 그 소리는 점점 가깝게 들려왔다.

쿵쿵쿵!

우지지지직!

잠시 후. 수십여 마리의 괴물들이 거목들을 부수며 장내에 나타났다. 하나, 녀석들은 이곳에 모습을 보이자마자 빠른 속도로 하나씩 쓰러져 갔다.

슈아아아아악.

섬전처럼 날아가는 하나의 구슬, 아니, 그건 구슬이 아니라 강기가 집약된 하나의 강환이었다.

강환은 도망치는 괴물들의 뒤를 쫓아 하나씩 녀석들의 몸을 뚫어버렸다.

콰콰쾅!

"크에엑—!"

괴물들은 사력을 다해 피해보려 하지만 놈들의 걸음으로는 어림도 없는 일이었다.

콰앙!

끝없이 들려오는 폭음.

강환은 이십여 마리의 괴물을 폭사시켜 버리고는 서서히 힘이 약화되더니 곧 소멸되어 버렸다.

"으음, 아직 십여 마리가 살아남았군."

언제 나타난 것일까? 괴물들이 뚫고 온 길의 오른편에 한 인영이 모습을 드러냈다.

검은 머리에 흑요석같이 반짝이는 검은 두 눈을 지닌 소녀.

그녀는 다른 누구도 아닌 타이니였다.

"크아아아아아앙!"

"끼리리리릭."

상대의 모습을 확인하자마자 겁에 질려 다시 빠르게 도망치려는 괴물들. 놈들의 지금 모습에선 과연 이 괴물 녀석들이 어둠의 숲을 지배하는 마물들인가 하는 그런 의심이 들게 하기에 충분했다.

스윽.

타이니는 시선을 이리저리 돌려 도망치는 녀석들의 뒷모습을 바라보고는 바로 오른손을 들어 올렸다.

"그럼 일을 마무리 지어야겠지?"

우우우우웅.

그녀가 오른손에 내력을 주입하자 곧바로 검은 빛이 일렁이더니 좀 전과 같은 강환이 생겨났다.

절대적인 파괴의 기운을 내뿜는 어둠의 강환.

타이니는 살아남은 십여 마리의 괴물을 향해 또 한 번 강환을 날려 모조리 죽음을 안겨주었다.

정말로 괴물들에게는 사신과 같은 인물이 그녀였다.

원래 이곳 어둠의 숲은 드레듀스 섬에 자리한 괴물들의 서식지 중 가장 흉포한 녀석들만 머무는 곳이었다.

크기는 그리 크기 않지만 좀 더 단단한 피부에 날카로운 이빨, 거기다 일부의 녀석들은 몸에 독이 있어 이곳 어둠의 숲에는 인간이 절대로 들어오지 않았다.

그러한 이곳을 타이니는 자주 애용했다.

어둠의 숲은 힘이 센 괴물들이 많아 무도 수행을 하는 데에 이곳만큼 좋은 곳도 드물기 때문이다. 물론 이제는 더 이상 이런 몸을 사용하는 수련은 아무런 의미가 없었지만 말이다.

부스럭.

"응?

타이니가 시선을 들어 어둠의 숲 바깥쪽을 바라보았다.

"살아남은 녀석이 있었군."

다 잡은 줄 알았는데 이제 보니 한 마리가 더 살아남은 모양이었다. 비록 나무에 가려져 모습은 보이지 않지만 300여 미터 앞에서 한 마리의 작은 괴물이 도망치고 있는 게 그녀의 기감에 포착되었다.

"좋아. 그렇다면 마저 잡아야지."

타이니의 검은 눈동자가 착 가라앉으며 무섭게 빛났다.

그것은 자신이 노린 먹이는 단 하나도 놓치지 않겠다는 그런 의지가 담기 눈빛이었다.

그녀는 바로 비천섬을 펼쳐 장내에서 사라져 버렸다.

스팟─!

CHAPTER 3
혼백을 흡수하는 눈동자

화르르르르.

천여 명이 모인 작은 규모의 마을이 시뻘건 불길 속에 타오르고 있었다. 여기저기선 괴물들의 포효 소리와 함께 인간들의 절규가 들려왔다.

"크아아아아앙―!"

"뒤로 물러서며 계속해서 독화살을 날려라!"

누군가 큰 소리로 마을 주민들을 독려해 보지만 전세는 서서히 괴물들의 승리로 마무리되어 가고 있었다.

모든 게 부족했다.

이곳은 생긴 지 그리 오래되지 않은 마을이라 쓸 만한 독액의 양이 모자랄 뿐만 아니라 더구나 마을의 주위를 막아줄 방벽 또한 삼분의 일 정도만 완공되어 있어 괴물들의 습격에 제대로 대처할 수가 없었다.

하나, 다행스럽게도 오늘 이곳 마을에 행운의 여신이 나타났다. 물론 그녀의 별호는 행운의 여신이 아닌 암흑의 전신이었지만 말이다.

커다란 거목의 위.

그곳에 한 인영이 가느다란 나뭇가지에 서서 바람의 일렁임에 맞춰 같이 신형을 움직여 주고 있었다.

두근두근.

타이니의 가슴은 저도 모르게 두근거렸다.

그건 긴장이 돼서 그런 게 아닌, 너무나 기뻐서, 뜻밖에 대어를 낚을 수 있게 돼서 그런 거였다.

그녀의 시선은 200여 미터 앞에 자리한 한 마을에 가 있었다.

"쿠오오오오."

"으아악! 이 괴물아, 죽어랏!"

수백여 마리의 괴물들이 인간의 마을을 무참히 유린하고 있는 그런 상황이었다. 물론 타이니가 인간이 당하고 있는 그 같은 모습에 기뻐 할 리는 없었다.

"중급의 요족이 이곳에 있었다니… 거기다 '소울 아이'를 지니고 있는 녀석도 보이고."

너무나 기쁜 타이니.

3년 전 그날, 중급의 요족에게 당한 기억이 아직도 생생하게 남아 있는 그녀였다.

실력이 모자라진 거였다.

능력이 모자라 놈에게 당한 거였다.

그동안은 하급에 자리한 녀석들만 상대해 왔는데 이제야 비로소 중급의 능력을 지닌 놈을 만나 제대로 된 복수를 할 수 있게 되었다.

타이니는 바로 두 눈을 감고 누군가를 불러냈다.

"엘리아덴, 너의 모습을 이 자리에 드러내라!"

그러자 곧바로 그녀의 10여 미터 앞의 허공에서 어떤 시커먼 기류 같은 게 새어 나왔다.

휘류류류류.

마치 예전의 다크마를 보는 듯한 그 모습.

엘리아덴은 다름 아닌 공포의 정령이었다.

다른 세 친구가 자연계의 정령과 인연을 맺은 데 반해 그녀는 정신계의 정령과 인연을 맺게 되었다.

이 모두는 3년 전, 아이들 모두가 초절정의 경지에 들어선 후 테이도가 정령 탐지 마법진을 그려 아이들을 순서대로 들여보내 인연을 맺게 한 것이었다.

스스스스스스.

엘리아덴은 제대로 된 형체를 만들지 않고 그냥 검은 안개 형태로 허공에 떠 있었다. 그러나 곧 그 안개 중심부에서 사람의 얼굴 같은 형상의 물체가 튀어나와 타이니에게 말을 걸었다.

―부르셨습니까, 주인님.

타이니는 자신의 정령이 모습을 드러내자 바로 한 가지 명령을 내렸다.

"엘리아덴, 너는 지금부터 저기 작은 마을을 습격하고 있는 괴물들을 공격해라. 단, 인간은 절대로 손대면 안 된다."

―알겠습니다, 주인님.

엘리아덴은 타이니의 명령에 바로 자신의 안개와도 같은 몸을 공간 속으로 스며들게 하였다.

정신계의 정령이란 건 공간의 제약을 받지 않기에 엘리아덴은 바로 괴물들이 난동을 부리고 있는 곳으로 가 자신의 힘을 발휘하기 시작했다.

스윽.

타이니는 엘리아덴을 먼저 보낸 뒤 자신의 왼손을 들어 올렸다. 손에 내력을 주입하니 숲에서와 똑같은 모습이 그 손바닥 위에 나타났다.

우우우우웅.

검은빛을 띠는 강환이 호두 알보다 크게 나타나 허공으로 천천히 떠올랐다.

"좋아, 그럼 이제 시작해 볼까?"

그녀는 지체하지 않고 바로 강환을 괴물들이 모인 곳으로 날린 뒤 자신도 어기비행을 펼쳐 빗살처럼 날아갔다.

슈아아아아앙!

전세가 뒤바뀐 건 한순간이었다.

"크아아아아아앙—!"

"쿠오오오오!"

놈들의 포효 소리가 이상하게 들려온다. 그건 마치 상대를 공격하기 위한 게 아니라 무언가에 겁을 집어먹어 내는 듯한 그런 포효 소리였다.

현재 육식 공룡과 거대 몬스터는 우왕좌왕하며 도망치기에 바빴다. 자꾸만 머릿속에서 불길한 기분이 들며 몸의 움직임을 둔화시키고 있었고, 그 기분은 점점 심화되어 커져만 갔다.

쿵! 쿵!

놈들의 걸음은 갈수록 더디어져만 갔다.

또한 놈들은 스스로 무너져 내리고 있었다.

바로 그때, 검은빛의 무언가가 섬전처럼 날아들며 겁을 집어먹은 수십여 마리의 괴물들을 뚫고 지나갔다.

슈아아아아악!

콰콰쾅!

강환은 놈들의 밀집 지형을 한번 휘저으며 자신의 힘이 완전히 소멸될까지 계속해서 놈들을 공격했다.

"크아아아아앙—!"

"키리리릭"

털썩! 털썩!

무더기로 쓰러지기 시작하는 괴물들.

"……."

살아남은 마을 사람들은 멍하니 서서 자신들의 앞에서 무더기로 쓰러지는 괴물들을 바라보기만 하였다. 그리고 그들은 곧 자신들의 마을에 신이 나타났음을 알 수 있었다.

그것도 네 명의 신 중 하나인 암흑의 전신이.

"와아아아, 살았다! 우리 마을에 무신이 나타났다!"

"만세! 만세! 무신이다! 암흑의 전신이야! 다들 힘을 내자! 와아아아아!"

타이니는 마을에 강환보다 조금 늦게 나타나더니 자신의 허리춤에 있는 천마도를 빼 들었다.

스윽.

칙칙한 묵빛을 띠는 천마도가 무시무시한 기세를 일으키며 허공으로 들려졌다.

"천마지옥섬!"

타이니는 천마지옥도법의 첫 번째 초식을 펼치며 마을의 안쪽으로 빠르게 날아들었다.

사가가각.

공포의 정령에 의해 행동이 둔화된 괴물들이 타이니의 한 번의 칼질에 우수수 머리가 잘려 나갔다.

털썩! 털썩!

힘 한번 제대로 써보지도 못하고 쓰러지는 괴물들.

이렇게 집단 싸움을 하는 데 있어 타이니의 정령은 다른 세 친구보다 월등한 위력을 보여준다.

싸움에 있어서 가장 중요한 것은 투지와 같은 사기라 할 수 있었는데, 현재 괴물들은 집단적으로 공포라는 감정에 지배를 받고 있어 싸우겠다는 의지가 전혀 없었던 것이다.

"저놈이 감히."

갑자기 타이니의 입에서 착 가라앉은 낮음 음성이 흘러나왔다.

그녀의 눈에 마을의 가장 안쪽에 자리해 있던 요족이 지금 도망을 치려 하는 게 보였던 것이다. 또한 그 요족의 주위에 같이 있던 세 녀석도 함께 도망치려 하고 있었다.

타이니는 괴물들보다는 중급의 요족이 더 급했다.

어차피 괴물들은 자신의 정령에 의해 제대로 된 힘을 발휘할 수가 없는 형편이니 그녀는 안심하고 바로 중급의 요족을 향해 신법을 펼쳐 나갔다.

슈아아아아악!

*　　　　*　　　　*

딱딱한 녹색의 고목과 같은 모습을 하고 있는 요족.

5요단의 경지에 있는 나무요족은 키가 6미터에 이르고 몸에는 무수히 많은 잔가지가 나 있는 그런 녀석이었다.

나무요족은 지금 눈앞에 있는 론의 권속들과 같이 일을 하고 있는 중이었다.

일이란 건 다른 게 아니고, 자신의 정신감응에 지배를 받고 있는 괴물들이 인간들을 무더기로 죽이면 사람의 주먹보다 조금 커다란 눈알처럼 생긴 물건으로 그 죽은 인간의 백(魄)을 흡수하는 것이었다.

그리고 이 같은 일은 드레듀스 섬의 다른 곳에서도 벌어지고 있었다.

"크라인 무린 지드노 앨크레인 노바……."

용병 복장의 갈색 머리 사내는 자신이 들고 있는 소울 아이에 계속해서 정신을 집중한 채 주문을 외우고 있었다.

휘스스스스스.

왠지 괴기스럽게 느껴지는 광경이다.

그의 앞에는 족히 백여 명은 충분히 넘는 마을 사람들이 몸체가 분리되어 죽어 있었는데 지금 그 죽은 시신에서는 희미한 무언가가 떠올라 천천히 소울 아이라는 법보에 흡수되고 있었다.

하지만 지금의 그 일은 곧 어디선가 느닷없이 들이닥친 한 인영에 의해 멈춰야만 했다.

"이런 제기랄!"

갑자기 요족에게서 거친 반응이 흘러나왔다.

<u>스스스스슷.</u>

하늘을 찌를 것 같은 투기가 마을의 입구에서부터 일어나
자신의 정신에 영향을 주고 있었던 것이다.

"크르르릉! 무신이 나타났다! 그만 하고 이제는 모두 물러선
다! 어서!"

"알겠습니다, 트라우마님."

들고 있던 소올 아이를 챙기며 세 사내가 다급한 기색으로
마을의 뒤쪽에 있는 숲으로 내달렸다.

무신의 이야기는 귀가 닳도록 들은 그들이었다. 한번 걸리
면 절대로 빠져나갈 수가 없다는 사신의 이야기.

"급하다! 빨리!"

트라우마란 이름을 가진 나무요족이 200여 미터 뒤에서 쫓
아오는 타이니를 바라보며 부하들을 재촉했다.

"크르릉! 빌어먹을! 저렇게 상상을 초월하는 기세를 일으키다
니."

트라우마는 겁을 집어먹었다.

말로만 듣던 그 네 명의 무신이 저런 정도의 기세를 발휘할
줄은 그조차 몰랐다.

3년 전에 상급의 요족인 론에 의하여 그들 네 명과의 싸움

이 금지되어 지금까지는 계속 피한 채 조심스럽게 일을 진행시키고 있던 중급의 요족들이었다. 물론 요족들은 그들 네 명의 인간과 싸우면 자신들이 절대로 밀리지 않을 거라 생각해왔다. 다만 론의 명령이기에 어쩔 수 없이 따를 뿐.

하지만 막상 가까이에서 보게 되니 그게 아니었다.

만약 저 인간을 요족의 기준으로 바라본다면 못해도 6요단이상의 경지라 말할 수 있었다.

"크르릉! 제길, 어쩔 수 없군."

요족은 아무래도 안 되겠는지 부하들을 뒤로하고 먼저 신형을 숲 속으로 날렸다.

휘이익.

하나, 그가 제아무리 빠르게 도망친다 해도 일단 타이니의 눈에 띤 이상은 모든 건 부질없는 짓이었다.

테이도가 지닌 가장 뛰어난 절기는 신법이었고, 타이니는 그 천재적인 재능을 발휘하여 사부의 절기를 제대로 전수받은 상태였던 것이다.

슈아아아아앙!

타이니는 이백여 미터의 거리를 단 두 걸음만으로 도착한뒤, 바로 오른손을 들어 올렸다.

이번에 사용할 절기는 도법이 아닌 천마지존수였다.

"죽어랏!"

미성이지만 묵직하게 들리는 목소리다.

슈아아아악!

"크아악—!"

"캐액!"

뒤로 처진 세 명의 론의 권속들은 천마지존수의 수강에 맞아 짧은 단말마와 함께 바닥으로 쓰러졌다.

모두들 허리가 두 동강으로 나뉘어진 채 죽은 모습.

타이니는 쓰러진 녀석들을 그냥 지나쳤다.

"이노옴, 내가 너를 놓칠 성싶으냐!"

그녀는 중급의 요족을 계속해서 뒤쫓으며 품에서 무언가를 꺼내 무공의 초식명과 비슷한 것을 외쳤다.

"절대결계!"

화아아아아악!

그러자 그녀가 들고 있던 손바닥만 한 거울 같은 것에서 환한 빛이 일어나 숲의 안쪽으로 들어선 트라우마의 주위 100여 미터를 감싸 안았다. 그리고 그녀가 들고 있던 거울은 어느샌가 사라지고 없었다.

"이제 됐어."

타이니는 고개를 끄덕이며 안심하는 눈빛을 내보였다.

방금 그녀가 사용한 것은 테이도가 만든 마법 무구였다.

요족 중에는 공간을 자유로이 이동하는 그런 녀석들도 있기에 잘못하면 놓칠 수가 있어 그것에 대비하기 위해 공간을 틀어막는 그런 마법 무구를 개발하게 된 것이었다.

이 절대결계는 100여 미터 정도의 공간을 외부 세계와 단절시키며 그 지속 시간은 이틀 정도였다. 물론 결계를 설치한 자가 원하면 바로 해제가 되는 그런 것이기도 했다.

부스럭부스럭.

타이니는 일부러 발소리를 내며 천천히 숲의 안쪽을 들어섰다. 요족의 모습은 어찌 된 일인지 보이지 않고 있었다.

"나와라."

몸을 숨긴 요족에게 나오라 하는 타이니.

하지만 그녀의 말을 요족이 순순히 들어줄 리는 없었다.

사실 기감을 최고조로 발휘한다면 놈의 위치를 파악할 수도 있었지만 타이니는 요족이 당당이 나와서 자신과 싸워주기를 바랐다.

"나와라!"

다시 한 번 외쳐 보는 타이니.

하나, 결과는 기습으로 나타났다.

슈슈슈슈슉.

갑자기 수풀 바닥이 흔들리며 기다란 나뭇가지들이 그녀의 몸을 감싸오고 있었던 것이다.

"흥!"

후아아아아아앙!

그녀는 재빨리 몸에 호신강벽을 두르며 창끝처럼 뾰족한 나뭇가지들을 가루로 만들어 버렸다. 하지만 녀석의 기습은 그게 끝이 아니었다.

스멀스멀.

이젠 주위의 모든 나무들이 요동치더니 서서히 타이니의 사방을 막아선 채 공격을 가하기 시작하는 것이었다.

가히 기괴하다 싶을 정도의 공격 수법이었다.

"좋아, 나오지 않겠다면 나오게 해주지."

스윽.

타이니는 허리춤에 있는 천마도를 들고는 재빨리 천마지옥도법의 다섯 가지 초식 중 세 번째 초식을 펼쳤다.

휘이이이이잉!

그녀의 몸이 무서운 속도로 회전을 일으키며 파괴의 기운을 내뿜는 흑암의 빛이 사방을 향해 퍼져 나갔다.

콰아앙!

한 번의 굉음이 들린 후, 절대결계가 펼쳐진 작은 숲은 빠르게 사라지기 시작했다.

천마지옥도법의 세 번째 초식의 이름은 천마지옥파(天魔地獄破)였고, 지금 그 초식은 절대결계가 만들어놓은 100여 미터의 공간을 완전히 파헤쳐 놓고 있었던 것이다.

쿠콰콰콰콰콰콰—

상상을 불허하는 위력.

이제 잠시 후면 나무의 요족은 버티지 못하고 모습을 드러내리라.

타이니는 그때를 기다렸다.

하지만 만약 그때에도 놈이 몸을 숨긴 채 나오지 않는다면 기감을 세밀하게 발휘하여 직접 찾아낼 생각을 하는 그녀였다.

'요족, 과연 네가 언제까지 버티나 두고 보자.'

*　　　*　　　*

황폐하게 변한 숲이었다.

바닥이 완전히 드러난 그곳엔 지금 다섯의 인영이 모습을 보이고 있었다.

테이도와 그의 네 제자.

현재 마을의 살아남은 주민들은 그 근처로는 얼씬도 하지 않고 있었다. 드레듀스 섬을 떨쳐 울리는 무신이 자신들의 마을에 한꺼번에 넷이나 찾아왔으니 보고 싶은 마음이야 다들 한결같았지만 마을의 촌장이 무신들이 하는 일에 방해가 된다며 절대로 숲의 근처로는 가지 못하게 했기 때문이다.

테이도는 바닥에 앉아 마존의 탈혼마안을 펼쳐 요족에게서 정보를 얻고 있는 중이었다.

한데 이상하게도 그의 눈빛이 전과는 달랐다.

예전에는 탈혼마안을 펼치면 검은빛이 그의 눈을 완전히 잠식했는데 지금은 특이하게도 금빛의 기운이 가득 차 있는 것이었다.

아무래도 이건 그의 삼라귀원선법이 전보다 상승의 경지로 나아가자 탈혼마안에도 큰 변화가 생긴 게 아닐까 하는 생각이 들었다.

잠시 후.

"이런 빌어먹을!"

화가 난 테이도.

그의 얼굴이 잔뜩 일그러진 걸로 봐서 정말 화가 많이 난 모양이었다.

3년 만에 잡은 중급의 요족이었다.

그가 화가 난 이유는 그동안 모습을 보이지 않던 녀석을 자신의 제자인 타이니가 어렵사리 잡아냈는데 반드시 들어야 할 중요 정보를 듣지 못했기 때문이다.

"이걸 풀어버리면 바로 뒈질 텐데. 어휴, 이 드러운 새끼들. 준비를 철저히 해서 나왔구나. 정신에 금제를 가해 특정 단어가 나오면 바로 죽어버리게 만들다니."

"사부, 안 되는 거예요?"

"그래, 안 된다. 하면 죽어."

세인아의 물음에 힘없이 대답하는 테이도.

그는 눈을 까뒤집은 채 기절해 있는 트라우마에게서 더 이상의 정보를 얻어내는 것은 포기하기로 마음먹었다.

어차피 그 이상의 정보를 얻어내려고 하면 바로 죽어버릴 것이니 차라리 녀석의 피나 흡수해 기분이나 새롭게 하자는 생각에서였다.

푸욱.

손가락으로 녀석의 몸통을 찔러 넣은 다음 테이도는 곧 회색 피를 마시기 시작했다.

실망스러움에 착 가라앉은 기분이 녀석의 피를 흡수하자 바로 좋아지기 시작했다.

스윽.

테이도는 성인 남자의 주먹보다 좀 커다란 눈알을 들어 올려 살펴보았다.

이것의 이름은 소울 아이.

테이도는 오늘로서 이 소울 아이를 세 번째 보는 것이었다. 소울 아이란 건 특이하게도 사람의 백(魄)을 흡수하는 기능을 가진 그런 법보였다.

백이란 건 구체적으로 말하자면 사람이 죽은 후, 육체에 남아 있던 생각이 구체화되어 사념체가 된 것을 말한다.

혼백(魂魄).

사람이 죽으면 혼은 하늘로 올라가고 백은 흩어져 대지 속으로 사라지게 된다고 하는데, 백은 이렇듯 잠시간 세상 속에 머물다가 사라지는 그런 것이었다.

하지만 테이도는 이 소울 아이가 왜 사람의 백을 흡수하는지, 그리고 흡수해서 어디다 써먹으려는지 그 이유는 아직 알아내지 못했다.

테이도는 잠들어 있는 소울 아이를 살피며 음흉한 웃음을 지었다.

"흐흐흐흐, 지금까지는 두 번 다 실패했지만 오늘만큼은 다를 것이다. 오늘은 너의 비밀을 반드시 파헤쳐 주지."

"사부, 우리가 옆에서 도울까요? 저번처럼 그 소울 아이가 도망쳐 버릴 수도 있으니 차라리 이 지역에다 절대결계를 쳐 두는 게 어떨까요?"

크리티안의 말에 세인아가 고개를 끄덕였다.

"맞아요, 사부. 예전에 보니 놈은 정말 빠르게 움직이던데. 솔직히 좀 걱정이 되네요."

"흐흐흐, 괜찮다. 절대결계까지는 필요없어. 이번엔 절대로 놓치지 않아."

테이도는 아이들에게 걱정하지 말라 하고는 곧 자신이 들고 있는 소울 아이에 의지를 일으켰다. 그러자 소울 아이의 주위로 작은 구체가 생겨났다.

지이이이잉.

그것은 절대결계와 비슷한 공간을 이동하는 것을 방해하는 그런 것이었다.

테이도는 입가에 작은 미소를 띠며 바로 탈혼마안을, 아니, 이제는 탈혼금안으로 바뀐 절기를 소울 아이에 시전해 보았다.

그러자 잠들어 있던 녀석이 서서히 깨어났다.

밑에 나 있던 눈꺼풀이 올라가며 회색의 눈동자가 모습을 드러낸 것이다.

부르르르.

갑자기 녀석의 눈꺼풀이 떨었다.

소울 아이는 당황했다.

갑자기 금빛을 띠는 눈동자가 자신의 의식 속으로 들어와 무언가를 빼내가려 하고 있었던 것이다.

—이놈이 감히…….

녀석은 금빛 눈동자의 정체를 보자마자 알 수 있었다. 예전에도 두 번이나 이 녀석에게 걸려 하마터면 자신의 정체와 요족의 모든 걸 알려줄 뻔하지 않았던가.

소울 아이는 지체하지 않고 바로 원래의 자리로 돌아가기 위해 몸체를 움직였다.

터엉—!

하지만 녀석의 몸체는 10㎝ 정도만 움직이다가 바로 튕겨져 나왔다. 소울 아이는 무언가가 자신의 주위를 감싸고 있음을 알아채고는 크게 당황했다.

무시무시한 금안의 빛은 점점 세기를 더해 자신의 속으로 들어오고 있는 데 반해 현재 자신은 아무런 행동도 취할 수가 없으니 그건 당연한 것이었다.

　─크르릉! 이노옴─!! 네가 감히 누구의 정신 속으로 들어
오려고 하느냐!

　소울 아이의 정신감응이 테이도의 뇌리를 흔들었다.
　하지만 테이도는 계속해서 소울 아이가 방어망을 치고 있
는 정신 속을 빠르게 파고들어 갔다. 이제 조금만 더 탈혼금
안을 펼치면 이 소울 아이의 모든 걸 알 수 있을 터였다.
　'이런 죽일 놈을 보았나!'
　소울 아이는 다급해졌다.
　어쩔 수 없었다. 이제 방법은 단 한 가지뿐.
　지이이이잉.
　마음의 결정을 내리자 갑자기 소울 아이의 몸체가 진동을
일으키며 마치 폭발할 듯한 그런 모습을 보였다. 이 같은 현
상이 무엇을 의미하는지 테이도가 모를 리 없었다.
　"이런 써그럴 놈의 자식 같으니라구."
　테이도는 녀석이 의지를 일으켜 자폭하려 하자 바로 손에
힘을 주어 놈의 힘을 흡수하기 시작했다.
　어차피 소울 아이는 요족의 부산물.
　자신은 요족의 힘이라면 그게 무엇이든 전부 흡수할 수 있
는 능력이 있었다. 아니, 그게 꼭 요족의 기운이 아니더라도

기를 함유하고 있는 사물은 그게 무엇이라 해도 전부 흡수할 수 있었다.

스스스스스스.

소울 아이는 테이도가 자신의 힘을 흡수하기 시작하자 자폭하기 위해 모아놓은 힘이 흩어짐을 알 수 있었다.

어떻게 이럴 수가 있는 것일까?

정말 괴물 같은 놈이었다.

확실히 놈은 자신들의 왕이 내린 계시답게 요족의 재앙 덩어리란 그런 생각이 들었다.

─검은 머리! 네놈은 조만간 반드시 우리 요족에 의해 죽음을 맞이하게 될 것이다. 요왕께서는 네놈을 결코 용서치 않으리라.

소울 아이는 테이도에게 경고의 말을 정신감응으로 전해주고는 천천히 눈을 내리감았다. 자신의 절반이 넘는 힘을 상대에게 흡수당하자 이제 사념의 힘이 약해져 더 이상 생각을 이을 수가 없었던 것이다.

"흥! 네놈들이 모습을 드러내는 순간이 바로 제삿날이다, 이 바보 자식들아."

테이도는 녀석이 보내온 정신감응에 콧방귀를 뀌며 마지막 한 방울의 힘까지 모조리 흡수했다.

퍼석!

잠시 후. 둥근 소울 아이의 형체는 먼지가 되어 소멸했고,
테이도는 가만히 서서 자신의 몸에 들어찬 힘을 가늠해 보았
다.

"으음, 힘에는 그다지 큰 영향이 없군. 하급 요족보다도 약
해. 분명 이 소울 아이는 놈들의 우두머리 격인 녀석의 분신
과 같은 것일 텐데 말이야. 다만 일반 요족들에 비해 기분은
더 상쾌해진 것 같아."

아이들은 사부가 일을 모두 끝마치자 다들 가까이 몰려들
었다.

"사부, 소울 아이에서 별다른 걸 얻지 못했나 봐요? 얼굴의
기색이 그다지 밝지 않네요."

세인아의 말에 테이도는 고개를 끄덕여 주었다.

"그래, 별다른 걸 얻지는 못했다. 그래도 다행히 한 가지는
알게 되었지."

"뭔데요?"

"뭔가요, 사부님?"

테이도는 아이들이 궁금하다는 듯 연달아 물어오자 눈에
작은 빛을 발하며 말했다.

"조만간 무슨 일이 터질 거라는 거, 그것만큼은 확실하다.
만약 그때가 되면 이 드레듀스 섬을 벗어날 수가 있겠지."

"어? 정말이에요, 사부? 놈들이 조만간 무슨 일을 저지를

거라는 것이요?"

"그래. 방금 전 소울 아이의 정신감응에서 그 같은 느낌을 받았다. 조만간 나를 가만두지 않겠다고 했으니까. 흥! 바보 같은 놈이지. 내가 요족들의 포식자인데 누가 누굴 죽여. 건방진 놈의 소울 아이 같으니라고."

테이도는 소울 아이가 소멸되면서 마지막에 자신을 협박하는 투로 얘기한 게 기분 나빴다.

"호호호."

에란트는 사부의 말에 작은 웃음을 지었다.

"호호. 사부님, 너무 그렇게 화내지 마세요. 그건 기분 좋은 일이잖아요. 만약 사부님의 예상대로 놈들이 움직인다면 그땐 정말 이곳 드레듀스 섬을 벗어날 수 있잖아요. 아무런 걱정 없이 마음 편하게 말이에요."

"에란트의 말이 맞습니다, 사부님. 너무 화를 내시는 것은 몸에 좋지 않습니다."

"그래요, 사부. 얘들 말대로 화내는 건 좋지 않아요. 그러다 이마에 큰 주름이 생긴단 말이에요."

줄줄이 이어지는 아이들의 위로 섞인 말들.

스윽.

테이도는 고개를 돌려 방금 자신에게 말을 건넨 아이들을 삐딱한 눈으로 쳐다보았다. 아이들은 사부가 이상한 눈으로 자신들을 쳐다보자 의아해했다.

"너희들의 말을 들어보니 이 사부를 생각하는 마음이 참으로 기특하게 느껴지는구나. 그래, 평소에도 그렇게 기특한 짓을 하면 얼마나 좋으냐. 시키면 시키는 대로 말 좀 잘 듣고 그러면 얼마나 좋아. 그러면 이 사부의 이마엔 절대로 주름이 잡히지 않을 거다."

사부의 말에 아이들 모두가 부정의 말들을 쏟아냈다.

"무슨 말이에요, 사부! 우리가 얼마나 말 잘 듣고 착한 애들인데."

"맞아요. 너무하는군요, 사부님. 그래도 우리는 매일같이 사부님만을 생각하며 지내는데 말이에요."

"정말 그러실 줄 몰랐네요. 우리는 사부밖에 없는데 어쩜 그렇게 말을 하실 수가 있나요? 그동안 시키는 일은 모두 다 해냈잖아요."

"시끄럽다, 이놈들아!"

테이도는 아이들의 말이 또다시 길어질 것 같자 바로 끊고는 한마디 했다.

"자아, 이제는 중부 지방으로 갈 테니까 다들 준비해."

아이들은 사부에게 더 따지려다가 눈앞에 공간이 일렁이자 할 수 없이 입을 다물었다.

"게이트!"

그의 입에서 마법의 시동어가 흘러나오기가 무섭게 곧 커다란 구멍이 아이들 눈앞에 생겨났다.

"어서 들어가거라."

테이도는 아이들을 먼저 안으로 들여보내고는 잠깐 고개를 돌려 마을이 있는 쪽을 바라보았다. 살아남은 마을 주민들이 자신이 있는 이곳을 조심스럽게 훔쳐보고 있었다.

"뭐, 알아서들 잘하겠지. 이곳 근처의 괴물들은 내가 깡그리 다 잡아 죽였으니."

테이도는 다시 고개를 돌려 바로 게이트의 공간 속으로 신형을 움직여 사라졌다.

지이이이잉.

*　　　　*　　　　*

중부 지방에 자리한 필립 시.

도시는 3년 전부터 시작된 괴물들의 난동 때문인지 그다지 활기가 느껴지지 않았다.

그래도 다행이라면 드레듀스 섬에 혜성처럼 나타난 네 명의 무신으로 인해 전 같으면 하루하루가 긴장의 연속이었는데 반해 지금은 다소간의 여유가 생겼다는 점이다.

웅성웅성.

식당을 겸한 커다란 숙박 업소였다.

사람들은 1층에 마련된 식당에서 식사를 하며 다양한 이야기들을 서로 주고받고 있었다. 그리고 이들 사이에는 몇 분

전까지 북부의 어둠의 숲 근처 마을에 있던 테이도 일행도 함께하고 있었다.

테이도는 미간을 살짝 찌푸리며 음식을 들고 있었다.

마치 못 먹을 걸 먹었다는 그런 표정.

"왜 그래요, 사부? 음식이 입맛에 안 맞나요?"

스윽, 척.

크리티안의 말에 테이도는 다른 음식으로 손을 가져가며 대답했다.

"그래, 입맛에 안 맞는다. 아니, 이건 입맛에 안 맞는 수준이 아니라 아예 사람을 죽이려고 만든 음식이다. 그러게 내가 전에 갔던 식당에서 먹자고 했잖아."

"그래도 한곳에서만 먹기보단 여러 군데를 돌아다니면서 먹어보는 것도 나쁘지는 안잖아요, 사부님. 그래야 어떤 곳이 괜찮은 식당인지 알 수도 있으니 말이에요."

아이들은 오늘따라 사부가 너무 짜증을 내고 있다고 생각했다. 왜냐하면 자신들이 먹어보기에는 그다지 나쁘지 않았기 때문이다.

그런데 뭔가 좀 이상했다.

말을 하는 아이들의 모습이 어찌 된 일인지 변해 있었다.

작은 주근깨가 나 있고 커다란 복점이 나 있는, 그냥 어디서나 흔히 볼 수 있는 그런 얼굴들을 하고 있었던 것이다.

이것은 테이도가 아이들의 얼굴에 마법을 건 때문이었다.

그는 2년 전부터 이렇게 도시 안으로 들어오게 되면 일부러 아이들의 용모를 바꾸어 버렸는데, 그 이유는 아이들의 미모가 너무나 뛰어나 사람들의 관심을 지나치게 끌기 때문이었다. 거기다 이제 아이들은 드레듀스 섬에서 네 명의 무신이란 유명 인사가 돼 있어서 함부로 돌아다니기도 그랬다.

"쩝쩝. 이것도 별로 맛이 없군."

테이도는 여러 가지 음식을 심드렁한 표정으로 들었다.

"정말 그것들을 어떻게 잡아야 할지 모르겠네. 너희들도 한번 생각 좀 해봐. 그렇게 먹지만 말고."

"뭘요, 사부?"

"놈들의 소굴이 어디에 있을까 한번 생각해 보란 말이다."

아이들은 고개를 가로저으며 말했다.

"나중에 다 알게 되겠죠, 뭐."

"맞아요, 사부. 지난 3년간 이곳 드레듀스 섬을 이 잡듯이 찾아 헤맸는데도 아무 소용이 없었잖아요. 그것도 우리 네 명을 섬의 동서남북 네 방위에다 내려놓고는 몇 달을 찾아보게 했는데도 말이에요."

세인아의 말을 에란트가 받아서 얘기했다.

"정말 그때는 사부님이 너무나 원망스러웠어요. 모두들 이제 초절정의 경지에 들어섰으니 혼자서도 충분히 놈들과 맞상대할 수 있다며 그냥 공간이동술로 하나씩 밀림에 내려놓고 사라지시다니."

"맞아요. 그때는 정말 사부가 우리에게 너무하신 거예요."

"그러고 보니 그렇네. 사부는 그날의 일을."

얘기가 또 이상한 방향으로 흘러가려 하자 테이도의 미간이 무섭게 좁혀지기 시작했다. 어떻게 이야기의 시작과 끝의 주제가 이렇게 다르게 흘러갈 수가 있단 말인가.

탁탁탁.

테이도는 들고 있던 포크로 식탁을 몇 번 두들기고는 단호하게 말했다.

"그만! 모두들 조용히 식사한다!"

아이들은 사부가 눈을 부라리며 말을 하자 찔끔하고는 다들 조용히 식사를 하였다.

'내가 이런 제자 녀석들과 대화를 하려 했다니…… 이 사부는 요족 놈들 때문에 밤잠도 제대로 자지 못하고 있는데 말이야.'

테이도는 속으로 투덜거렸다.

'그런데 정말 그 요족 놈들의 소굴은 어디에 있는 것일까? 아무리 찾아봐도 보이질 않으니.'

3년 동안 죽어라 찾아다닌 그였다.

안 가본 곳이 없고 살피지 않은 곳이 없었다.

그의 기감은 이제 한번 크게 발휘를 하면 요족이 제아무리 도시에서 숨어 있더라도 손쉽게 찾아낼 수 있을 정도로 발전해 있었다. 한데도 아직까지 놈들의 수뇌부가 있을 만한 곳을 찾지 못했으니 답답한 마음이 드는 그였다.

'내 그것들의 소굴을 찾기만 하면 가만 안 둬. 모두 다 잡아먹어 버릴 거야. 모두 다……'

놈들에 대해 이것저것 생각하고 있는 그때, 식당 한 켠에서 테이도의 관심을 끌 만한 얘기가 흘러나오고 있었다.

"너희들, 그 소식 들었지?"

금발에 덥수룩한 수염이 나 있는 사내가 말했다.

"무슨 소식?"

"혹시 그거 아니야. 전쟁 소식."

금발의 사내가 뒤에 얘기한 친구를 보며 고개를 끄덕였다.

"너도 그 소식 들었구나. 그래, 그거야. 북부에 자리한 타가다인 시와 남부에 자리한 플르톤 시가 서로 전쟁을 한다고 하더라."

옆에 있던 친구가 놀랍다는 듯이 말했다.

"정말? 그거 잘못된 정보 아니야? 지금같이 괴물들이 미쳐서 난동을 부리는 시기에 전쟁을 한다는 게 말이나 돼? 그것도 작은 중소 규모의 도시도 아니고 드레듀스 섬에서 가장 큰 대도시끼리."

"나도 그게 의문이긴 한데 사실인 것 같더라. 지금 그 두 대도시는 인근의 중소 도시의 시장들을 끌어들이기 위해서 시의 수뇌부들을 급파했다고 하더라."

"이거 그렇다면 큰일인 거 아니야? 잘못하면 전쟁의 소용돌이가 드레듀스 전체로 퍼질 수가 있는 건데 말이야."

웅성웅성.

갑자기 식당 안이 떠들썩하게 변해 버렸다.

다른 자리에 앉아 식사를 하던 사람들이 방금 전 금발 머리의 사내가 전해준 전쟁 소식을 듣고 놀라서는 서로 의견을 나누기 시작한 것이다. 그들은 금발 머리 사내가 해준 전쟁 소식을 지금에서야 듣게 된 것이다.

그리고 그 같은 소식은 테이도 또한 마찬가지로 처음 듣는 얘기였다.

"그 두 놈, 미친 거 아니야? 지금이 어떤 시기인데 개지랄들을 떨려고 해."

테이도의 눈빛이 무섭게 가라앉았다.

그렇지 않아도 요족들 때문에 짜증이 나고 있었는데 이제는 엉뚱한 곳에서 그의 성질을 건드리고 있었다.

아이들은 식사를 하다 말고는 화가 난 사부의 눈치를 살피며 조심스럽게 대화를 나누기 시작했다.

"왜 갑자기 전쟁이지?"

"그러게. 정말 이런 혼란한 시기에 왜 전쟁을 하려는 걸까? 그것도 대도시 간에."

"이건 보통 문제가 아닌데."

"으음, 모르겠군."

테이도는 아이들이 식사는 안 하고 떠들기 시작하자 딱딱한 목소리로 말했다.

"빨리 식사들 해라. 식사가 끝나면 바로 놈들에게 찾아가 볼 테니까. 가서 아주 죽을 정도로 패주면 정신들 차리겠지."

"예, 알겠습니다, 사부님."

아이들은 사부의 말에 다들 그러줄 알았다는 반응을 보였다. 사부가 이대로 가만히 있을 사람은 아니었던 것이다.

"사부, 그런데 어디부터 손봐주실 건데요?"

크리티안의 물음에 테이도는 짧게 대답했다.

"플르톤 시."

아이들은 사부의 대답에 다들 플르톤 시의 시장을 걱정하기 시작했다. 이제 잠시 후면 플르톤 시장은 굉장한 경험을 하게 될 것이다. 그리고 그 경험은 앞으로 영원히 잊혀지지 않으리라.

CHAPTER 4
한밤중의 방문자

쏴아아아아아!

소나기가 지나가는지 갑작스럽게 비가 쏟아지기 시작했다.

날은 한밤중이었고 비까지 억수로 쏟아지니 도시는 음울한 분위기를 풍기고 있었다. 그리고 지금 이런 음울한 분위기의 도시로 낯선 인영들이 방문했다.

지이이이잉.

도시의 하늘 위에 작은 진동이 일며 공간이 열렸다.

모두 다섯의 인영.

바로 테이도와 그의 네 제자들이다.

팅팅팅.

지금 그들의 몸에 떨어지는 빗줄기는 호신강기에 의해 모조리 튕겨 나오고 있었다.

"저기 아래 도시가 보이지? 바로 여기가 플르톤 시다. 너희들, 전에도 한번 와봤지?"

"예, 사부. 지난번에 와본 기억이 나네요."

"저는 오늘이 세 번째에요. 한 달 전, 요족들을 찾아 나설 때 이곳을 들렀었거든요."

세인아의 말에 테이도는 고개를 끄덕였다.

"그렇구나. 그럼 뭐, 너는 시장 그놈의 자식이 머무는 저택을 알고 있겠구나."

"예, 잘 알아요."

"그럼 네가 한번 안내해 봐."

세인아는 사부를 안내한다는 생각에 기쁜지 입가에 환한 미소를 매달았다.

"그럼 잘 따라오세요."

"알았다."

세인아는 곧 어기비행의 신법을 펼쳐 시장이 머무는 곳으로 순식간에 날아갔다.

슈아아아아악.

리아우스 플르톤.

그는 거의 2미터 가까이 되는 큰 키에 검붉은 머리, 그리고 덥수룩한 수염을 지닌, 어찌 보면 산적같이 생긴 그런 오십대 중반의 사내였다.

툭툭툭.

그때 한참 피곤에 지쳐 잠들어 있는 그의 뺨에 무언가의 접촉이 있었다.

"으으음."

잠꼬대 비슷한 것이 그의 수염난 입가에서 흘러나왔다.

하나, 그는 너무나 피곤했기에 방금 전의 이상한 접촉은 잊어버리고 계속해서 눈을 감고 잠에 빠져들었다.

쫘쫘쫘쫘─!

양 볼에 느닷없는 불길이 일었다.

"누, 누구냐? 감히 어떤 놈이!"

리아우스는 손을 들어 자신의 양 볼따구니에 손을 얹으며 빠르게 비벼댔다.

너무나 아팠다. 아니, 너무나 매서웠다.

"그러게 바로 일어났어야 할 게 아니야? 왜 매를 벌 짓을 사서 하는 거야?"

어두운 실내에 낮게 울려 퍼지는 사내의 목소리.

리아우스는 계속해서 뺨을 매만진 채 방금 전 자신에게 말을 건 사내에게 호통을 내질렀다.

"이놈! 네놈은 누구냐?"

"그걸 네가 알아서 뭐 하게?"

리아우스는 사내의 말에 어이가 없었다.

"흥! 아무래도 네놈은 타가다인 시에서 보낸 어쌔신인가 본데 나를 암습하지 않은 걸 후회하게 만들어주마."

그는 자신의 뺨을 후려갈긴 인물이 당연히 어쌔신일 거라 생각했다. 이런 늦은 시간에 자신의 방으로 몰래 침입할 자는 암습자들뿐이었기 때문이다.

휘이익.

그는 재빨리 몸을 움직여 침상 뒤에 놓아둔 자신의 병기에 손을 가져가 댔다. 하지만 그전에 무언가가 또다시 그의 양 뺨을 후려쳤다.

쫙쫙쫙!

"크윽!"

툭.

손에 들린 병기는 바닥에 떨어졌고, 그는 다시 자신의 양손을 들어 얼굴에 가져가 대야만 했다.

"으윽, 이, 이렇게 매울 수가."

리아우스는 태어나 처음으로 주먹으로 맞는 것보다 손바닥으로 뺨을 맞는 게 더욱 아프다는 걸 알았다.

"흥! 자객이 나처럼 하는 것 봤냐, 이 무식한 놈아? 단번에 목을 베버리지."

쫙쫙!

테이도는 녀석의 귀싸대기를 한차례 더 때려주었다. 아니, 산적같이 생긴 게 볼수록 마음에 안 들기에 계속해서 귀싸대기를 날려주었다.

쫙쫙쫙짜짜짜짜자자자작—

"큭!"

막아보려 했지만 소용없었다.

"크아악! 그, 그만!"

양 볼에 가 있던 자신의 손이 무형의 무언가에 의해 저절로 밑으로 내려간 것이다.

어쌔신이 아니었다. 어쌔신이라면 자신이 이렇게 맥없이 당할 리는 없는 것이다.

짜짜짜짜자자자작—

볼에 불길이 일며 퉁퉁 부어오르기 시작했다.

매웠다. 너무나 매워 미칠 것만 같았다.

"크윽! 제에발."

몸을 비틀어보지만 어찌 된 일인지 움직여지질 않는다.

안간힘을 써봐도 소용없었다.

주루룩.

리아우스는 평생 흘려본 적이 없는 눈물이란 게 지금 자신의 볼을 타고 내려가는 걸 미처 알지 못할 정도로 정신없이 맞고만 있었다.

퍽퍽퍽!

테이도는 어느 순간부터 녀석을 무자비하게 구타하기 시작했다. 녀석의 얼굴에 귀싸대기를 날리는 것만으로는 부족한지 내력을 싣지 않은 그냥 단순한 주먹으로 리아우스의 온몸을 두들기기 시작한 것이다.

"이 자식아, 지금이 어떤 시기인데, 이 미친놈아! 너 같은 놈은 죽어야 이 섬사람들이 안전해. 오늘 한번 죽도록 맞아 봐. 그래야 네놈이 정신을 차리지."

퍼버버버버버벅—

"으악! 크아악!"

분노의 구타 소리는 끊임없이 이어졌다.

끊임없이…….

테이도의 얼굴 기색이 웬일인지 밝아져 있었다. 오래간만에 사람을 상대로 스트레스를 풀어서 그런지 요족의 피를 흡수할 때보다 더 기분이 나아졌다.

"어유, 개운하네. 이제야 살 것 같아. 이런 건 앞으로도 자주 해야겠는데? 사람 같지 않은 놈들에게 자주 말이야."

스윽.

테이도는 양손을 천장 위로 쭉 펴보고는 고개를 침상으로 돌렸다.

시선을 돌리고 보니 이상한 게 보였다.

사람인지 멧돼지인지 모를 게 다 뜯겨진 옷을 입고 모로 몸을 누이고 꼼짝도 않는 것이었다.

하나의 고깃덩어리가 되어 있는 리아우스.

저대로는 뭔가 알아내기는 그른 일이었다. 테이도는 바로 그에게 마법을 걸었다.

"힐!"

샤아아아앙.

작은 빛이 일며 테이도에게 맞아 온몸이 퉁퉁 부은 그는 빠르게 회복되기 시작했다.

잠시 후.

"으, 으으으!"

눈물을 흘리며 침상에 멍하니 앉아 있는 리아우스.

그 눈물은 무언가가 억울하거나 슬퍼서 그런 게 아닌, 몸에 이는 고통이 너무나 컸기에 저절로 흘러나오는 것이었다.

그의 몸은 이제 다시 움직여지기 시작했다.

리아우스는 양손을 위로 빠르게 올려 퉁퉁 부은 자신의 양 볼을 쓰다듬었다. 몸은 테이도의 마법으로 그럭저럭 회복이 되었지만 얼굴의 붓기는 아직까지 완전히 빠지지 않아 무척이나 아팠던 것이다.

스윽.

그는 시선을 조심스럽게 돌려 자신의 옆에서 같이 잠을 자고 있는 아내를 바라보았다.

"……."

이상한 일이었다.

아내는 지금의 이 소동을 느끼지 못했는지 아직까지 깊은 잠에 빠져 있었다.

"누, 누구십니까?"

리아우스는 자신을 두렵게 만든 사내의 정체가 궁금해졌다.

자신을 죽이지 않고 이렇게 수치를 주는 것으로 봐서는 자신에게 어떤 볼일이 있어 왔음을 알 수 있었던 것이다.

"빠르게 옷을 갈아입고 옆방에 있는 네 녀석 서재로 와. 그리고 노파심에 하는 소리인데, 이곳 5층은 내가 결계로 막아 놔서 밑에 층으로는 내려갈 수가 없으니 그리 알도록 해."

테이도는 자신의 말만 하고는 곧 어두운 실내를 벗어났다.

저벅저벅.

무섭게 느껴지는 묵직한 발자국 소리다.

리아우스는 잠시 아무 생각 없이 침상에 앉아 있기만 했다. 그러다가 그의 귀에 들려오는 어떤 소리에 퍼뜩 정신을 차리고는 옷을 갈아입기 시작했다.

―빨리 안 오면 맞는다.

빛의 구슬이 서재의 천장에 홀로 떠 있었다.

테이도는 라이트 마법을 작게 펼쳐 실내를 밝힌 후 에란트가 따라주는 차를 한 모금 마셨다.

"사부님이 좋아하시는 클로인 차에요."

"후릅~ 으음, 좋군. 역시 차는 클로인 차가 최고야."

테이도는 눈앞에 있는 자에게 권했다.

"당신도 차나 들지. 어떤 거 좋아해? 웬만한 차 종류는 다 가지고 있으니 말만 해."

"아닙니다. 저는 됐습니다."

리아우스는 고개를 흔들며 말했다.

그는 현재 너무나 놀라 머리가 어지러운 상태였다.

지금 자신이 앉아 있는 이곳은 그의 커다란 서재 중앙에 있는 테이블이 자리한 곳이었고, 그의 앞에는 자신을 두들겨 팼던 검은 머리 사내가 앉아 있었다. 그리고 서재의 입구 쪽에는 네 명의 아름다운 소녀가 있었는데, 그가 놀라는 이유는 그 네 명의 소녀 때문이었다.

드레듀스 섬의 네 명의 무신.

자신도 예전에 이들 네 명의 무신 중 한 명인 광휘의 성신을 만나본 적이 있었던 것이다.

자신으로서는 죽었다 깨어나도 이룰 수 없는 그런 상상치도 못할 경지에 들어선 고수. 진정 무신이라 말해도 전혀 부족함이 없다 할 정도의 소녀들이었다.

가만히 있을 때에는 그들의 진가를 모른다.

하나, 그들이 기세를 일으키고 괴물들을 공격하면 그건 하나의 폭풍이 되어 전장을 휩쓸었다.

리아우스는 문득 궁금해졌다.

자신의 눈앞에 있는 이자는 과연 누구인지. 과연 누구이기에 저 네 명의 무신의 시중을 받고 있는 건지.

"나, 이 애들 사부야. 그러니까 그렇게 궁금하다는 눈빛은 할 필요없어."

"예? 예에."

리아우스는 속으로 뜨끔했다.

'어, 어떻게 내 속마음을 안 거지? 그리고 자신이 저 네 무신의 사부라고?'

이상하다고 생각하는 그였다.

누구나 생각하는 바로 그것. 사제지간이라 하기에는 나이 차이가 너무 없어 보이는 그것이 그를 의아하게 만들고 있는 것이었다.

"자아, 긴말 없이 바로 물어보지."

"예, 무엇이라도 물어보십시오. 알고 있는 건 모두 답해 드리겠습니다."

"좋아. 그럼 당신, 왜 갑자기 전쟁질을 하려는 거야? 지금 세상이 어떻게 돌아가고 있는데 같은 인간끼리 전쟁을 하려는 거야?"

이거였던가? 이 일 때문에 한밤중에 남의 집에 쳐들어와 사람을 구타하였던가?

리아우스는 테이도의 물음에 억울하다는 듯이 대답했다.

"그건 저도 어쩔 수 없는 일입니다."

뭔가 사연이 있는 것일까?

하지만 전쟁은 무슨 이유로든 안 되는 일이었다.

"왜? 뭔 일로?"

"저야 전쟁을 일으키고 싶은 마음이 당연히 눈곱만치도 없지만 북부에 있는 타가다인이 먼저 전쟁을 일으키려 하니 어쩔 수 없는 일인 것입니다. 죽지 않으려면 싸울 수밖에 없지 않겠습니까."

테이도의 고개가 갸웃거려졌다.

타가다인 시.

이곳은 작년에 한 번 가본 적이 있는 도시였다. 예전에 있었던 한가닥 인연으로 찾아가 보았는데 기억에는 그다지 썩 좋은 추억으로는 남아 있지가 않았다.

어쨌든 지금 리아우스는 그곳에서 먼저 전쟁을 일으킨다고 하는데 그쪽에서도 미치지 않은 다음에야 전쟁을 할 리는 없다는 그런 생각이 들었다.

"그쪽에서 그냥 전쟁을 하자고 할 리는 없잖아. 무슨 이유를 대고 할 거 아니야? 그 이유가 무엇인지 말해봐."

"물론 놈들이 말하는 게 있기는 있습니다만 그게 너무나 어처구니가 없는 일이라서."

"뭔데? 뭐가 어처구니가 없는 건데?"

테이도가 빠르게 다시 물었다.

리아우스는 진실로 어처구니가 없는지 한숨을 내쉬며 대답했다.

"휴우우, 기가 차서. 아, 그게 글쎄, 그 타가다인 시의 멜비스 놈이 저보고 자신의 와이프하고 아들을 내놓으라고 하는 겁니다. 이게 말이나 되는 소리입니까?"

"……."

테이도는 두 눈을 껌벅이며 찻잔을 내려놓은 채 가만히 앉아만 있었다.

이게 무슨 뚱딴지같은 소리란 말인가.

타가다인이 전쟁을 일으키는 이유를 대라고 했더니 여기서 그놈의 와이프하고 아들 얘기가 왜 나온단 말인가?

"지금 한 말 농담이지? 지금 나하고 농담하자는 거지?"

테이도가 어이없다는 반응을 보였다. 그러다가 두 눈에 쌍심지를 켜고는 말했다.

"네가 지금 나하고 장난을 칠 때야? 이게 죽으려고 어디서 농담 같지 않은 농담을!"

"아, 아닙니다. 농담이라니요?"

리아우스는 테이도가 화를 내자 머리털이 곤두서는 걸 느낄 수 있었다. 마치 지옥의 사신이 자신의 목에 칼을 들이미는 것 같은 그런 기분이었다.

"제가 왜 이 자리에서 농담을 하겠습니까? 저도 처음엔 너무 어이가 없어서 한참을 멍하니 있었습니다. 한데 제게 찾아

온 타가다인의 칙사가 멜비스의 서신을 보여주는데 그게 진짜였던 것입니다."

"정말?"

"사실입니다. 제 목을 걸고 얘기하는데 그게 전쟁의 이유입니다."

테이도의 미간 사이에 자리한 주름이 서서히 가라앉았다.

아니, 가라앉았던 그 주름은 다시 급격히 커져만 갔다.

"이런 말도 안 되는 전쟁의 이유가 어디 있어? 내 그 자식 멜비스, 가만 안 둔다. 아주 다리몽둥이를 부러뜨려 평생 앉은뱅이로 만들어순다!"

씩씩거리는 테이도.

뒤에 있던 아이들이 사부의 화를 가라앉히려 애썼다.

"사부, 화를 가라앉히세요. 좀 있다 가서 그자를 만나보면 되는 일이잖아요."

"맞습니다, 사부님. 화를 가라앉히십시오."

"다른 이유가 있을 거예요. 설마 그게 이유이겠어요?"

아이들의 말에 테이도가 버럭 소리를 질렀다.

"야야야! 너희들도 한번 생각해 봐! 지 마누라하고 아들이 사라졌다고! 지금 이런 혼란한 시기에 놈이 전쟁을 일으킨다고 지랄을 떠는데 이게 화가 안 날 수가 있는 그런 일이냐? 그리고 말이야, 설령."

테이도는 말을 하다 말고는 갑자기 무슨 생각이 떠올랐는지 리아우스를 쳐다보았다.

"잠깐! 그런데 그놈 마누라하고 아들을 왜 당신보고 내놓으라고 하는 거야? 설마 진짜로."

"아, 아닙니다! 제, 제가 뭣 땜에 미쳤다고 남의 마누라를 납치해 오겠습니까? 그 멜비스 놈의 와이프가 아름답다는 소문이 자자하긴 해도 저는 제 아내가 더 예쁘기 때문에 절대로 그럴 리는 없습니다."

리아우스가 강력히 부인의 말을 해오자 테이도는 고개를 끄덕였다.

생각해 보니 그렇다. 그가 멜비스 놈의 와이프와 아들을 납치해서 어디다 써먹겠는가? 만약 실제로 그런 일이 발생했다면 사람에 따라서는 충분히 전쟁도 불사할 수 있는 그런 일이라 할 수 있었다.

테이도는 이 일은 잠시도 지체해서는 안 될 그런 일이라 판단했다.

'으음, 아무래도 빨리 타가다인 시로 가봐야겠군. 가서 어떻게 된 일인지 알아봐야겠어.'

스윽.

그의 시선이 뒤에 있던 아이들에게로 향했다.

"모두 준비해. 이번엔 타가다인 시로 가볼 테니까."

"예, 사부."

"알겠습니다, 사부님."

아이들은 사부의 말에 모두 실내의 중앙 자리로 모여들었다.

테이도는 머릿속으로 타가다인 시의 상공을 떠올렸다.

그는 지난 3년간 드레듀스 섬을 수십 번도 더 돌아다녀 봤기 때문에 이제는 웬만한 도시의 좌표는 모두 다 외우고 있었다.

"게이트!"

마법의 시동어를 말하자 바로 눈앞에 검은 공간이 만들어졌다. 테이도는 아이들을 먼저 게이트 공간 속으로 들여보내고는 고개를 돌렸다.

'헉! 저럴 수가!'

리아우스는 경악에 빠진 얼굴로 테이도를 바라보고 있었다. 그가 알고 있기로 사람을 저렇게 한꺼번에 옮길 수 있는 공간이동술의 마법은 6써클이나, 심지어 대마도사의 경지라는 7써클에도 존재하지 않는 걸로 알고 있었기 때문이다.

"전쟁은 절대로 안 돼. 만약 대규모 병력을 북부로 보내면 다시 한 번 찾아온다."

테이도가 두 눈에 금안의 빛을 드리워 리아우스를 쏘아보아보자 그는 고개를 조아리며 두려움에 담긴 목소리로 대답했다.

"아, 알겠습니다."

*　　　　　*　　　　　*

지이이이잉.

어두운 실내에 그보다 훨씬 더 어두운 공간이 열리며 다섯의 인영이 나타났다.

테이도와 그의 네 제자.

아이들은 시선을 이리저리 돌린 채 실내에 있는 가구와 장식품들을 바라보았다. 확실히 대도시의 시장이 머무는 저택답게 모든 게 최고급의 화려한 집기들만이 놓여져 있었다.

테이도는 커다란 침상에 홀로 잠을 청하고 있는 멜비스 타가다인을 깨우기 위해 다가갔다.

백팔십이 조금 넘는 키에 푸른 머리, 얼굴은 광대뼈가 조금 튀어나온 게 상당히 날카로운 인상을 풍기고 있었다. 그리고 나이는 대략 오십대 초반 정도가 아닐까 생각되었다.

'으음, 좋아.'

테이도는 잠자고 있는 멜비스를 노려보다가 무슨 생각이 났는지 아이들을 손짓하며 불렀다.

"다들 이리 와봐."

실내의 가구들을 매만지고 있던 아이들은 사부의 부름에 얼른 다가와 물었다.

"무슨 일인가요, 사부님?"

"저희가 뭔가 할 일이라도 있나요?"

"그래. 너희들도 기분 좀 풀어보라고 이 사부가 좋은 선물을 준비했다."

테이도는 아이들의 물음에 선선히 대답해 주고는 바로 잠을 자고 있는 멜비스의 이불보를 들어 올려 그의 전신을 가려 버렸다.

"뭐, 뭐야?"

이불 속에서 멜비스의 당황에 빠진 목소리가 흘러나왔다. 갑자기 이불이 숨이 막히게 자신의 얼굴까지 뒤덮어 버리니 그건 당연할 수밖에 없는 일이었다.

부욱! 부욱!

"이익! 이게 왜 이런 거야? 이야아앗!"

멜비스의 당황은 점점 커져만 갔다. 이불을 들어 올려보려 했지만 어찌 된 일인지 전혀 꼼짝을 하지 않는 것이었다.

"사일런스!"

테이도는 그에게 침묵의 마법을 펼쳐 소리가 밖으로 새어 나가지 않게 하고는 고개를 돌려 아이들에게 말했다.

"너희들도 알고 있겠지만 여기 멜비스는 상당히 나쁜 놈이다. 아니, 나쁘다 못해 인간들을 전쟁의 소용돌이로 빠뜨리려는 아주 흉악한 그런 인간쓰레기이다. 지금부터 너희들은 이 멜비스란 인간을 상대로 그동안 나를 비롯한 여러 가지 주변 환경에서 받았던 스트레스를 풀도록 해라."

"예에? 스트레스를 풀라고요?

엉뚱한 사부의 말에 크리티안이 두 눈을 동그랗게 뜬다.

"그래도 이 아저씨는 예전에 두 번이나 만났던 그 케이시 언니의 아빠잖아요?"

"흥! 2년 전에 우리가 한번 이곳에 찾아왔을 때를 생각해 봐라. 그때 너희들의 얼굴을 환영 마법으로 변신시키고 나는 지금의 모습 그대로 찾아왔다가 된통 업신여김만을 당하지 않았냐? 비록 나중에 케이시가 나타나 잘해주려고 했지만, 흥, 나는 아직 그때의 일을 기억한다. 이놈은 인간이 덜 된 놈이야. 맞아도 괜찮아. 아니, 죽여도 괜찮은 놈이야."

사부의 말에 아이들이 비로소 수긍하는 눈치를 보였다. 아는 사람의 친인을 팬다는 게 조금 그랬지만 지금 같은 시기에 이유가 뭐가 됐건 전쟁을 일으키려 한다는 건 절대로 용서가 안 되는 일이었다.

거기다 그때 자신들의 사부를 업신여긴 일은 더욱더 용서가 안 되는 일이었다.

"자, 빨리 해! 안 하면 사부 혼자 기분 푼다."

"예, 알았어요, 사부."

아이들은 사부의 재촉에 바로 멜비스가 있는 침상으로 몰려들어 주먹을 치켜들었다. 물론 그 주먹에는 내력이 단 한 줌도 들어가 있지 않았다.

먼저 타이니가 한 대 쳤다.

픽!

그리고 그 뒤를 이어 크리티안이 타이니에게 시선을 둔 채 두 대를 쳤다.

퍽, 퍽!

"……."

"……."

무슨 일일까? 갑자기 실내가 조용한 가운데 아이들 사이에 경쟁심이 일어나기 시작했다.

누가 먼저라고 할 것도 없었다.

퍼퍼퍼퍽!

뻐버버버버버벅—

쉴 새 없이 쏟아지는 주먹들.

아이들은 속으로 자신이 상대를 몇 번을 쳤나 세워보며 친구들보다 한 대라도 더 때리기 위해 노력을 아끼지 않았다.

'내가 이긴다!'

'흥! 어림없어. 내가 질 줄 알고?'

아이들 간의 경쟁심이 이상한 방향으로 펼쳐지고 있는 순간이었다.

'이런, 잘못하면 큰일나겠군.'

곁에 있던 테이도는 아이들의 행동에 고개를 살래살래 내젓고는 혹시나 멜비스가 죽지 않을까 기감으로 세심히 살펴보아야만 했다. 잘못해 주먹에 내력이라도 들어가면 죽을 수도 있었기 때문이다.

"으아아아아악! 누구냐? 누가 나를 패는 것이냐?"

퍼버버버버벅—

이불 속에 갇혀 있던 멜비스.

그는 결국 두 시간을 내내 맞고서야 풀려날 수가 있었다.

마법의 구슬이 환하게 밝혀져 있는 넓은 거실이었다.

주물럭주물럭.

멜비스는 기다란 소파에 앉아 온몸을 만지작거리고 있었다.

회복 마법으로 어느 정도 치유가 되긴 했지만 그래도 아프지 않은 곳이 없을 정도로 온몸은 쑤시고 아파왔다.

"…그러니까 당신 와이프와 아들이 납치된 그날, 저택에 있던 사람들 중 몇 명이 그 납치범들의 정체를 알아봤단 말이지?"

"그렇습니다."

"소매가 긴 검은 튜닉이 찢겨지며 그 안에 입고 있던 레더 아머, 바로 그곳에 새겨진 문양이 플르톤 시의 크레인 검사대의 것이라 했고."

"그, 그렇습니다."

테이도의 음성이 무섭게 가라앉으며 들려오자 멜비스의 음성은 떨리게 나왔다.

"지금 나랑 장난해? 네 녀석이 미치지 않고서야 단지 그것만 가지고 플르톤 시의 리아우스가 네 녀석의 마누라와 아들을 납치했다고 말하는 거야?"

멜비스는 재빨리 고개를 들어 퉁퉁 부은 얼굴로 말했다.

"그, 그뿐만이 아닙니다. 납치범 중에는 마법사도 있었는데 그자의 얼굴이 전투 도중 드러났고, 나중에야 그자의 얼굴이 리아우스의 최측근에 있는 자였다는 사실이 밝혀졌습니다. 이것보다 더한 증거가 어디에 있습니까? 그놈은……."

멜비스는 잠시 숨을 골랐다.

"놈은… 놈은… 틀림없이 저의 아내가 탐이 나 납치한 게 분명합니다. 제 아내는 세상 그 누구보다도 아름다우니까요."

"……."

테이도는 잠시 동안 아무 말도 없이 멜비스를 한심하다는 눈빛으로 바라보았다. 자신의 아내는 세상에서 가장 아름다우니 리아우스가 납치를 한 게 분명하다. 이런 이야기를 과연 자신이 들어줘야만 하는 걸까?

"그럼 당신 아들은 왜 납치를 당했는데? 그 아들놈도 리아우스가 동성애라도 삼으려고 납치한 거야?"

"그, 그건 저도 잘 모르겠습니다."

어이가 없는 테이도.

"모르면 다 끝나는 거야? 이상하잖아. 네 마누라가 세상에서 가장 아름다워 누구나 보면 눈이 헤까닥 한다고 쳐! 그래도 아들놈까지 납치를 당했다면 무슨 다른 이유가 있었을 거 아니야. 거기다 그 납치범들이 어떻게 그리 쉽게 네놈의 저택으로 들어온 건지 그것도 이상하지 않아? 네놈은 머리를 장식으로 갖다 붙인 거야? 앙—!"

"그래도 증인들이 있지 않습니까, 증인들이!"

멜비스는 테이도가 무섭긴 했지만 아내와 자식의 문제만큼은 절대로 양보하고 싶지 않아 큰 소리로 대답했다.

테이도는 눈을 부라리며 이놈을 '죽여 버릴까' 하는 그런 생각을 품었다.

증인들만으로 이상하다 싶은 것을 그냥 지나치고, 거기다가 자신의 개인적인 문제로 드레듀스 섬 전체를 전쟁으로 몰아가려고 하다니.

"에라이, 이 미친 새끼야!"

퍼억!

"크윽—!"

멜비스는 가슴에 이는 충격에 소파의 뒤로 넘어졌다.

테이도는 멜비스에게 한마디 했다.

"내일 아침 1층 로비에 사람들 집합시켜. 그날 네 마누라와 아들이 납치당할 때 이 대저택에 머물러 있던 자는 빠짐없이 말이야. 알았지?"

덜그럭.

넘어진 소파의 뒤쪽에서 신음에 젖은 목소리가 흘러나왔다.

"으윽! 예에, 알겠습니다."

멜비스는 그렇게 대답할 수밖에 없었다.

지금 자신이 보고 있는 검은 머리의 사내는 인간이 아니었던 것이다. 실내에 있는 네 명의 무신도 무서운 자들이 틀림없지만 그들의 스승이 되는 검은 머리의 사내는 더욱더 무서운, 진정 신과 같은 사내였다.

2년 전, 그날 멜비스는 테이도에게 실수를 해서 크나큰 곤욕을 치른바 있지 않았던가.

자신이 누구이던가.

드레듀스 섬에서는 그래도 당할 자가 없는 오러 블레이드를 내뿜는 소드 마스터였다. 한데 그런 자신이 창피하게도 오줌을 지릴 뻔했다.

인간이 발휘할 수 없는 기세였다.

자신을 비롯한 타가다인 시 수뇌부들의 무례한 행동에 화가 났던 그는 기세를 살기로 바꾸어 자신들의 정신을 무너뜨릴 뻔했던 것이다. 만약 그때 자신의 딸인 케이시가 나타나지 않았다면 틀림없이 모두 죽고 말았으리라.

5층으로 이루어진 멜비스의 대저택.

이른 아침부터 저택의 1층 로비는 시끄러웠다.

다양한 복색에 거의 백여 명에 가까운 사람들이 줄을 일일이 맞춰 서 있는 그런 모습.

웅성웅성.

그들 모두는 아침 일찍부터 시작된 호출에 서로 대화를 나누며 무슨 일인가 하고 있었다.

"오늘 무슨 날인가? 왜 갑자기 전체를 소집하게 한 것이지?"

이곳 저택에서 정원사의 일을 하고 있는 사내의 말에 마구간지기가 고개를 흔든다.

"그러게. 우리처럼 바깥에서 일하는 사람은 좀처럼 부르는 법이 없는데 말일세."

"무슨 큰일이라도 있으려는 모양이군. 아무래도 조만간 일어나게 될 전쟁 때문에 그런 모양인데……."

"그야 모르지."

저벅저벅.

그때 이 대저택의 집사인 브노바가 로비에 마련된 작은 연단에 올라 큰 소리로 말했다.

"조용, 조용! 잠시 후. 귀한 분이 이곳에 올 것이니 다들 조용히 하도록! 아! 그리고 거기 자네들!"

브노바에게 지적을 받은 사내들이 놀란 눈으로 말한다.

"예에, 집사님! 무슨 일로?"

"줄을 어떻게 그렇게들 맞춰 서는가? 똑바로들 맞춰 서게. 귀한 손님 분들이 와서 그런 모습을 보면 우리 시장님을 어떻게 보시겠는가?"

"아아, 예에. 죄송합니다, 집사님."

그들은 다시 앞사람의 어깨를 보며 줄을 맞추기 시작했다.

"그리고 거기 왼쪽에 있는 메이드들은 뒤로 좀 물러나게. 옷 색깔이 옆에 있는 경비무사들과 안 어울려. 줄을 서더라도 좀 더 보기 좋게 서야지. 아아, 그리고 또 거기……."

브노바는 연단의 위에서 로비에 모인 사람들에게 잠시 동안 더 지시를 내리고는 곧 자리에서 내려왔다. 그리고는 이곳 시의 책임자인 멜비스에게 준비가 다 됐음을 보고하기 위해 2층으로 오르는 계단을 탔다.

잠시 후.

2층 계단에서 여러 사람이 내려왔다.

가장 먼저 저택의 주인이자 시의 책임자인 멜비스가 뒤에 있는 다섯 사람을 이끌고 로비의 한쪽 길을 따라 연단이 놓여져 있는 곳으로 다가갔다.

한데 어찌 된 일인지 퉁퉁 부어 있어야 할 그의 얼굴이 모두 가라앉아 있었다. 아무래도 테이도가 좀 더 강력한 회복 마법으로 치료해 준 모양이었다.

스윽, 척.

그는 연단에 있는 작은 교탁에 멈추어 서서는 뒤를 돌아보았다.

"흐흠……."

테이도와 그의 네 제자의 모습을 보이고 있다. 현재 아이들은 환영 마법으로 인해 그 예쁜 얼굴들이 전부 평범한 모습으로 바뀌어져 있었다.

"자아, 테이도님. 지금 그때 있었던 자들은 모두 모였으니 그럼 알아서 하십시오."

그는 곧 테이도에게 자리를 양보하고는 뒤로 물러섰다.

'쳇! 이렇게까지 안 해도 되는데. 그냥 사람들만 모이게 하면 되지 무슨 교탁이 있는 연단까지 마련한 거야?'

속으로 구시렁거리며 불만을 토로하는 테이도.

그는 곧 교탁의 앞에 서서 백여 명의 인물이 들어찬 넓은 로비를 한번 훑어보았다.

척보니 바로 알 수 있었다.

"흥! 그럼 그렇지. 내 그럴 줄 알았어. 여기도 그놈의 부하 자식들이 있었어."

CHAPTER 5
요족을 찾아 나서다

*테*이도는 뒤를 돌아보았다.

"너희들도 느껴지지?"

"예, 사부."

"다섯 놈이나 있네요."

아이들의 대답에 테이도는 고개를 끄덕이며 말했다.

"가서 한 놈도 빠짐없이 전부 제압해. 혹시 저 녀석들이 옆에 있는 사람들을 방패막이로 사용할 수도 있으니 조심하면서 말이야."

크리티안이 미소를 지었다.

"호호. 걱정 마세요, 사부. 저런 놈들은 그동안 수차례에 걸쳐 상대해 봤기 때문에 제압하는 건 그다지 어렵지 않아요. 놈들이 다섯 놈이니까 둘은 제가 맡을게요."

그러자 옆에 있던 타이니가 묵직한 목소리로 말했다.

"내가 두 놈 맡는다."

"뭐야?"

"나도 두 녀석 맡을래."

"애들아, 나도."

마지막으로 에란트까지 나선다.

테이도는 아이들이 또 이상한 걸로 호승심을 일으키자 고개를 살래살래 흔들었다. 웬만하면 이제부터의 모든 일은 아이들에게 맡기고 자신은 뒤에서 구경만 하고 싶었지만 아이들은 자신을 가만 내버려 두지를 않았다.

"내가, 이 사부가 한 놈 맡는다. 저기 왼쪽에서 제일 뒤쪽에 있는 저놈!"

테이도는 자신이 한 녀석을 맡겠다고 하고는 나머지 녀석들도 아이들 중 누가 맡을지 일일이 가르쳐 주었다.

귀찮지만 이 방법밖에 없었다.

사실 테이도는 제자리에 가만히 서서도 그 다섯 놈을 쉽게 제압할 수가 있을 터이지만 아이들에게 다양한 경험을 하게 해주기 위해서 이러는 것이었다.

저벅저벅.

아이들은 곧 연단 위에서 내려와 로비에 모여 있는 사람들을 향해 걸어갔다.

백여 명의 사람들은 웬 평범하게 생긴 소녀들이 자신들의 주위를 스쳐 지나가자 의아한 생각을 가졌다. 하지만 자리가 자리인만큼 다들 쥐 죽은 듯이 가만히 서 있기만 했다.

잠시 뒤, 아이들은 각자 사부가 지정해 준 놈들 앞에 서 있게 되었다.

멜비스의 친위대 두 명에게는 세인아와 타이니가, 그리고 크리티안의 경우에는 뚱뚱한 체구의 요리사 앞에 서 있게 되었고, 마지막에 잡다한 일을 하는 한 메이드의 곁에는 에란트가 서 있게 된 것이다.

"……."

"……."

그들은 아무 말 없이 자신들 앞에 선 아이들을 멀뚱히 바라만 보았다.

씨익.

그때 아이들이 갑자기 그들 네 명을 향해 작은 미소를 지었고, 그 순간 그들은 무언가 일이 잘못되었음을 깨닫게 되었다.

"피해랏―!"

휘이익.

누군가의 외침에 빠르게 몸을 날리는 그들.

하지만 너무 늦고 말았다.

퍼벅.

한 번의 손길이 그들의 몸을 두들겼고, 그 이후로 아무것도 할 수가 없었다. 그들은 전혀 움직일 수가 없게 된 것이다.

웅성웅성.

쓰러진 자들의 주위에 있던 사람들이 떠들기 시작했다.

모두들 이게 무슨 일인가 하고 생각하고 있었다.

'저, 저럴 수가?

왼쪽 줄의 가장 뒤에 있던 사내.

그는 놀란 마음을 억누르며 빠르게 주위를 둘러보았다.

아무래도 여기를 빠져나가야 할 듯싶었다.

동료들이 이상한 능력을 지닌 계집들에게 당했으니 자신이라고 멀쩡히 잘 있으란 법은 없었던 것이다.

한데 바로 그 순간, 그에게 이상한 일이 일어났다.

우우우웅.

그의 발아래서 이상한 구멍 같은 게 생기더니 그를 밑으로 잡아당기는 것이 아닌가? 순식간에 그의 무릎 아래는 검은 공간에 먹혀 사라졌다.

"이, 이게 뭐야? 사, 살려줘!"

몸을 빼려 애써보지만 소용없었다.

스스스스슷.

사내는 고함을 한 번 지르고 난 후 전신이 그 구멍의 아래로 빨려 들어가고 말았다.

"꺄아아아아악─!"

"물러서! 메투 녀석이 검은 공간에 잡아먹혔다!"

"무슨 일이야? 비켜! 다들 비켜!"

주위에 있던 모든 사람들이 소리를 지르며 뒤로 물러섰다.

"다들 조용히 한다!"

바로 그때 멜비스의 커다란 목소리가 들려왔다.

"지금 벌어지고 있는 일은 나의 저택으로 숨어들어 온 첩자들을 색출하기 위함이니 다들 그 자리 그대로 멈추어 선다. 만약 누구라도 그 자리에서 벗어나면 그자는 신분 고하를 막론하고 첩자로 생각해 단칼에 목을 베어버리겠다."

우왕좌왕하던 그들은 시장의 말에 다들 가만히 멈추어 섰다. 시장은 한 번 입으로 내뱉은 말은 반드시 지키는 사람이라 잘못하다가는 첩자로 몰려 죽을 수도 있었던 것이다.

질질질질.

그때 적막감이 가득한 로비에서 무언가 끌려가는 듯한 소리가 들려왔다.

다들 소리가 들려오는 곳으로 시선을 돌리고 보니 네 명의 소녀가 자신의 동료들 다리 하나씩을 붙잡고 연단이 있는 곳으로 끌고 가고 있는 게 아닌가.

그들은 황당하다는 눈빛으로 아이들을 바라보다가 곧 연단에 서 있는 검은 머리 사내를 보며 또 한 번 놀라고 말았다.

"아니, 저럴 수가? 저 친구가 언제 저기로 가 있었지?"

"어, 어떻게 된 거야?"

검은 공간으로 사라졌던 메투란 이름의 사내.

그가 어느새 테이도에게 목줄을 잡힌 채 서 있었던 것이다.

테이도는 아이들이 끌고 온 녀석들을 바라보고는 곧 멜비스에게 말했다.

"아마 이 다섯 놈이 네 녀석 마누라와 아들의 납치에 크게 관여했을 거다. 그러니 로비에 있는 사람들에게는 알아듣기 쉽게 잘 말하고 이층의 거실로 와."

"예, 알겠습니다, 테이도님."

"흥!"

테이도는 멜비스가 존경의 눈빛을 보이며 인사를 하자 콧방귀를 뀌며 아이들과 함께 바로 연단을 내려와 이층으로 올라갔다.

짧지 않은 시간이 빠르게 지나갔다.

테이도는 두 눈에 이는 탈혼금안을 지우며 마지막 갈색 머리의 사내를 놓아주었다.

털썩.

그러자 사내는 죽은 듯 쓰러져 버렸다. 아니, 이제 보니 사내는 칠공에서 피를 흘리며 진짜로 죽어 있었다.

탁탁탁.

"이제 다 됐군."

테이도는 손바닥을 한 번 털어내고는 시선을 돌려 옆에 있던 타이니를 바라보았는데, 제자도 어느새 탈혼마안의 시전을 모두 끝마치고 자신을 바라보고 있었다.

"너도 다 끝냈냐?"

"예, 사부님."

지금까지 그 둘은 테이도가 네 명, 타이니가 한 명을 맡아 각자 놈들에게서 정보를 훔쳐 낸 것이다.

그리고 이들은 정보를 전해주는 과정에서 모두 죽고 말았다. 이건 그럴 수밖에 없는 게, 이들 다섯은 모두 사자 머리 요족인 론의 권속들이었기 때문이다.

비록 한 놈에게서 전체를 들을 수는 없었지만 숫자가 다섯이나 되다 보니 얼추 필요한 정보는 모두 얻게 된 테이도였다.

"제가 알아낸 내용은 이놈들이 어쌔신들과 짜고."

시간은 흘렀다.

"으음, 그래. 그렇군."

그는 타이니가 알아낸 정보를 들으며 자신이 얻어낸 정보와 비교하며 정리에 들어갔다. 그리곤 잠시 후. 문밖을 향해 말했다.

"멜비스, 이제 안으로 들어와."

끼이익.

말이 끝나기가 무섭게 거실 밖의 문이 열리며 세 아이와 함께 멜비스가 들어왔다.

　멜비스는 안으로 들어서자마자 짙은 피비린내에 눈살을 찌푸리고는 바닥에 널브러져 있는 다섯의 인영을 바라보았다.

　"……."

　모두 죽어 있었다.

　"어떻게다 된 것입니까?"

　"그래."

　테이도는 짧게 대답해 주고는 물었다.

　"밖에서 애들한테 다 들었겠지? 요족이나 기타 지금 이 실내 바닥에 죽어 있는 다섯 놈의 정체까지도 전부다?"

　"그렇습니다, 테이도님. 요족들이라면 1년 전부터 마법사들에게 듣기는 했는데 그다지 실감이 가지 않는 이야기라 그냥 흘려들었는데 그게 심상치 않은 문제였더군요. 지금 드레듀스 섬에서 일어나는 괴물들의 난동이 모두 그 요족들 때문이라니……."

　멜비스는 자신이 대도시의 시장의 자리에 앉아 있으면서도 너무 그런 이야기에 소홀했음을 인정하지 않을 수 없었다. 세상에서 가장 아름다운 아내가 납치당하자 눈에 보이는 게 없어 주변 문제를 소홀히 했다.

　"거기다 저의 친위대원 둘을 비롯해 이들 전부가 그 요족 놈의 부하라니, 도저히 믿을 수가 없는 일이군요."

"한번 죽어 있는 이들의 심장을 보세요."

옆에 있던 세인아가 한번 확인해 보라고 하자 멜비스는 테이도의 눈치를 보다가 그가 허락의 눈짓을 하자 바로 자신의 검으로 친위대원 중의 하나의 가슴을 절개하여 보았다.

사삭.

그러자 곧 아이들한테 들었던 내용 그대로였음을 알게 된 멜비스였다. 뻥 뚫려 있는 심장 대신 회색빛의 기류 같은 게 보였는데, 그 회색빛 기류는 지금 빠르게 사라지고 있었던 것이다.

"사실이로군."

허탈한 기분이 들었다.

자신이 아끼는 부하들이 요족 놈들의 부하들이었다니……

그렇다는 건 그날 자신의 아내와 아들은 무언가 수작에 걸려 사라졌다는 얘기였고, 놈들은 그걸 플르톤 시의 리아우스에게로 덤터기를 씌웠다는 말이 되었다.

스윽.

멜비스는 고개를 들어 테이도를 바라보았다.

지금 그의 시선엔 이제 모든 걸 테이도의 뜻에 맡기겠다는 그런 빛이 흘러나왔다.

"그럼, 잘 들어."

테이도는 무심한 눈으로 바로 설명에 들어가기 시작했다.

"지금 이놈들에게서 알아낸 정보로는 네 녀석의 마누라와 아들을 납치한 자는 요족이 틀림이 없다. 이 다섯 녀석들도 무슨 이유로 그 둘을 납치한 건지는 모르는 것 같다만 하여간 아주 중요한 일로 납치한 것임엔 틀림없어. 그래서 지금부터 나는……."

그의 설명은 길게 이어졌다.

문밖에 있었기에 자세한 내용을 알 수 없었던 세 아이도 멜비스와 같이 사부의 설명을 하나라도 놓칠세라 조용히 듣고만 있었다.

잠시 후.

아이들은 사부의 얘기를 듣고는 무슨 일인지 서로 시선을 마주한 채 약간은 들뜬 듯한 그런 모습을 보이고 있었다. 한데 그에 반해 멜비스는 이상하게도 침통한 표정을 짓고 있었다.

"그럼 이제부터 어쩌면 그 요족 놈들과 대판 싸울 수도 있는 거로군요, 사부?"

크리티안의 물음에 테이도는 고개를 끄덕여 주었다.

"그래. 하지만 중부 지방의 어느 곳인지는 확실치 않으니 지금부터 찾아봐야겠지. 오늘 아주 끝장을 한번 보자."

"잘됐네요, 사부. 그동안 실력이 낮은 하급의 요족들이나 괴물들하고만 싸워왔는데 이제야 비로소 제대로 된 녀석들과 싸우게 됐으니 말이에요."

"맞아요, 정말 잘됐어요."

네 아이는 이제는 제대로 된 요족들과 싸울 수 있다는 생각에 두 눈에 투지의 불길을 일으켰다.

테이도는 고개를 돌려 어두운 표정을 짓고 있는 멜비스에게 한마디 했다.

"그럼 이만 가보도록 하지. 이런 일은 서두를수록 좋으니까 말이야. 그리고 당신 와이프와 아들은 좀 전에 얘기한 대로 살아 있음 구해보도록 하겠지만 큰 기대는 않는 게 좋을 거야. 놈들이 쓸데없이 납치했을 리는 없으니."

"……."

아무 말도 없는 멜비스.

그는 그냥 쉬고만 싶었다.

"너무 그렇게 풀 죽은 표정하지 마. 어쩌면 살아 있을 수도 있으니."

위로의 말을 해보았지만 멜비스의 기색은 그대로였다.

테이도는 멜비스의 모습에 고개를 살래살래 내젓고는 곧 공간이동을 위한 마법의 시동어를 외쳤다.

"게이트!"

지이이이잉.

그러자 그의 앞에 커다란 검은 공간이 생겨났고, 테이도는 아이들과 바로 그 공간 속으로 사라져 갔다.

　　　　*　　　*　　　*

화르르르르르.

커다란 불길이 곳곳에 피어났다.

이곳은 중부에 자리한 인구 일만이 간신히 넘는 에디스 시였다.

"크아아아아아앙—!"

"키리리릭."

"으아아악! 이 괴물들아, 죽어랏!"

붉은 머리를 한 검사의 검이 상급의 몬스터인 카라멘티스의 뒤쪽을 공격해 보려고 하지만 소용이 없었다.

서걱!

"크아악!"

어느새 카라멘티스는 자신의 육중한 몸을 재빨리 돌려 검사의 몸을 베어버렸다.

"모두 뒤로 피해라!"

"으아악!"

현재 에디스 시는 수천에 이르는 괴물들에게 습격당했고, 지금은 거의 모든 사람이 죽음을 당해 일부만이 간신히 살아남아 마지막 저항을 하고 있는 중이었다.

하지만 안타깝게도 이들에겐 오늘 희망이 보이지 않았다.

그저 얼마나 버티느냐가 이들이 할 수 있는 전부인 것처럼 보였다.

"쿠오오오오오오."

"으아악—!"

뚜욱, 뚝.

붉은 피가 바닥으로 한 방울씩 떨어져 내렸다.

"으음, 이제 또 한 명 나의 권속을 만들 수 있겠구나. 그것도 상당히 강한 축에 드는 강자로 말이지."

사자 머리에 아홉 개의 꼬리를 지니고 있는 요족.

론은 눈앞에 있는 갈색 머리 사내의 가슴에서 천천히 자신의 오른손을 빼내었다.

팔딱팔딱.

손에 들고 있는 것을 펴보니 사내의 심장이 아직까지도 죽지 않고 큰 움직임을 보여주고 있었다.

그가 방금 전 잡은 이 갈색 머리의 사내는 바로 에디스 시의 시장인 페루소 에디스였는데, 시장의 자리에 있는 자답게 페루소는 소드 익스퍼트 중에서도 최상급에 이른 그런 실력자였다.

"크르르릉."

론은 페루소의 심장을 보며 입맛을 다시더니 곧 자신의 입으로 가져가 한입에 먹어치웠다. 그리곤 자신의 아홉 개의 꼬리 중 여섯 번째의 꼬리를 하늘 높이 치켜세우며 어떤 주문 같은 것을 외웠다.

"올람마무 크루마 데이롤린스 케타마."

잠시 후. 론은 모든 주문을 끝마치고는 자신의 여섯 번째 꼬리를 크게 흔들었다.

휘이이이잉.

그러자 그 꼬리에서 회색빛의 기류가 뿜어져 나와 페루소 의 몸속으로 스며들어 갔는데, 그것은 바로 론에게 뽑혀져 사 라지고 없는 심장 부위로 다가가 둥글게 뭉쳐지기 시작했다.

이제 페루소는 새로운 심장을 얻게 된 것이다.

"크르릉! 됐어."

론은 모든 일을 마치고 느긋이 페루소가 깨어나길 기다렸 다. 이제 시간이 조금 흐르고 나면 페루소는 자신의 충실한 권속이 되어 있으리라.

"응?"

바로 그때였다.

무슨 일인지 론이 심각한 표정으로 자신의 머리 부근으로 손을 가져가 댔다.

"크르릉! 이런 또 그놈이구나?"

론은 부리부리한 두 눈을 잔뜩 일그러뜨렸다.

자신들 요족의 재앙 덩어리라는 그 검은 머리의 사내가 또 다시 자신의 권속의 머릿속에 들어가 정보를 빼가려 하는 게 느껴진 것이다.

"이 죽일 놈."

시간이 없었다.

잘못하면 지금 일을 추진 중인 그곳이 발각될 수가 있었다.

론은 바로 두 눈을 감고 의지를 일으켰다.

그리곤 자신의 정신을 지금 정보를 빼앗기고 있는 권속에게로 전이시켰다.

후아아아아앙.

어두운 공간의 저편 위로 거대한 황금빛 눈동자가 있었다.

그긴 다른 누구노 아닌 테이도가 탈혼금안을 펼쳐서 생기는 현상이었다.

공간 속에 있는 수천, 수만의 밝은 문양들.

그것들은 지금 빠르게 황금빛 눈동자 속으로 흡수되고 있었는데 현재 테이도는 절반 정도의 정보를 읽고 있는 중이었다.

스르르르르.

바로 그때, 아무도 없는, 오로지 테이도만이 있는 이곳에 론의 정신체가 모습을 드러냈다.

'이노옴!'

론은 권속의 잠재의식 속에 모습을 보이자마자 빠르게 시선을 이리저리 돌려 상대를 찾았다.

'크르릉! 저기 있구나!'

바로 그의 뒤쪽 저 멀리에 있는 거대한 눈동자를 볼 수 있는 론이었다. 론은 지체하지 않고 바로 공격해 들어갔다.

─끼야아아아아아아앗!

그것은 절규였다.
절규는 날카로운 비수가 되어 황금빛 눈동자를 하고 있는 테이도에 날아가 작은 충격을 주었다.

─아얏!

테이도는 눈이 따끔거리자 정보를 모으는 일을 그만두고 시선을 돌렸다. 그러자 그동안 여러 번 보았던 사자 머리의 요족을 볼 수 있게 되었다.
'쳇! 저 썩을 놈이 또 들어왔구나. 할 수 없지. 조금만 더 뽑아내 보고 돌아가자. 내 나중에 네놈을 만나면 아주 죽지도 살지도 못하게 만들어주마.'
테이도는 속으로 론을 씹어주고는 다시 하던 일을 계속해 나갔다.
'아니, 저 죽일 놈의 인간이?'
론은 자신의 공격에도 상대가 계속해서 정보를 뽑아내자 화가 나 다시 공격하려고 했다.

'으응?'

그때 또다시 무언가가 그의 정신을 건드렸다.

의지를 일으켜 정신을 집중해 보니 이번엔 다른 쪽에서 또 다른 누군가가 자신의 권속의 정신 속으로 들어와 정보를 빼내고 있는 게 느껴졌다.

'크르릉! 이런 빌어먹을 인간들을 보았나? 양쪽에서 같이 부하 놈들의 정신 속으로 침입하다니.'

론은 이러다가 잘못하면 자신들이 하고 있는 일을 놈에게 들키리라 생각하고는 바로 또다시 테이도를 향해 공격해 들어갔나.

—끼야아아아아아아앗!

이번 공격은 그가 혼신의 힘을 다한 것이었다.

당연히 좀 전과는 비교조차 할 수 없는 일이 벌어졌다.

우르르르르릉!

공간에 균열이 가기 시작했다.

지금 론의 절규 소리는 권속의 잠재의식 세계를 무너뜨리려 하고 있었던 것이다.

'쳇! 할 수 없군.'

테이도는 눈동자가 너무나 아파오자 할 수 없이 탈혼금안의 시전을 멈추고 이 자리를 피했다. 하지만 그에게는 아직

세 명의 먹잇감이 더 있으니 상관없었다.

'좋아, 이번엔 뚱뚱보 요리사 녀석이다.'

* * *

포이룬 산.

이곳은 드레듀스 섬의 중서부에 있는 제법 커다란 산이었는데, 포이룬 산의 밑자락에는 수많은 공룡과 몬스터들이 있어 북부에 있는 어둠의 숲과 함께 사람들이 가장 꺼려 하는 그런 곳이기도 했다.

"크르릉."

어디선가 낮은 울음소리가 들려왔다.

포이룬 산의 중턱에 서 있는 한 요족.

녀석은 다른 누구도 아닌 론이었다.

론은 정신감응을 통해 부하들을 불러들였는데, 그때가 벌써 두 시간 전이니 이제 슬슬 5요단 이상의 중급 요족들이 모습을 드러낼 시간이었다.

때마침 그의 감각에 요족들의 기척이 포착됐다.

"왔군."

잠시 후. 론이 서 있는 곳에서 10여 미터 앞의 흙바닥이 흔들리며 요족 한 마리가 모습을 드러냈다.

후드드드드득.

커다란 구멍을 뚫으며 솟구쳐 오른 녀석은 길이 30미터의 커다란 뱀 모양의 요족이었다. 아니, 앞발과 그 뒤로 수십 개의 뒷발이 나 있으니 뱀이라고 하기에는 어폐가 있었다.

어쨌든 녀석은 밖으로 나오자마자 론에게 물었다.

"론님, 정신감응으로 지금 우리에게 위기 상황이 발생했다고 하셨는데 그게 사실입니까?"

"그렇다, 스네크론."

"크르릉! 혹시 그놈이?"

"맞다. 그 검은 머리의 이상하게 생긴 놈이 아무래도 이곳으로 조만간 올 것 같다."

순간, 스네크론이란 이름을 가진 요족의 뱀눈에 회색빛의 기운이 감돌았고, 몸에선 강렬한 기운이 살기를 띤 채 피어올랐다.

"크르릉! 놈은 제가 맡겠습니다."

론은 스네크론의 말에 고개를 좌우로 흔들었다.

"안 돼. 네 녀석 혼자의 힘으로는 어림도 없는 일이다. 두세 명이 달라붙어도 어찌 될지 알 수가 없어."

"론님!"

"안 된다면 안 돼! 저 앞에 다른 녀석들도 지금 오르고 있으니 일단 녀석들이 모두 올라오면 그때 얘기를 하도록 한다."

"크르릉."

스네크론은 론의 단호한 말에 기분이 상했다.

생각으로는 자신의 힘이라면 충분히 그 검은 머리의 인간을 죽일 수 있을 것 같은데 론은 안 된다고 하니 답답한 마음이 들었다.

그때 론과 스네이크의 주위로 요족으로 보이는 괴물 아홉이 모습을 드러냈다.

스르륵스르륵.

부스럭부스럭.

그들은 몸에서 불길을 일으키는 요족에 그와는 반대로 얼음처럼 차가운 기운을 지닌 녀석에다가 마치 안개처럼 흐릿한 몸체를 지진 요족까지 다양한 모습을 지닌 그런 괴물들이었다. 그리고 이들 아홉은 5요단 이상의 녀석들이기도 했다.

"급히 달려왔습니다, 론님."

"키리릭. 우리에게 위기 상황이라면 그놈밖에 없을 텐데, 놈이 혹시 이곳으로 오기라도 하는 것입니까?"

론은 부하들의 말에 고개를 끄덕였다.

"그렇다. 놈은 지금 이곳을 찾아오고 있는 중이다."

다들 조용히 론의 말을 듣기 시작했다.

"지난번 타가다인에서 납치해 왔던 증폭의 기운을 가진 두 명의 엘프들. 녀석은 지금 그 두 엘프를 찾아오고 있는 것이다. 녀석이 이상한 방법으로 내 권속들에게 정보를 훔쳐 가긴 했지만 다행히 아직 정확한 위치는 모르는 것 같다. 그렇다 하더라도 놈은 늦어도 내일이면 이곳을 찾아낼 것이니 우리에겐 그리 시간이 많다고 할 수 없다."

론의 설명에 불의 요족이 말했다.

"크르르릉. 그렇다면 미리 준비를 해야겠군요. 잘됐습니다. 그렇지 않아도 그 검은 머리 놈의 제자라는 네 명의 무신에게 볼 일이 있었는데 아주 잘됐습니다."

화르르르르르.

불의 요족이 그 폭급한 성격답게 몸에 이는 불길을 거세게 일으키며 투지를 일깨웠다.

"그동안 대부분의 하급 요족이 그 네 놈에게 당했는데 오늘에서야 분풀이를 할 수 있겠군요."

"그렇습니다. 파이룬의 말대로 차라리 잘됐습니다, 론님. 그동안 그놈들을 피해 다녀야만 했는데."

"그래도 하급의 요족들이 힘 한 번 못써보고 죽었다면 조심해야겠지. 이제 때가 얼마 남지 않았으니 말이야."

"괜찮아, 화이마. 우리 정도라면 충분하지."

불의 요족인 파이룬이 투지를 일으키며 말하자 다른 요족들도 덩달아 기세를 일으키며 이어서 말했다.

자신감이 넘치는 그들.

하지만 론은 부하들과는 다르게 심각한 표정이었다.

어제 아침에 권속의 정신 속에서 보았던 그 황금빛 눈동자.

그것은 예전에 보았던 것과는 달랐고, 또한 무척이나 불길한 느낌을 갖게 했다.

아무리 생각해 봐도 그놈이 자신보다 더 강한 힘을 지니고 있는 건지 어쩐지 판단을 할 수가 없었다. 아니, 느낌상으로는 자신보다도 좀 더 강한 느낌이었다.

'여기서 내가 부하들에게 약한 모습을 보였다간 사기만 떨어지니.'

심각한 표정의 론은 속으로 무언가 생각을 정리하고는 곧 두 눈에 강렬한 회색빛 기운을 뿜어내며 아홉의 요족을 향해 말을 걸었다.

"잘 들어라. 지금부터 놈들이 이곳에 올 때를 대비한 작전을 짜도록 하겠다."

아홉의 요족은 론이 하는 말에 다들 투지를 일으켰다.

이제는 진정으로 그 인간 괴물들과의 시작이었다.

"우선 화이마는 이곳 포이룬 산의 동쪽에 있는 큰 개울가로 가서 공룡들과 몬스터들을 배치시키도록 해라. 그리고 스네크론의 경우는 산의 뒤쪽에 있는……."

*   *   *

휘이이이잉.

세찬 바람이 어디선가 불어와 회색빛 하늘에 자리한 흰 구름을 밀쳐 내고 있었다.

하지만 그 바람은 구름 밑에 두둥실 떠 있는 한 사내에게만큼은 아무런 힘도 쓰질 못하고 있었다.

사내는 다름 아닌 테이도였다.

어제 오전에 론의 권속들에게 필요한 정보를 얻은 그는 바로 드레듀스 섬의 중부 지방으로 내려왔다. 놈들에게서 얻은 정보엔 납치된 멜비스의 아내와 아들이 그곳 어딘가로 보내졌다고 했기 때문이다.

비록 정확한 위치는 알아내지 못했지만 그래도 중부 지방 어딘가에서 무언가 일을 진행시키고 있다고 하니 테이도는 자신의 제자들을 공간이동술을 이용하여 하나씩 서쪽 지역에서부터 내려주고는 놈들을 찾게 하였다.

물론 테이도 본인도 지금 이렇게 놈들을 찾기 위해 하늘 위에 떠 있는 것이었다.

"으음, 여기에는 없군."

테이도는 감은 두 눈을 뜨고는 자신의 왼쪽 손을 바라보았다. 손가락에 끼어져 있는 통신 반지.

"지금까지 연락이 없는 걸로 봐서는 녀석들도 아직은 못 찾았나 보군."

스윽.

시선을 돌려보았다.

지금 그가 떠 있는 하늘 위에 100여 미터 앞에는 큰 강이 흐르고 있었다. 그 강의 이름은 이네토 강이라 했는데, 테이도는 지금 그 강의 줄기를 따라 요족들을 찾아보고 있는 중이었다.

"으음, 뭐, 이제 하루가 지났으니 곧 찾을 수 있겠지. 그래도 중부 지방이란 건 알아냈으니 다행이잖아? 전체를 다 찾는 것보다는 한결 수월하니 말이야."

테이도는 조급해지려는 마음을 가라앉히며 느긋한 마음을 갖기로 했다. 지금 상황으로 봐서는 요족들이 무언가 일을 크게 진행시키기 위해 무리한 행동을 하는 것 같은데 그러면 된 것이다. 놈들은 곧 자신에게 걸려들 수밖에 없으리라.

"좋아, 이번엔 동부 쪽으로 좀 더 가보자."

마음을 가다듬고 다시 공간이동술을 펼치려는 테이도.

바로 그 순간, 그의 통신 반지에서 빛이 일었다.

스스스스스.

그것은 새하얀 빛이었다.

"에란트잖아? 설마 녀석이 놈들을 벌써 찾아냈나?"

테이도는 바로 통신 반지에 내력을 주입하고는 에란트와 대화를 나누기 시작했다.

"뭐냐, 에란트?"

"*호호호, 사부님, 기뻐하세요. 제가 이 에란트가 놈들이 모여 있는 곳을 찾아냈답니다.*"

테이도의 두 눈이 더 이상 커질 수 없을 정도로 커진 건 순식간이었다.

"오오, 그래? 우리 예쁜 에란트가 드디어 그 죽일 요족 놈들을 발견해 냈구나!"

"예에, 사부님. 이제 마음껏 기뻐하셔도 돼요."

"우헤헤헤헤헤헤. 그래그래, 내 마음껏 기뻐하마. 그래 지금 네가 신호를 보내고 있는 곳이 놈들이 있는 곳이냐?"

"예, 사부님."

테이도는 에란트의 말에 두 눈에 힘을 주며 말했다.

"오냐. 내 금방 다른 세 녀석이랑 그곳으로 가마. 너는 우리가 거기에 도착할 때까지는 아무 짓도 말고 그냥 그대로 있어라. 알았지?"

"예, 알겠어요, 사부님. 그럼 빨리 오세요."

"그래그래."

테이도는 에란트와의 통신을 끊고 바로 다른 세 아이에게 통화를 시도했다.

"흐흐흐, 요놈들, 드디어 나한테 걸려들었구나. 전부, 전부 다 먹어주마. 흐흐흐흐흐……."

그에게서 오래간만에 음침한 웃음이 흘러나왔다. 그리고 그것은 요족들의 불행을 알리는 웃음이기도 했다.

CHAPTER 6

요족들과 싸우다

쏴아아아아아아—

우르르르릉!

급작스럽게 천둥 번개가 치며 비가 내리기 시작했다.

마치 이곳 포이룬 산에서 펼쳐질 전쟁을 미리 예고하기라도 하듯 소낙비는 거칠게 쏟아져 내리고 있었다.

"좋아, 좋아."

테이도는 아이들과 함께 눈앞의 작은 들판을 바라보고 있었다. 들판의 뒤로는 커다란 포이룬 산이 모습을 보이고 있었는데, 테이도는 지금 그곳 산에서 탈혼금안을 펼쳤을 때의 그 요족 놈의 기를 느끼고 있었다.

물론 다른 요족들의 요기도 느껴지기는 했지만 다른 녀석들은 그다지 신경 쓰고 싶지 않았다.

"그럼 이제부터는 각자 따로 저 포이룬 산으로 진입하기로 한다. 놈들 중 누군가가 산의 주위에 결계 같은 것을 만들어 하늘 위로 진입을 못하게 한 것 같으니."

테이도의 말에 옆에 있던 세인아가 고개를 갸웃거렸다.

"사부님이라면 결계 같은 건 그냥 통과하실 수 있잖아요. 바로 산의 정상으로 가면 될 것 같은데……."

"헤헤, 물론 그렇긴 하지만 지금 이곳 포이룬 산 주위에 모여 있는 수많은 괴물들은 다 처치해야 할 것 아니냐? 어차피 인간에게는 해로운 녀석들이니 요놈들을 처리하면서 천천히 올라가려고 하는 거다."

아이들은 사부의 말에 다들 고개를 끄덕였다.

사부가 왜 산의 정상으로 안 가고 이곳에 자신들을 내려주었는지 이제야 알 수 있었다.

"자, 그럼 세인아는 저기 동쪽 끝으로 가서 일을 시작하고 크리티안은 저기, 그리고 타이니는……."

테이도는 아이들이 산으로 진입할 방향을 일일이 지정해 주었는데 그곳은 다름 아닌 중급의 요족들이 숨어 있는 길이었다. 다음으로 그는 아이들에게 방금 이곳으로 오면서 얘기했던 그 달콤한 유혹의 말을 또다시 던져 주었다.

"이번에 가장 많이 요족을 잡거나 죽인 녀석에게는 이 사

부가 새로이 만든 마법 무구를 준다고 했으니 열심히 해야 한
다. 알았지?"

아이들은 사부가 재차 하는 말에 다들 두 눈에 신광을 일으
켰다. 사부가 만드는 마법 물품이나 무구는 정말 신기하고 강
력한 것들뿐이라 아이들은 서로 가지려고 했기 때문이다.

"알겠어요, 사부."

"오늘 저의 진짜 실력을 보여드리죠."

"호호호, 그렇다면 이건 제가 이긴 거나 마찬가지네요, 사
부님."

"……."

타이니만 빼고는 모두 자신있는 말투들을 내뱉는다.

아이들에게 서로 경쟁심을 갖게 한 테이도는 입가에 작은
미소를 만들더니 곧 큰 목소리로 외쳤다.

"자아, 그럼 출발—!"

휘이이익.

그의 말이 끝나기가 무섭게 아이들은 신법을 펼쳐 사라져
갔다.

"헤헤, 녀석들."

테이도는 흐뭇한 웃음을 지으며 자신도 걸음을 옮겨 포이
룬 산의 정상으로 향했다.

쿵쿵쿵쿵.

대지가 파헤쳐지며 커다란 소리가 들려왔다.

"크아아아아아앙!"

"키리리릭."

못해도 팔백여 마리는 될 듯한 많은 수의 괴물들이 들판을 가로질러 누군가를 향해 달려들었다.

녀석들은 자신들이 상대할 적의 기척을 느끼지 못하고 있었지만 정신감응을 통해 전해오는 어떤 명령에 계속해서 앞으로 나아가야만 했다. 그리고 녀석들은 얼마 지나지 않아 무시무시한 사신을 보게 되었다.

그 사신의 이름은 생멸의 여신이었다.

"으응? 숫자가 생각보다 그다지 많지가 않네?"

쏴아아아아아.

에란트는 어두운 빗속에 서서 자신에게 미친 듯이 달려오고 있는 괴물들을 바라보고 있었다.

현재 그녀는 호신강기를 사용하지 않아 비를 그냥 맞고 있었는데 그 이유는 내력을 조금이라도 아끼기 위해서였다. 지금 내리는 비가 언제까지 내릴지 알 수 없으니 계속해서 호신강기를 몸에 두르기는 좀 그랬던 것이다.

물론 지금의 경지라면 웬만해서는 내력의 소모가 일어나지 않지만 말이다.

테이도의 네 제자.

아이들은 이미 초절정의 극의에 도달한 상태였던 것이다.

"좋아, 모두 한꺼번에 끝내주지."

스윽.

에란트는 바로 자신의 품 안에 있는 만년옥소를 꺼내서는 입가에 가져가 댔다.

"귀곡살음의 세 가지 음공 중 두 번째인 귀곡초혼(鬼哭招魂)이라면 한 번에 끝낼 수 있겠지."

지금 그녀가 사용하려는 귀곡초혼은 오늘 처음으로 사용하는 것이라 위력이 어떻게 나타날지 알 수 없었다. 하지만 그동안 자주 사용해 온 귀곡혈야의 위력으로 볼 때 어느 정도 짐작이 갈 수 있는 일이었다.

"크아아아아아앙ㅡ!"

"쿠오오오!"

대지를 떨쳐 울리는 포효 소리.

마침내 괴물 녀석들이 에란트의 50여 미터 앞에까지 도달했다.

에란트는 바로 그 순간에 맞추어 귀곡초혼을 연주했다.

삘리리리리리.

쏴아아아아!

갑자기 비 내리는 들판에 정적이 스며들었다.

한참 에란트를 향해 달려들던 육식 공룡과 거대 몬스터들은 무슨 일인지 가만히 멈추어 서 있기만 했다.

왠지 분위기가 음산하게만 느껴졌다.

비가 내리는 가운데 수백의 괴물들이 위협적으로 서 있는 그 모습.

"됐구나. 생각대로 옥소선자의 음공은 대단해."

스윽.

에란트는 귀곡초혼의 연주를 끝내고는 아무 일도 없었다는 듯이 들고 있던 만년옥소를 품 안으로 다시 넣었다.

"크르릉."

그때 놈들 중 한 마리의 육식 공룡이 작은 신음 소리를 냈다.

살아 있는 것일까?

쿠웅!

아니다. 놈은 신음 소리와 함께 바로 바닥으로 쓰러져 다시는 일어나지 못했다. 그리고 이건 다른 수백의 괴물들도 마찬가지였다.

쿵, 쿠웅, 쿠웅!

하나씩 그 육중한 몸체들이 바닥으로 쓰러졌다.

놈들 중 살아 있는 괴물은 단 하나도 존재하지 않았다.

옥소선자의 최강 무공인 귀곡살음은 정말 엄청난 위력을 보여준 것이다. 방원 500여 미터 안에 들어선 괴물들을 모두 죽음 속으로 몰아넣었으니.

"호호, 놈이 드디어 오고 있구나."

에란트가 정면을 응시한 채 미소를 지었다.

그녀의 기감 속에 저 멀리서 요족 한 마리의 기가 느껴졌는데 그 녀석은 지금 천천히 에란트에게로 다가오고 있었다.

아마 놈이 괴물들을 뒤에서 조종한 요족이리라.

한데 바로 그때였다.

무슨 일인지 에란트가 시선을 동쪽으로 향하며 고개를 갸웃거린다.

"응? 또 한 놈의 요족이네. 이게 어떻게 된 일이지?"

에란트는 잠시 가만히 서서는 동쪽에 위치한 요족에 대해 생각해 보더니 곧 고개를 끄덕였다.

"아무래도 저놈은 내가 정면에서 다가오고 있는 요족과 싸울 때 뒤에서 암습을 하려는 모양이구나. 호호, 정말 어리석은 요족이네? 내가 자신의 존재를 감지하지 못할 걸로 생각하다니 말이야."

에란트는 그냥 가볍게 한번 웃음을 짓고는 자신에게로 다가오는 요족을 향해 신법을 펼쳐 날아갔다. 최대한 빨리 놈을 제압하고 그 뒤에 동쪽에 자리한 요족도 처치할 생각이었다.

슈아아아아악!

온몸이 무쇠로 이루어진 6미터 크기의 중급 요족.

아이크는 자신의 눈앞에 무언가가 나타났다는 것을 인지하고는 순간적으로 몸을 비틀어보았다. 하지만 갑자기 나타난 그것은 자신의 몸을 강타하고 난 후였다.

콰앙!

"크아악!"

회색의 핏물이 요족의 입에서 뿜어져 나왔다.

아이크의 몸은 뒤로 60여 미터를 날아간 뒤에야 바닥으로 다시 내려설 수가 있었다.

쿵쿵쿵!

수풀이 잘게 자란 들판에 작은 구덩이가 몇 개 생겨났다.

"크르릉! 이, 인간 년이."

아이크는 입가에 묻은 피는 닦을 생각도 안 하고 자신의 가슴을 만지기에 바빴다.

단단하기가 이루 말할 수가 없는 무쇠 가슴이 움푹 들어가 있었는데 그 부위가 너무나 아파 아이크는 빠르게 요기를 온몸으로 휘돌려 회복시켜 나갔다.

찌잉, 찌이잉.

자신의 요기를 상처난 부위로 움직이자 곧 움푹 들어간 곳이 서서히 복구되는 게 느껴졌다.

하지만 그게 다였다.

몸을 완전히 회복시키기도 전에 또다시 무언가가 아이크의 눈앞에 나타난 것이다.

쏴아아아아아아—

은빛 머리를 길게 휘날리며 빗속을 뚫고 나타난 소녀.

"이, 이 죽일 년이."

아이크는 재빨리 옆으로 몸을 피하며 자신의 오른손을 들어 올렸다. 그러자 그의 일곱 개의 손가락이 떨어져 나와 눈앞에 일렁이는 에란트에게로 쏜살같이 날아갔다.

피육! 피육!

에란트는 녀석의 그 같은 공격을 웃으며 피했다.

"호호, 느려, 느려. 느려도 너무나 느려."

남을 배려할 줄 아는 따뜻한 마음의 소유자인 에란트. 하지만 요족에 대해서 만큼은 용서를 모르는 게 그녀였다.

아이크는 자신의 공격을 상대가 기분 나쁜 웃음을 지으며 피해내자 극도로 분노해 요기를 잔뜩 끌어올리며 바로 또 다른 공격에 들어갔다.

"죽어랏―!"

먼저 주먹이 손목에서부터 분리되어 날아갔다. 그리고 그 뒤를 이어 팔목이 분리되었고, 또 그 뒤에는 어깨가 분리되어 날아갔다.

피육! 피육! 피육!

특이한 공격 수법을 가진 아이크.

결국 그는 얼굴과 몸통만 남고 나머지 사지에 있는 모든 게 분리되어 상대방을 향해 공격해 들어갔다. 심지어 발에 있던 발가락 열네 개도 따로따로 분리되어 에란트를 공격하기 시작했다.

하나, 상대는 에란트였다.

그녀의 사부는 테이도였고, 테이도는 신법과 보법에 있어서 만큼은 무림의 다섯 하늘이란 오천보다 더 뛰어난 절기들을 창안해 낸 상태였다. 당연히 그로부터 무공을 배운 에란트는 보법이 뛰어날 수밖에 없었다. 이건 다른 아이들 모두가 마찬가지였다.

스스스스스.

유령의 움직임 속으로 아이크의 신체 무기들이 스쳐 지나갔다.

"이, 이 죽일 년."

아이크는 상대가 자신의 공격을 너무나 쉽게 피해내자 계속해서 자신의 신체 무기들을 조종하였다.

슈아아악!

허공으로 쏜살같이 지나다니는 그의 신체 무기들.

그것들은 서로 부딪치며 작은 폭발음을 만들기도 했다.

쾅쾅! 쾅!

한계 이상의 속도를 내다 보니 세밀한 조정을 할 수가 없었던 것이다. 그래도 상관은 없는 게 그의 신체는 무쇠보다도 더 단단해 부서질 염려가 없다는 사실이었다.

거기다 설령 부서진다고 해도 요기를 공급하고 시간이 지나면 저절로 복구되어 괜찮았다.

스르르르르.

그때 어느샌지 에란트가 아이크의 바로 등 뒤에 유령처럼 나타났다. 하지만 아이크는 자신의 뒤에 상대가 나타났다는 사실을 모르고 있는 듯했다.

　이건 그럴 수밖에 없는 게, 그의 정면에는 계속해서 흐릿한 무언가가 움직임을 보이고 있었던 것이다.

　마법 무구였다.

　에란트의 왼손에는 지금 어떤 거울같이 생긴 작은 물건이 하나 들려 있었는데, 그것은 내력을 주입하면 상대방에게 환영을 일으키게 하는 그런 것이었다.

　그녀의 사부인 테이도는 에란트가 하급의 요족을 잡아오자 그 상으로 환영의 마법 무구를 전해준 것이었다.

　"크르릉! 이년, 반드시 죽인다! 네년이 과연 언제까지 그렇게 도망칠 수 있는지 두고 보자."

　아이크는 계속해서 정신을 집중해 흐릿한 환영들을 쫓아 자신의 신체 무기들을 조정하였다.

　쾅, 콰콰쾅!

　'호호호, 아주 열심이네.'

　에란트는 아이크의 뒤에서 희미한 미소를 짓고는 바로 오른손을 녀석의 커다란 등 뒤로 가져가 댔다.

　비록 하반신이 분리되어 몸통만 남은 상태였지만 원래부터 아이크는 덩치가 6미터나 돼 에란트는 손을 머리 위로 들어서 갖다 대야만 했다.

퍼펑!

"크윽—!"

아이크는 짧은 신음과 함께 회색 핏물을 뿜어냈다.

비틀거리는 아이크.

정신이 없었다.

속이 무언가에 타격을 받아 가루가 된 느낌이었다.

이건 내가중수법이었다.

에란트는 무쇠보다 단단한 아이크의 신체를 내가중수법을 이용해 안을 파괴한 것이었다.

지금까지 수백 년을 살아오며 제대로 된 적수를 만나보지 못한 아이크는 내가중수법이라는 특이한 공격 수법에 너무나 쉽게 쓰러지고 만 것이었다.

"이제 요핵이 자리한 곳을 봉쇄만 하면 다 끝나는 거네. 서둘러야겠다. 다른 친구들보다 하나라도 더 잡아야 해."

에란트는 기감을 이용해 아이크의 몸에 있는 요핵을 찾아내고는 바로 자신의 수룡곤음력의 진기로 다시는 힘을 못 쓰게 봉쇄해 버렸다.

그리고 바로 그 순간에 에란트는 또 다른 요족 한 마리가 자신의 등 뒤로 나타났음을 알게 되었다.

'응?'

녀석은 에란트가 아이크에게 정신을 집중하자 바로 기습을 해온 것이었다.

슈아아아아아악.

섬뜩하게 느껴지는 쾌속의 소음.

위기의 순간!

에란트는 두 눈을 무섭게 빛내며 바로 보법을 펼쳤다.

*　　　　*　　　　*

슈아아아아아앙!

어두운 빗속을 뚫으며 무섭게 앞으로 나아가는 한 인영이 있었다. 붉은 머리를 휘날리며 무시무시한 투기를 일으키고 있는 그녀.

크리티안은 오른손을 들고는 눈앞으로 다가온 괴물들을 향해 태양겁멸장의 장세를 내쏟았다.

퍼퍼펑!

"크아아아앙!"

"크에엑!"

절규에 찬 포효가 하늘을 찔렀다.

그녀의 정면에 있던 열두 마리의 거대 괴물. 놈들의 상반신은 한 녀석도 빠짐없이 모두 불에 타 순식간에 재가 되어 사라졌다.

화르르르르르.

하지만 괴물들의 수는 그게 다가 아니었다.

더욱더 많은, 무려 칠백여 마리나 되는 녀석들이 그녀를 향해 맹렬히 다가오고 있는 중이었다.

　쿵쿵쿵!

　곳곳에 나 있는 작은 나무들은 녀석들의 움직임에 모두 다 쓰러지고 부서져 나갔다.

　"끼리리리릭!"

　"쿠오오오오오오ㅡ!"

　평범한 사람이 보기에는 가히 공포스러운 광경이 장내에 펼쳐지고 있는 것이었다.

　"좋아, 내 앞을 막는 녀석들은 모두 다 죽여주마!"

　크리티안은 떼로 몰려오는 괴물들을 보며 바로 정신을 집중하고는 누군가를 불러냈다.

　"샐리스트, 너의 모습을 이 자리에 드러내라."

　지이이이잉.

　약속의 말을 내뱉자마자 허공의 한 지점이 열리며 붉은빛을 내는 작은 새 한 마리가 나타났다. 아니, 그 작은 새는 점점 불길을 거세게 일으키며 하늘의 제왕인 와이번보다 무려 세 배는 더 큰 그런 불의 독수리로 바뀌었다.

　화르르르르르!

　가히 엄청난 위용을 자랑하는 불의 정령이었다.

　마치 천상에서 노닐고 있다는 피닉스를 보는 듯한 그런 모습을 샐리스트는 보여주고 있었다.

샐리스트는 부리부리한 두 눈에 친근감을 드러내며 말했다.

—부르셨습니까, 크리티안님.

크리티안은 자신의 친구이자 부하인 샐리스트의 말에 바로 한 가지 명령을 내렸다.

"저 앞에서 미친 듯이 달려오고 있는 녀석들 있지?"

—예, 크리티안님.

"내가 오른쪽을 맡을 거니까 너는 왼쪽을 맡아. 같이 한번 멋지게 공격해 보는 거야."

화르르르르르!

크리티안의 말에 하늘에 떠 있는 샐리스트가 날개를 활짝 펴며 대답했다.

—알겠습니다, 크리티안님.

쏴아아아아—

하늘에선 여전히 비가 내리고 있었지만 샐리스트는 아무렇지도 않은지 곧장 괴물들이 몰려오는 곳으로 날아갔다.

크리티안 또한 샐리스트와 동시에 신형을 날리며 품에서 자신의 독문병기를 꺼내 들었다.

붉은 광채가 나는 태양륜.

"쿠오오오오오—!"

쿵쿵쿵!

그녀는 태양륜을 쥔 손에 힘을 주고는 바로 눈앞으로까지

다가온 녀석들을 향해 내던졌다.

"태양광속!"

슈아아아아아아앙!

그것은 하나의 불타는 섬전이 되어 눈앞의 적을 도륙했다.

"크에엑─!"

"크아아아아아앙!"

막을 수 없었다.

도대체 이 벽력처럼 빠르게 날아가는 작은 태양을 무슨 수로 막을 수가 있단 말인가.

태양광속(太陽光速).

그것은 태양륜을 이용하는 네 가지 초식 중 첫 번째 초식으로 위력도 위력이지만 그 빠르기는 눈으로 쫓을 수 없을 정도로 빠른 것이었다.

"하앗─!"

크리티안은 태양륜을 의지의 힘으로 조종하며 동시에 자신의 양발에 불길을 일으켰다.

화르르르르.

이것은 그녀가 평소에도 자주 사용하는 염화회륜각이었다.

"크아아아앙!"

"크아앙!"

놈들이었다. 그녀의 옆으로 늑대의 머리를 한 네 마리의 괴물이 어느새 빠르게 다가온 것이다. 크기는 3미터로 작은 편에 속하지만 빠르기로는 단연 최고인 녀석들은 크리티안의 작은 몸체를 향해 순식간에 달려들었다.

하지만 크리티안은 이미 녀석들의 기척을 느끼고 만반의 준비를 한 상태라 바로 몸을 뒤로 살짝 빼내며 염화회륜각의 초식을 날려주었다.

휘이이이익.

콰앙! 쾅쾅쾅!

둥근 원을 그리며 쾌속으로 움직인 각법.

화탄이 터지는 소리와 함께 늑대 머리 괴물들은 비명 한번 못 지르고 그렇게 몸통이 분리되어 날아갔다.

크리티안은 녀석들을 죽이고 난 뒤 시선을 돌려 자신에게로 돌아오고 있는 태양륜을 바라보았다.

"좋아, 이번엔 두 번째 초식이다."

휘이이익! 척!

그녀는 태양륜을 회수하고는 또다시 초식을 펼치려다 잠시 고개를 돌려 왼편에 자리한 작은 풀숲을 바라보았다.

화르르르르르.

'으음.'

자신의 정령인 샐리스트가 거대한 불길을 일으키며 괴물들을 십여 마리씩 한꺼번에 재로 만들고 있는 게 보였다.

쿵쿵쿵!

"크아아아아앙."

"키리릭!"

괴물들은 하늘을 날아다는 불새에 저마다 놀라서는 도망치기에 급급해 보였다. 뒤에서 누군가가 정신감응으로 아무리 크리티안을 공격하라고 해도 소용없었다.

하긴 불이란 건 짐승들이 가장 무서워하는 그런 자연현상이지 않은가.

크리티안은 자신의 정령이 열심히 잘 싸우고 있자 고개를 끄덕였다.

"좋군, 아주 좋아. 불의 정령에게는 가장 좋지 않은 비가 내리는 그런 날씨지만 샐리스트는 잘 싸워주고 있어. 그럼 나는 녀석의 주인답게 보다 큰 녀석들이랑 놀아야겠지?"

크리티안은 눈을 빛내며 자신에게 달려드는 괴물들을 피해 허공으로 날아올랐다.

휘이이익.

그러자 밑에 있던 괴물들이 어리둥절하며 상대방을 찾기에 바빴다. 날은 어두운 저녁이었다. 거기다 비는 지금은 비록 조금 약하긴 했지만 어쨌든 계속해서 내리고 있는 상태였고, 더구나 찾아야 할 상대는 허공에 떠 있으니 찾지 못하는 건 당연했다.

"크아아아아앙!"

"키리릭!"

놈들의 포효가 하늘을 찌른다.

뒤에선 누군가가 빨리 적을 찾아 공격하라고 정신감응으로 뜻을 보내오는데 막상 상대해야 할 적은 보이지 않으니 괴물들은 어찌할 바를 몰랐다.

"헤헤, 바보들."

크리티안은 괴물들의 그 같은 모습에 잠시 미소를 짓더니 곧 기감을 크게 일으켜 놈을 찾았다. 이미 그녀는 괴물들을 누군가가 조종하고 있음을 알고 있었던 것이다.

스스스스스스.

기감은 점점 크게 앞으로 나아가 포이룬 산의 초입에까지 다다랐다. 그리고 크리티안은 그 초입에서 요족의 기운을 그것도 5요단 이상의 녀석을 둘이나 찾아냈다.

서로 멀리 떨어져 있는 두 명의 요족.

"오호, 저놈은……."

그때 무슨 일인지 크리티안의 입에서 약간은 흥분된 그런 목소리가 흘러나왔다.

불의 기운.

오른편에 있는 요족에게서 그녀 자신과 비슷한 불의 기운을 풍기는 요족이 서 있었다. 한데 그 녀석은 왼편에 있는 녀석과는 다르게 자신의 기운을 완전히 드러내고 있었다.

마치 크리티안을 안중에도 두지 않고 있다는 듯이.

"호호, 저 녀석. 제법 당찬 구석이 있는 요족이네. 그래, 내

너를 가장 빨리 제압해 사부에게 칭찬을 받아야겠구나."

크리티안은 지금 밑에서 발광을 하며 자신을 찾고 있는 괴물 모두를 샐리스트에게 맡기고는 바로 어기비행을 펼쳐 불의 요족에게로 날아갔다.

쉬이이이익!

쏴아아아아아—

불의 중급 요족인 파이룬.

녀석은 빗속에서 약간은 놀랍다는 눈으로 전방을 주시하고 있었다.

'으음……'

커다란 피닉스의 모습을 하고 있는 불의 정령.

파이룬은 그 불의 정령인 샐리스트를 태어나 처음으로 보고 있는 것이었다. 그리고 결국 그는 샐리스트가 자신의 부하들과 싸우는 모습에 감탄의 음성을 내뱉고야 말았다.

"크르릉! 대단하군. 말로만 듣던 정령이란 게 저런 정도의 위력을 발휘하다니."

지금 샐리스트는 수백의 괴물들을 몰아붙이며 서서히 태워 죽이고 있었는데, 파이룬은 왠지 자신도 저런 불의 정령을 가지고 싶다는 생각을 했다. 갑자기 정령을 불러낸 붉은 머리 소녀가 부러워졌다.

"응?"

바로 그때였다.

파이룬은 자신의 앞으로 무언가가 엄청난 속도로 다가오고 있음을 느꼈다.

"크르릉! 그 태양의 화신이란 여자 아이구나."

화르르르르르!

파이룬은 재빨리 몸에 이는 불길을 허공의 20여 미터 위로까지 확대시켰다. 그리곤 재빨리 양손을 들어서는 전투 자세를 취했다.

쉬이이이익!

크리티안은 파이룬의 모습을 보자마자 입가에 환한 미소를 담고는 바로 자신의 최강 장력을 날렸다.

"태양겁멸장—!"

후아아아아아앙!

새하얀 백색을 띠는 파괴의 기류가 파이룬의 20여 미터에 이르는 전신을 무서운 속도로 휩쓸었다.

쿠아앙!

귀청을 뒤흔드는 커다란 폭음 소리와 함께 파이룬은 뒤로 무려 30여 미터나 날아가야 했다.

"크윽—!"

녀석의 입에서 고통에 찬 신음이 흘러나왔다.

파이룬은 자신이 이렇게 쉽게 뒤로 나가떨어질지 상상도 못했다. 오른쪽 가슴의 요핵이 자리한 부분이 크게 요동치고 있었다.

"이, 이 죽일 년이."

분노한 파이룬은 재빨리 자리에서 일어나 불길을 더욱 크게 일으키며 크리티안에게 달려들었다. 지금은 사실 흔들린 요핵을 안정시키는 게 더 중요했지만 파이룬은 자신이 당했다는 사실에 이성을 잃어버렸다.

불의 요족들은 대체로 다른 요족에 비해 유난히 호승심이 강한 그런 녀석들이었다.

"죽어랏—!"

20여 미터 크기의 파이룬이 손을 한번 휘젓자 커다란 불덩이가 크리티안을 향해 날아갔다.

슈아아아아앙!

퍼퍼펑!

작은 수풀이 요족의 손짓에 불타올랐다. 하지만 크리티안은 이미 녀석의 공격을 간단한 보법으로 피한 후 허공으로 떠오른 뒤였다.

"호호, 불의 요족아, 그렇게 느린 공격으로는 나를 절대로 잡을 수가 없어. 그러니 넌 그냥 나한테 가만히 잡혀주기만 하면 되는 거야."

"뭐라고? 이 콩알만 한 인간 년이 감히 누구를!"

파이룬은 크리티안이 약 올리는 듯 말을 해오자 바로 또다시 공격에 들어갔다.

슈앙, 슈앙, 슈아아아앙!

양손이 눈에 보이지 않을 정도 빠르게 휘둘러지자 집채만
한 크기의 불덩이 십여 개가 생성되었고, 그 불덩이들은 곧바
로 허공에 떠 있는 크리티안의 모든 방위를 막아선 채 맹렬히
날아가 폭발을 일으켰다.

콰앙!

콰콰콰콰콰쾅!

거대 폭음이 수십여 차례가 들려왔다.

크리티안은 이번엔 녀석의 공격을 피하지 못한 것이었다.

하나, 지금 자신의 공격을 완벽히 성공시킨 파이룬의 얼굴
표정은 웬일인지 잔뜩 일그러져 있었다.

후아아아아앙!

붉은빛을 띠는 둥그런 막.

크리티안… 그녀는 지금 자신의 몸에 초절정의 고수만이
펼칠 수 있는 호신강막을 일으키고 있었다.

그녀는 조금도 다치지 않은 것이다.

"불의 요족아, 이번 건 제법 위력이 강한 공격이었어. 위력
이 어떨까 하고 한번 맞아봤는데 그 정도면 제법 쓸 만한 공
격이라 할 수 있지. 하지만 이제 그만 끝내기로 하자."

웬지 사부인 테이도를 따라 하는 것 같은 말투다.

"크르릉!"

크리티안은 녀석에게 비웃는 듯한 말을 해주고는 바로 신

법을 최고조로 펼쳐 달려들었다.

쉬이이이익.

조금 서두르는 듯한 느낌.

크리티안은 지금 자신의 뒤쪽으로 또 다른 요족이 몰래 다가오고 있음을 기감으로 알 수 있었다. 물론 두 명의 중급 요족이라도 충분히 상대할 수는 있었지만 그렇게 되면 시간이 좀 지체되기에 잘못하면 다른 친구들보다도 늦을 수가 있었다.

사부가 상으로 주겠다던 마법 무구.

그건 반드시 자신이 가져가야 할 물건이었다.

*　　　*　　　*

후둑, 후두둑.

빗줄기는 처음에 비해 많이 약해져 있었다. 아무래도 잠시 후면 그칠 것 같았다.

"흐음, 이젠 날짐승들인 건가?"

세인아는 어두운 밤하늘을 올려다보고 있었다.

피비린내가 가득한 대지 위.

수많은 괴물들이 몸에 작은 구멍 같은 걸 만들어낸 채 죽어 있었는데 세인아는 지금 그 죽어 있는 괴물 놈들의 사이에 서 있었다.

휘이잉, 휘이이잉.

현재 어두운 하늘엔 무언가 커다란 새 같은 게 이리저리 날아다니고 있었다.

족히 삼십여 마리는 돼 보이는 그것들.

놈들은 바로 하늘의 제왕이라는 와이번이었다.

와이번들은 지금 허공을 빠른 속도로 날며 지상에 유일하게 서 있는 세인아를 노려보고 있었다.

원래는 어두운 밤이고 또한 세인아는 커다란 덩치의 괴물들 사이에 있어서 찾아낼 수 없어야 마땅했다. 하지만 세인아는 지금 자신의 기세를 약하게 발휘하여 와이번들을 향해 내뿜고 있는 중이라 녀석들은 지금 쉽게 세인아의 위치를 알 수가 있었다.

"크아아아악!"

그때 무리 중 가장 커다란, 거의 날개까지의 길이가 20여 미터는 되는 와이번이 괴성을 지르자 나머지 녀석들이 보다 빠르게 허공을 날더니 지상으로 바로 내려오기 시작했다.

아무래도 그 와이번이 놈들의 대장인 것 같았다.

"호호, 좋았어. 요족 놈이 저 대장 와이번 위에서 조정하고 있구나."

세인아의 눈에는 지금 요족 한 마리가 보였다.

3미터 크기에 조류처럼 날개를 가진 요족은 5요단 이상인 중급의 요족으로 보였다.

"저놈을 잡으면 이제 두 마리의 중급 요족을 잡는 것이니 잘하면 사부의 마법 무구를 내가 챙길 수가 있겠구나."

그녀는 고개를 돌려 자신의 옆을 바라보았다.

거기엔 5미터 크기에 투명한 얼음처럼 보이는 요족 한 마리가 쓰러져 있었는데 녀석은 방금 전 세인아에게 요핵을 봉쇄당해 현재 전혀 힘을 쓸 수 없는 그런 상태였다.

휘이이이잉.

그때 한 마리의 사나운 와이번이 다른 친구 녀석들을 제치고 쏜살같이 내려와 커다란 양다리를 세인아의 머리 부위로 가져가 댔다.

"크아아아악!"

와이번은 괴성을 지르며 자신의 발톱을 벌렸고, 세인아는 녀석을 마치 귀찮은 파리를 보듯이 손을 휘둘렀다.

콰쾅!

그러자 작은 폭음 소리와 함께 와이번의 다리는 뭉개져 날아갔다.

"크에에엑!"

녀석은 다리가 부서져 나간 고통에 날지도 못하고 대지 위로 쓰러졌다. 하늘에서 지금 내려오고 있던 다른 와이번들은 동족이 허무하게 쓰러지자 더욱 크게 괴성을 내지르며 바로 공격해 들어왔다.

휘이이이잉!

휘이이이잉!

커다란 다리에 연결되어 있는 날카로운 발톱들이 무시무시한 기세를 띠며 세인아의 머리 위로 다가왔다.

세인아는 자신의 머리 위에서 알짱거리며 공격해 오는 녀석들에게 방금 전과 마찬가지로 손을 휘둘렀는데 그건 다른 게 아닌 금강멸마수의 절기였다.

콰앙! 콰콰쾅!

정말 파리 쫓듯이 내지르는 손에 녀석들은 속수무책으로 당해야만 했다. 결국 네 마리의 와이번은 가장 처음의 녀석처럼 대지 위로 꼬꾸라지고 말았다.

풀썩! 풀썩!

"크에엑!"

다리에서 전해지는 고통에 비명을 내지르는 와이번들.

세인아는 아직까지 살아서 움직이고 있는 녀석들에게 손을 들어 지력(指力)을 내쏘았다.

퓨슝, 퓨슝.

그러자 네 녀석은 머리에 작은 구멍을 만들며 바로 잠잠해졌다.

이건 아예 상대가 되질 않는 것이었다.

"크아아아악!"

하늘에서 내려오고 있던 다른 녀석들은 아무래도 안 되겠는지 괴성을 지르며 다시 하늘 위로 올랐다.

휘이이이잉!

녀석들의 날갯짓에 커다란 바람이 일었다.

"흥, 감히 나를 공격해 놓고 그냥 도망치려고 해? 좋아, 이 번엔 나의 정령과 함께한다. 나는 저 대장 와이번의 등에 타고 있는 요족을 상대하고 실라페에게는 와이번들을 맡기는 거야."

물론 어기비행을 펼치면 놈들을 손쉽게 잡을 수도 있었지 만 세인아는 이번엔 정령과 함께 싸워보고 싶었다.

그녀는 바로 정신을 집중하고 바람의 정령을 불러냈다.

"실라페, 너의 모습을 이 자리에 드러내라!"

지이이이잉.

그러자 곧바로 그녀의 정면에 있는 공간이 열리며 아름다 운 모습의 정령이 나타났다. 실라페는 자신의 모습을 세인아 의 체격에 맞추어 작게 변화시키고는 말했다.

─부르셨나요, 주인님.

"호호, 그래. 너 지금 저기 하늘 위를 봐봐."

실라페는 세인아의 말에 시선을 위로 올렸다.

"크아아아악!"

거의 삼십여 마리 가까이 되는 와이번이 괴성을 지르고 있 는 게 보였는데, 녀석들은 지금 자신들의 대장 주위를 맴돌며 무언가 지시를 받고 있는 듯 보였다.

"너는 지금부터 저 하늘 위에 있는 와이번들을 공격해. 나는 저놈들 중 가장 큰 대장 와이번과 요족을 맡을 테니까 그 놈들은 건들지 말고. 알았지?"

세인아의 말에 실라페가 고개를 끄덕였다.

─알겠어요, 주인님. 제가 당장에 올라가 저 날짐승을 다시는 날지 못하게 하겠어요.

"호호! 좋아, 그럼 이제 시작해 보자."

─예, 그럼 제가 먼저.

실라페는 곧장 자신의 몸을 크게 부풀리며 하늘 위를 향해 날아갔다. 이에 질세라 세인아도 어기비행의 신법을 펼치며 허공 위로 날아올랐다.

휘이이이익!

대장 와이번의 등에 올라타 있는 요족의 이름은 클리베드였다. 녀석은 지금 저 아래에 있는 금빛 머리의 소녀를 어떻게 상대해야 할지 고민하고 있었다.

자신의 동료인 얼음의 요족이 순식간에 세인아에게 당하자 그는 당황해야만 했다. 처음 계획대로라면 얼음의 요족인 아론이 광휘의 성신이란 별호를 가진 여자 아이를 공격하면 자신이 하늘 위에서 재빨리 다가와 급습을 가하는 것이었는데 상대가 그렇게나 쉽게 아론을 제압할 줄은 미처 몰랐던 것이다.

"이대로 론님에게 돌아가 봐야 하는 걸까?"

클리베드는 심각히 이대로 자신이 물러나야 하는 게 아닌가 생각하고 있었다. 아무리 봐도 자신 혼자의 힘으로는 저 광휘의 성신이란 무신을 어찌할 수 없을 것 같았다.

"크르릉."

그때 무슨 일인지 갑자기 클리베드가 낮은 울음소리를 냈다.

휘이이이잉.

커다란 바람 소리였다.

클리베드는 지금 지상에서 무언가가 자신과 와이번들이 모여 있는 이 하늘 위로 날아오고 있는 모습을 발견할 수 있었다. 조금은 투명해 보이는 마치 인간의 여자처럼 보이는 그것은 점점 크기를 더하며 빠르게 날아왔다.

생각해 보니 어디선가 저런 생명체에 대해 들어본 기억이 있었다.

"혹시 저건 바람의 정령?"

하지만 클리베드는 더 이상 생각을 이을 수가 없었다.

바람의 정령인 실라페의 바로 뒤에서 세인아 또한 매우 빠른 속도로 날아오고 있었던 것이다.

"크르릉! 이런, 제기랄. 금빛 머리도 이제 보니 하늘을 날 수가 있었잖아?"

그는 지금껏 세인아가 계속 지상에만 머물러 있자 당연히 하늘을 비행하는 능력은 없는 줄 알았다.

클리베드는 일단 이곳에서 벗어나기로 결심하고는 바로 대장 와이번에게 명령을 내려 포이룬 산으로 향하게 하였다.

휘이이이잉.

날갯짓을 크게 일으키며 신형을 돌려세우는 대장 와이번.

하지만 너무 늦은 듯했다.

콰앙!

"크에엑—!"

클리베드가 밑의 와이번들을 바라보니 어느새 실라페가 다가와 오른손에 바람의 창을 들고는 자신의 부하들에게 날리고 있는 게 보였다.

콰콰쾅!

"크에에엑!"

바람의 창은 쉴 새 없이 계속해서 만들어져 와이번을 공격했고, 뭉쳐 있던 와이번은 사방으로 도망치기에 급급했다.

아니, 도망을 치는 와중에도 상대방을 공격을 해보긴 하는데 형체가 없는 바람에게 와이번의 발톱과 부리 공격이 무슨 소용이 있겠는가.

콰쾅!

푸드드드드득.

와이번의 날갯짓이 엉키며 하나둘씩 지상으로 추락한다.

"크르릉! 저것이 감히!"

화가 난 클리베드.

하지만 그 또한 이제는 안심할 수 없게 되었다. 어느새 세인아가 대장 와이번의 옆에서 같이 날며 클리베드를 보고 웃음 짓고 있었던 것이다.

"호호, 안녕!"

다급한 표정을 짓는 클리베드.

"이런, 제기랄!"

요족은 지체하지 않고 바로 세인아를 향해 공격을 가했다.

파바바바바바밧!

그의 몸에 나 있는 수많은 깃털.

그것은 마치 날카로운 암기와 같은 역할을 하며 세인아의 전신으로 날아갔다. 하지만 세인아는 녀석의 공격에 대비하여 이미 호신강벽을 전신에 두르고 있는 상태였다.

팅팅팅팅.

클리베드의 깃털은 앞부분이 검게 그을리며 모두 튕겨져 나갔다.

"크르릉!"

자신의 공격이 무용지물이 되자 녀석은 이번에 자신의 부리를 크게 벌리며 또 다른 공격을 가했다.

후아아아아아아앙!

녀석의 입에서 돌개바람이 일어났다.

그 돌개바람은 매우 빠른 속도로 세인아를 향해 공격해 들어갔고, 세인아는 이번엔 호신강벽으로 막지 않고 곧장 신형을 더 높은 하늘 위로 솟구쳤다.

휘이이익!

"이노옴, 어딜 도망치려 하느냐?"

클리베드는 상대가 그냥 내빼자 자신의 날개를 활짝 펴며 깃털 공격과 함께 돌개바람을 일으켰다.

파바바바바밧—

후아아아아아앙!

하늘은 온통 그의 공격으로 뒤덮여 버렸다.

하지만 세인아는 녀석의 공격을 이리저리 약 올리듯 피하고는 이번엔 자신도 공격을 하려는 듯 왼손으로 강환을 만들어냈다.

"자아, 이번엔 내 공격을 받아봐라!"

그녀의 말이 끝나기가 무섭게 강환은 클리베드가 있는 대장 와이번에게로 날아갔다.

슈아아아아아앙!

"크르르릉!"

클리베드가 당황스런 표정을 지었다.

자신에게로 날아오고 있는 강환에서 무시무시한 파괴력을 느낀 것이다. 녀석은 지체하지 않고 바로 돌개바람을 일으켜 날아오고 있는 강환을 향해 부딪쳐 나갔다.

후아아아아아앙!

쿠아앙!

거대한 폭음이 일어나 사위를 진동시켰다.

"크아악!"

비명 소리와 함께 클리베드는 대장 와이번의 몸에서 나가 떨어져야만 했다. 무지막지한 파괴력에 자신의 돌개바람이 갈라지며 그에게 충격을 준 것이었다.

클리베드는 흔들리는 요핵을 안정시키며 재빨리 허공의 위에서 날갯짓을 일으켰다.

푸드드드득!

세인아는 녀석이 금세 안정된 모습을 보이자 확실히 중급에 속하는 요족이다 생각하고는 또다시 강환을 일으켜 그것을 대장 와이번에게로 날려주었다.

슈아아아아앙!

"크르릉! 안 돼─!"

클리베드는 자신의 애완수에게 날아가는 강환을 보며 눈에 불을 켜고는 다시 돌개바람을 일으키려고 했다.

하나, 강환은 이미 대장 와이번의 커다란 몸체를 뚫고 지나간 후였다.

콰콰쾅!

"크아아아앙! 이년, 죽여 버린다!"

클리베드는 오랜 시간 자신과 함께해 온 애완수가 온몸이 폭발한 채 사라져 버리자 이성을 잃어버리고는 안 될 걸 알면서도 세인아를 향해 날아갔다.

슈아아아아앙!

대장 와이번보다 세 배는 빠른 움직임이었다.

"바보 녀석. 나와의 전투 상황에서 이성을 잃어버리다니. 이건 끝났군."

세인아는 클리베드의 행동에 눈살을 찌푸리고는 바로 목에 걸고 있는 불존주를 꺼내 들었다.

상대는 중급의 요족이니 얼마 전에 사용해 본 구궁성불의 초식보다는 세 번째 초식인 나한십팔천(羅漢十八天)이 나을 듯싶었다.

"죽어랏―!"

클리베드가 자신이 낼 수 있는 최고의 요기를 끌어올리며 세인아를 향해 공격을 가했다.

후아아아아앙!

먼저 녀석의 부리가 크게 벌려지며 강력한 돌개바람이 뿜어져 나와 긴 꼬리를 만들며 세인아의 주위를 감싸려 했다.

하지만 세인아는 녀석의 그 같은 공격을 피하며 더 높은 허공으로 날아오르며 클리베드의 곁으로 조금씩 다가왔다.

'이년, 절대 놓치지 않는다.'

클리베드는 자신의 돌개바람을 더욱 크게 일으키며 세인아를 쫓게 하였고, 그와 동시에 몸의 날개를 활짝 펴서는 깃털 공격을 함께 가했다.

파바바바바밧―

하늘엔 돌개바람 속에 무수히 많은 깃털이 암기가 되어 세인아를 추적하였다. 가히 인세에 나타나기 힘든 그런 대결이 지금 하늘 위에서 펼쳐지고 있는 것이었다.

"자아, 그럼 이제 끝내볼까."

세인아는 녀석의 공격을 어기비행의 신법으로 손쉽게 피해내며 천천히 가까이 다가가 바로 불존주를 이용한 초식을 펼쳤다.

"나한십팔천!"

화아아아아아악.

그녀의 작은 입에서 초식 명이 흘러나옴과 동시에 어두운 하늘엔 열여덟 개의 환한 빛이 일어났다.

그리고 그 빛들은 클리베드를 향해 빗살처럼 날아가 그의 몸을 꿰뚫어 버렸다.

퍽, 퍼버버벅!

"크아악!"

CHAPTER 7
아이를 만나다

후득, 후드득.

어느새 밤하늘에 가득했던 비구름은 모두 물러나 있었다.

이제는 하늘 위로 하나둘 별이 그 모습을 드러내 자신의 빛을 세상에 내보이고 있는 중이었다.

"크르릉."

"으음, 상당히 질긴 목숨을 가진 녀석이군."

콰직!

타이니는 아직까지 살아 움직이고 있는 오우거의 머리를 발로 밟아 짓뭉개 버렸다. 그리곤 시선을 돌려 작은 들판에서 포이룬 산의 초입에 이르는 길까지를 바라보았다.

곳곳에 보이는 작은 동산들.

길에는 피비린내가 속을 울렁거리게 할 정도로 수많은 괴물들이 온몸이 난자되어 쓰러져 있었다. 모두 타이니가 본신의 무력을 발휘하여 그리된 것이었다.

스윽.

그녀는 이번엔 시선을 왼편으로 돌려 30여 미터쯤에 쓰러져 있는 한 괴물을 바라보았다.

2미터 정도 되는 크기에 하얀 빛깔을 내는 그것은 다름 아닌 요족이었다. 그리고 그것은 예전에 타이니가 싸워서 한 번 패한 적이 있는 다크마와 한 형제 사이이기도 했다.

다크마가 검은 안개를 일으키는 요족이라면 지금 그녀의 눈앞에 있는 요족은 하얀 안개를 일으키는 녀석이었다.

어쨌든 녀석은 지금 타이니에게 제압당해 아무런 힘도 쓰지 못하고 그저 얼굴 부위로 보이는 부분에 나 있는 두 개의 회색빛 눈동자만이 이리저리 움직이고 있을 뿐이었다.

부스럭부스럭.

타이니는 잘게 자란 수풀을 걸어 녀석에게로 다가갔다.

요족의 회색빛 눈동자가 떨리며 그녀를 바라보고 있다.

"당장이라도 죽여 버리고 싶지만 참겠다. 사부님은 너와 같은 요족들을 좋아하시니까."

타이니는 두 눈을 무섭게 가라앉히며 요족을 잠시 바라보다가 곧 왼손에 끼워져 있는 통신 반지에 내력을 주입하고는 사부를 불렀다.

"사부님, 접니다."

그러자 얼마 지나지 않아 바로 테이도의 음성이 들려왔다.

"오, 그래, 타이니. 또 한 놈 잡았니?"

타이니는 사부의 물음에 당당히 대답했다.

"예, 사부님. 이번엔 예전의 그 공간을 자유롭게 이동하던 녀석과 비슷한 요족을 잡았습니다."

"헤헤헤. 잘했다, 잘했어. 그럼 내가 지금 네가 있는 곳으로 게이트를 열 테니 아까처럼 녀석을 보내거라."

"알겠습니다, 사부님."

타이니는 요족의 곁에 서서는 잠시 기다렸다.

지이이이잉.

그러자 얼마 지나지 않아 그녀의 앞에 작은 진동 소리와 함께 커다란 검은 공간이 열렸다.

테이도는 지금 이곳 포이룬 산 어딘가에서 이렇게 아이들이 잡은 요족들을 게이트를 이용해 옮기게 하고 있었다. 자신은 아무 일도 안 하고 가만히 쉬면서 말이다.

스윽, 척.

타이니는 게이트가 열리자 바로 옆에 있던 요족을 손으로 잡아서는 게이트 안으로 집어넣었다.

휘이익.

게이트는 요족의 커다란 몸을 삼키고는 잠시 후에 사라

졌다.

"이로써 두 마리째니까 얼른 다른 하나를 더 잡아야겠어. 두 마리로는 아무래도 다른 친구들에게 우위를 점할 수가 없을 테니까 말이야."

타이니는 요족을 보내고는 다시 걸음을 옮겨 괴물들이 우글거리고 있는 포이룬 산의 초입으로 향했다. 그녀 또한 테이도가 상으로 주겠다던 마법 무구에게 욕심이 났기에 걸음은 점점 빨라질 수밖에 없었다.

휘이이익.

2미터 크기의 하얀 덩어리.

테이도는 타이니에게서 받은 요족을 바라보고 있었다.

씨익.

그의 입가에 작은 미소가 맺혔다.

"헤헤헤, 여덟 마리째로군. 애들이 각자 두 마리씩 보냈으니 아직까지는 승부가 나지 않았어. 잘하면 마법 무구를 주지 않아도 될 것 같아."

테이도는 아이들이 똑같이 두 마리씩 중급의 요족들을 보내오자 다른 생각을 품게 되었다. 결과가 나지 않았으니 마법 무구를 상으로 주겠다고 한 것을 없었던 일로 하려는 그런 사악한 생각을 품게 된 것이다.

테이도는 하얀 요족을 들고는 자신이 만들어놓은 진법 속으로 가져갔다.

지금 그가 서 있는 곳은 포이룬 산의 중턱이었는데, 한 시
간 전쯤에 수풀이 잔뜩 자라 있는 이곳을 마법을 이용해 밀
어버리고는 70여 미터 정도 넓이의 공지를 만들어둔 상태였
다.

"헤헤, 내 먹이들이 잘들 있군."

테이도는 진법 속에 죽은 듯 가만히 쓰러져 있는 일곱의 요
족을 바라보았다.

불의 중급 요족인 파이룬부터 무쇠로 이루어진 아이크의
모습까지 다양한 모습의 요족들이었다.

털썩.

테이도는 들고 있는 하얀 덩어리를 쓰러져 있는 놈들의 주
위에다가 내려놓았다.

이제 요족들은 여덟 마리가 된 것이다.

"쓰으읍."

갑자기 그의 입가에 침이 고였다.

"조금 군침이 도는군. 하지만 참자. 참고 나중에 와서 하나
씩 맛을 보는 거야. 그리고 나중에 이놈들에게서 천천히 정보
를 빼내는 거지. 지금은 우선 산 정상에 있는 그놈을 신경 써
야 하니까 말이야."

테이도는 입가에 이는 침을 삼키며 곧바로 진법이 펼쳐진
곳에서 밖으로 나왔다.

저벅저벅.

왠지 그의 걸음 소리가 경쾌하게 들려온다.

지금 테이도는 신나고 즐거운 상태인 것이다. 모든 게 생각한 대로 잘 돌아가고 있으니 말이다.

＊　　　＊　　　＊

깨끗한 새벽하늘이다.

그 어디에도 구름은 보이지 않았고 오직 달빛과 별빛만이 밤하늘을 수놓고 있었다.

하지만 그런 맑은 밤하늘과는 다르게 지상은 혼탁했다.

역한 냄새가 코를 지른다.

지상엔 지금 수많은 육식 공룡과 대형 몬스터들이 떼죽음을 당해 짙은 피비린내를 가득 풍기고 있었던 것이다.

휘스스스스스.

네 명의 무신이 한자리에 모였다.

지금까지 무수히 많은 전투를 치른 그들이었지만 옷에는 단 한 군데도 찢겨진 부위도 없이 모두 멀쩡해 보였다.

옆에 있던 테이도가 정면을 주시하며 말했다.

"너희들은 지금까지 아주 잘해왔다. 이 사부는 아주 기쁘다. 이렇게 나는 가만히 있어도 너희들이 알아서 모든 걸 다

해주고 있으니 말이다. 그러나……."

테이도는 잠시 말을 끊었다. 그리곤 오른손으로 300여 미터 정도에 떨어져 있는 요족 한 마리를 가리키며 다시 말을 이었다.

"그러나 저놈은 다르다. 너희들이 방금 전까지 상대해 봤던 5요단의 중급 요족들은 저놈에 비하면 어린애들이라 할 수 있는 것들이다."

테이도는 다시 시선을 돌려 아이들을 바라보았다.

그러자 곧바로 불타오르는 네 쌍의 눈을 볼 수 있었다.

아이들은 당장에라도 달려나가 사자 머리를 하고 요족과 맞붙어보고 싶은 충동이 일어났다.

부르르르.

손이 떨릴 정도로 엄청난 위압감을 내뿜는 녀석이었던 것이다.

'헤헤, 녀석들. 아주 호승심이 하늘을 찌르는구나, 찔러.'

테이도는 아이들의 모습에 입가에 희미한 미소를 짓고는 짤막하게 말했다.

"사실 지금 너희들의 실력으로는 어림없는 일이다."

사부의 말에 아이들 모두가 두 눈에 불을 더욱 크게 일으키며 대답했다.

"아니에요, 사부. 그건 싸워보지 않고는 모르는 거예요."

"지지 않습니다, 사부님."

"맞아요. 제게 맡겨 주세요. 제가 당장이라도 쓰러뜨려 보이죠."

"어렵긴 하겠지만 그렇다고 쉽게 질 것 같지도 않아요."

한마디씩 내뱉는 아이들의 말에 테이도는 여전히 미소 짓는 얼굴을 했다.

"헤헤헤, 녀석들. 너희들도 이제는 초절정의 경지에서도 극의에 올랐으니 알 것 아니냐. 너희들이 심무경의 경지에 오르지 않는 이상 저 녀석에게는 안 돼. 오천의 절대고수가 오른 그 심무경의 경지 초입에라도 들어서야 저놈과 제대로 된 싸움을 할 수 있는 것이야."

아이들은 아무 말 없이 사부의 검은 눈동자만을 바라보았다. 녀석들의 시선엔 마치 자신은 절대로 지지 않을 거라는 그런 의미가 담겨 있었다.

물론 이성적으로는 아이들도 저 사자 머리의 요족에겐 실력이 조금 못 미친다는 것은 알고 있었지만 말로써 그걸 인정하고 싶지는 않았다.

요족에게는 절대로 지고 싶지 않았다.

테이도는 아이들이 간절한 눈빛으로 사자 머리 요족과 싸우게 해달라는 눈빛을 해오자 어쩔 수 없다는 듯한 표정을 보였다.

"좋아, 그럼 일단은 하나씩 저놈과 붙어보기로 한다. 하지만 사부가 전음으로 '그만' 이라고 말하면 지체없이 물러서야 돼. 만약 전음을 보냈는데도 물러서지 않고 계속 싸우면 앞으론 그놈에겐 마법 무구는 물론 마법 물품을 단 한 개도 만들어주지 않을 테니 그리 알고. 알았지?"

"예, 알았어요, 사부."

"알겠습니다, 사부님."

"좋아, 좋아. 그럼 가장 먼저 에란트부터 나가 봐. 네가 그래도 요족을 가장 먼저 잡았으니 말이다."

사부의 말에 에란트의 얼굴이 환하게 밝아졌고, 다른 세 아이는 그녀를 부럽다는 듯이 바라보았다.

"호호, 감사합니다, 사부님. 그럼 제가 먼저."

에란트는 사부에게 고개를 숙여 감사를 전하고는 곧 마음을 차분히 하고 비천섭의 신법을 펼쳐 단숨에 사자 머리 요족이 있는 곳으로 날아갔다.

론은 화가 머리끝까지 치솟아 올랐다.

자신의 밑에 있던 중급의 요족들에게 계속해서 정신감응을 보내는데도 아무런 연락이 없었던 것이다. 그렇다는 건 녀석들이 그 인간 괴물들에게 당했다는 얘기였다.

이제 이곳 포이룬 산의 정상에는 자신의 권속 몇 명과 육백여 마리의 괴물, 그리고 마지막 하나 남은 중급의 요족만이 포진해 있는 상태가 되고 말았다.

'이놈들, 좋다. 내 오늘 너희 놈들을 모조리 죽여주마. 어차

피 이곳의 일이 실패한다고 해도 그건 단지 며칠의 시간을 더 연장하는 일일 뿐이니.'

론은 머릿속에 차오르는 화를 식히며 자신에게 무서운 속도로 달려오고 있는 은빛 머리의 소녀를 관찰했다. 아니, 관찰할 틈도 없이 에란트는 어느새 그의 지척으로 다가섰다.

쉬이이익.

'정말 엄청난 빠르기로군. 하지만 내게는 어림도 없다.'

에란트는 사자 머리 요족에게로 다가서자마자 아무 말 없이 자신의 절기인 명옥수(明玉手)를 시전하였다.

슈아아아아아악!

그러자 새하얀 빛이 그녀의 손에서 뿜어져 나와 론의 상반신을 휩쓸어갔다. 론은 에란트의 그 같은 공격에 부리부리한 두 눈을 크게 치켜뜨며 재빨리 오른손을 앞으로 내밀었다.

콰콰쾅!

귀청을 뒤흔드는 굉음이 사방으로 전해졌다.

론은 자신의 오른손에 투명한 둥근 방패막을 만들어 에란트의 공격을 막아낸 것이다.

에란트는 상대가 자신의 공격을 아무렇지도 않게 받아내자 고개를 끄덕였다.

'역시 상급의 요족이라 이건가.'

그녀는 상대가 반격할 기회를 주지 않기 위해 계속해서 공격해 나갔다. 명옥수의 절기와 함께 펼쳐지는 곤룡조의 잔인한 공격.

콰앙! 콰콰쾅!

수많은 강기 덩어리가 무자비하게 두들겨 나간다.

하지만 론은 투명한 방패막으로 그 모든 공격을 손쉽게 막아냈다. 그리곤 이번엔 자신이 공격을 해보려는 모양인지 허공으로 재빨리 튀어 올라 몸을 한 번 뒤집고는 자신의 아홉 개의 꼬리 중 하나를 치켜들며 흔들었다.

부르르르르.

그러자 잠시 후. 놀라운 일이 벌어졌다.

갑자기 하공 위에서 20여 미터 크기의 커다란 불덩이가 세 개나 생겨나 에란트를 향해 내리꽂는 것이었다.

"이익!"

에란트는 상대방의 뜻밖의 공격에 눈빛을 빛내며 재빨리 몸에 호신강막을 둘렀다.

후아아아앙.

쿠앙! 콰콰콰쾅!

호신강막이 몸에 둘러지는 것과 동시에 거대 불덩이는 폭발을 일으켰다.

화르르르르르─

파랗게 이글거리며 타오르는 불길.

'대, 대단한 열기인데, 아무래도 뒤로 피한 뒤 음공을 이용한 공격을 해야겠어.'

에란트는 극양의 열기가 자신의 호신강막을 뚫고 피부로 전해져 오자 이를 악물고는 재빨리 신법을 발휘하여 뒤로 물러섰다. 그러면서 왼손으로는 명옥수의 강기를 응집시킨 강환을 만들어내어 상대방에게 날려주었다.

슈아아아아앙!

눈에 보이지 않을 정도로 빠르게 날아가는 강환.

론은 강환의 위력이 만만치 않음을 깨닫고는 오른손을 내밀어 자신의 앞에 작은 공간을 만들어냈다.

스멀스멀.

그러자 에란트의 강환은 그 작은 공간 속으로 들어가 버렸고, 그것은 곧바로 론이 서 있는 곳에서 뒤쪽으로 20여 미터 뒤에 있는 수풀 바닥으로 떨어져 내려 폭발을 일으켰다.

콰콰쾅!

커다란 폭음 소리와 함께 수풀 바닥은 깊은 구멍을 만들어냈다.

'으음, 마법 중 공간 계열과 같은 기술인 건가?'

스윽.

에란트는 상대방의 특이한 방어술에 눈을 빛내며 곧장 품에 있는 만년옥소를 꺼내 들었다.

"어디 이번엔 네놈이 나의 최강 공격을 어떻게 막아내는지 두고 보자."

에란트는 귀곡살음의 세 가지 음 중 현재 두 번째 음까지만 익히고 있는 상태였다. 마지막 세 번째 음공인 귀곡천하(鬼哭天下)는 오직 심무경이라는 절대의 경지에 올라야지만 발휘할 수 있는 것이었다.

또한 현재 펼치려는 두 번째 음인 귀곡초혼도 아직 완벽한 건 아니었다. 귀곡초혼 또한 심무경의 초입엔 들어서야 완벽한 본래의 위력을 나타낼 수가 있는 것이었다.

"응?"

론은 상대가 자신의 공격을 빠져나간 뒤, 이상한 피리 같은 걸 꺼내 들자 고개를 갸웃거렸다.

"크르릉! 무슨 수작이지? 이 상황에서 피리 같은 걸 다 꺼내다니."

씨익.

갑자기 에란트가 이상한 미소를 입가에 만들어냈다.

그것은 다름 아닌 아이의 사부인 테이도가 자주 짓는 그 썩은 미소였는데, 아이들은 요즈음 들어서 사부의 나쁜 버릇들을 조금씩이나마 흉내를 내고 있었다.

흠칫!

론은 에란트가 만년옥소를 입가에 가져가 대며 재수없는 미소를 내보이자 불길한 예감이 들었다. 바로 오른손을 앞으로 내밀었다.

우우우우웅!

그러자 몸에 투명한 막이 만들어지는 것과 동시에 강력한 음파가 그의 전신을 두들겼다.

삘리리리리리!

방어막은 소용이 없었다.

"크윽!"

에란트의 귀곡초혼은 오로지 론이 머물러 있는 자리로만 달려들어 그의 혼을 초대하기 시작했다.

사위로 퍼져 나가야 할 음파 공격이 한곳으로 몰려드니 그 위력은 가히 필설로 표현하기 힘들 정도로 대단한 것이었다.

삘리리리리리리

'으으으!'

계속된 에란트의 공격에 점점 론의 머리가 시뻘게지기 시작한다. 아무래도 안 되겠는지 론은 커다란 기합 소리와 함께 그 자리를 벗어났다.

"차아앗―!"

하늘 위로 섬전처럼 떠오른 론.

하지만 에란트의 귀곡초혼은 그런 론의 신형을 어렵지 않게 계속해서 따라잡으며 자신의 힘을 내보였다.

'크윽! 이, 인간 년이!'

론은 자신의 정신을 계속해서 갉아먹는 음공에 재빨리 자신의 아홉 꼬리 중 다섯 번째에 있는 꼬리를 치켜세우며 흔들었다.

부르르르르!

그러자 에란트에게로 보이지 않는 그 무언가가 다가와 바람처럼 그녀를 강타했다.

슈아아아아앙!

콰앙!

에란트는 귀곡초혼의 음공을 멈춘 채 뒤로 수십여 걸음을 물러서야 했다.

'으윽, 뭐, 뭐지?'

그녀는 왼손이 욱신거리는 충격에 양미간을 잔뜩 찌푸렸다. 기감으로 자신에게 무언가가 다가오고 있다는 것을 미리 안 그녀는 왼손으로 재빨리 막아내기는 했지만 충격을 완전히 해소하지 못했던 것이다.

그때 또다시 그 무형의 공격이 그녀에게로 다가왔다.

슈아아악!

기감이 발동하기도 전에 지척에서 나타나는 그것.

사각.

이번엔 둔탁한 소리가 아니라 칼로 베이는 듯한 소음이 들려왔다.

줄줄줄줄.

어느새 그녀의 왼쪽 어깨가 피에 젖어 흘러내렸다.

"저 요족 놈이 감히."

에란트는 녀석의 그 보이지 않는 공격에 아예 처음부터 호신강막을 일으키는 게 낫겠다는 판단을 하였다. 그러나 아쉽

게도 막 호신강막을 일으키려는 그 순간에 맞춰 별로 달갑지
않은 전음이 들려오고 말았다.

"그만!"

에란트의 몸이 부르르 떨렸다.

요족 놈을 단숨에 죽여야 할 것 같은 마음이 속에서 강하게
치밀어 오르고 있는데 사부는 이제 그만 돌아오라고 하니 갈
등이 일었다.

하나, 에란트는 이만 돌아가기로 마음먹었다.

이미 그녀는 예전과는 다르게 요족 놈들에 대한 무조건적
인 적개심이 많이 사그라진 상태였다. 또한 자제심이란 것도
성장함에 따라 상당히 길러진 상태이기도 했다.

그녀는 몸에 호신강벽을 두른 상태로 론을 한번 노려봐 주
고는 곧 장내에서 사라졌다.

휘이이익.

*　　　　*　　　　*

길이가 30미터 정도 되는 무척이나 큰 괴물이다.

생긴 건 뱀처럼 생겼는데 다리는 이십여 개 정도 달린 그런
특이한 형태의 괴물. 녀석의 이름은 스네크론이었고, 거기다
단순한 괴물이 아닌, 요족이었다.

푸욱.

콸콸콸콸!

녀석의 몸에 손가락을 찔러 넣으니 회색 피가 힘차게 뿜어
져 나왔다.

테이도는 입을 그냥 벌리기만 했다.

그러자 피가 나오는 그 구멍에서 회색 피가 줄을 서서 그의
입속으로 빨려 들어갔다.

방금 전 테이도는 자신이 서 있는 대지를 뚫고 나온 요족을
한 번 패대기를 쳐준 뒤 바로 제압해 버렸다. 그리곤 지금과
같이 녀석의 피를 흡수해 몸보신을 하고 있는 중이었다.

스네크론은 자신의 힘이라면 충분히 테이도를 제압할 줄
알고는 기습을 했다가 어처구니없게 당하고 만 것이었다.

잠시 후.

"으음, 자알 마셨다. 역시 중급에 자리한 요족이야. 피 맛
이 하급의 녀석들과는 확실히 달라."

스윽.

테이도는 자신의 불룩한 배를 잠깐 두드려 보고는 고개를
들어 밤하늘을 바라보았다.

시간은 점점 흘러서 이제는 새벽의 절반을 넘어서고 있었
다.

'시간도 많이 지났는데 이제 아이들의 수련을 그만 멈추게
하고 끝내볼까?

쿠앙! 콰콰쾅!

폭음 소리는 계속해서 들려오고 있었다.

현재 산의 정상에 있는 700여 미터에 이르는 공지는 완전히 무너져 내린 상태였다.

서로 힘을 모아 합공을 펼치고 있는 네 명의 아이들과 그에 맞서 싸우고 있는 론. 이들의 전투는 가히 상상을 불허할 정도의 그런 광경을 보여주고 있었다.

테이도는 사자 머리 요족과 같은 경우는 자신이 직접 상대하려고 했었는데, 그 이유는 아이들의 능력이 놈에 비해 모자랐기 때문이다. 하지만 이내 생각을 고쳐먹고 아이들을 녀석과 싸우게 했다.

아이들은 이제 초절정의 극의에 이른 고수였다.

그렇다는 건 아이들이 벽에 가로막혔다는 소리였는데, 이제는 지난한 세월이 흘러야 그 벽을 뚫고 심무경(心武境)의 경지에 오를 터이다.

테이도는 그 시간을 줄여주고 싶었다.

보다 강한 자와의 싸움으로 자신의 심상에 나타난 거대한 벽을 일부나마 금이 가게 한다면 나중에 큰 도움이 되리라 판단한 것이었다.

"으음, 좋아. 그래, 이제는 됐어. 그 정도면 이제는 충분한 도움이 된 것 같아. 더 이상은 무모한 짓이니 바로 불러들이는 게 나을 것 같아."

테이도는 생각을 정리한 듯 고개를 천천히 끄덕이고는 곧 아이들 모두에게 전음을 날렸다.

"모두 그만."

론은 빠르게 허공을 날아다녔다.

휘이익.

'제기랄!'

부리부리한 두 눈에 짜증의 빛이 일었다.

분명 이 네 명의 무신이라는 아이들은 자신의 상대가 아니었건만 녀석들이 합공을 하며 공격해 오니 싸우기가 보통 힘든 게 아니었다. 그렇다고 이곳을 빠져나가기도 쉽지가 않은 게 공간이동술로 빠져나가려고 하면 무언가 이상한 기운이 나타나 방해를 하였다.

아무래도 그 기운은 저 멀리서 자신을 음흉한 눈빛으로 바라보는 검은 머리 놈의 소행이리라.

요족의 재앙이라는 그놈 말이다.

'크르릉! 차라리 진작에 이곳을 포기할 걸.'

론은 자신이 너무 흥분했음을 인정했다.

단지 시간이 조금 더 지체되는 것뿐인데 괜히 이곳에 있는 제단을 지키려다 이제는 오도 가도 못하는 신세가 되지 않았는가.

슈아아아아아앙!

그때 하나의 작은 태양이 또다시 그에게로 날아왔다.

거기다 이번엔 자신의 요기를 억누르는 열여덟 개의 빛이 함께 날아들고 있었다.

크리티안의 태양폭출과 세인아의 나한십팔천이었다.

"이, 죽일 놈들!"

부르르르.

론은 적의 공격에 신속히 자신의 두 번째 꼬리를 흔들며 분신술을 펼쳤다. 그러자 그의 몸이 수십 개로 분리되어 하늘 위를 맴돌았다.

스스스스스.

태양류과 불존주는 론의 분신술에 빈 허공만을 맴돌다가 다시 주인의 손으로 돌아가야 했다.

하지만 론은 분신술로 상대방의 합공을 피하는 걸로는 성에 차지 않아 바로 자신의 여덟 번째 꼬리를 흔들었다.

그러자 별빛이 가득한 하늘 위에 느닷없이 시커먼 먹구름이 생겨나는 것이 아닌가?

우르르르릉.

먹구름 속에서 천둥이 한 번 일었다.

그리고 곧 지상엔 수십, 수백 발의 번개가 내리쳐 네 명의 아이를 공격하기 시작했다.

콰콰쾅!

쿠콰콰콰콰콰콰—

직경 300여 미터 내에 쏟아지기 시작한 벽력의 폭풍.

살아 숨 쉬는 생명체라면 이 같은 공격에 단번에 숯덩이가 되어 목숨을 잃고 말리라.

아이들은 급히 자신들의 최고 보법을 사용하는 것과 동시에 몸에 강력한 호신강막을 둘러야 했다.

파직! 파지직!

지상에 남아 있던 물기에 벽력의 공격에 의해 강력한 전류가 흐르기 시작한다. 아이들은 보법의 사용을 멈추고 급히 어기비행의 신법으로 하늘 위로 날아올랐다.

휘이이익!

그러자 벽력은 하늘 위로 떠오른 아이들의 몸에 집중적으로 쏟아지기 시작했다.

콰앙! 쾅!

어기비행이 제아무리 빨라도 벽력의 속도에 미치지 못하는 건 당연지사. 아이들은 호신강막에 강력한 충격이 계속해서 전해져 오자 이를 악물어야 했다.

론은 지금 의지를 일으켜 먹구름 속에 자리한 벽력을 조종하고 있었다.

아이들은 이대로는 안 되겠다는 생각에 서로 전음을 주고받았다.

"다시 한 번 우리 최강의 초식들을 펼치자."

세인아의 전음에 세 아이가 대답했다.

"좋아."

"나는 그럼 놈의 위에서부터 공격하겠어."

"그렇다면 나는 왼편에서 하지."

서로의 마음이 일치가 되는 순간 아이들은 벽력의 공격을 온몸으로 받아내며 더욱 빠르게 어기비행의 신법을 펼쳐 각자의 자리로 갔다.

우르르르릉.

아이들이 반격을 결심하는 순간 하늘에 떠 있던 먹구름은 더욱 짙어지며 범위를 넓혀갔다. 그에 따라 지상으로 쏟아지는 벽력 또한 더욱 강력한 위력을 갖게 되었다.

쿠콰콰콰콰콰콰—

위태위태해 보이는 아이들.

바로 그 순간, 아이들에게 달갑지 않은 사부의 전음이 들려왔다.

"모두 그만."

휘이이이잉.

시원스레 부는 바람에 흑발이 휘날렸다.

그리고 그때 한 가닥의 머리카락이 그의 입속으로 들어갔다.

"퉤퉤! 에이, 한참 녀석과 눈싸움을 하고 있는데."

테이도는 입가에 묻은 머리카락을 떼어내고는 100여 미터 앞에 있는 론을 다시 한 번 노려봐 주었다.

론 또한 마찬가지로 자신의 부리부리한 두 눈을 더욱 크게 떠서는 테이도를 노려보고 있는 중이었다.

마치 눈싸움에서 이기는 자가 승리자라도 되는 듯 그렇게.

'흐흐흐, 네놈이 감히 나랑 눈싸움을 하자 이거지.'

테이도는 입꼬리를 살짝 말아 올렸다.

눈싸움이라면 지지 않을 자신이 있었다. 물론 실질적으로 싸운다 해도 사자 머리 요족은 자신의 상대가 절대 아니었다.

'좋아, 금안의 빛을 네놈이 얼마나 견디나 두고 보자.'

테이도는 곧 삼라귀원선법을 운기하며 두 눈에 금안의 빛을 일으켰다.

우우우우웅.

잠시 후.

"크으윽."

론의 입에서 작은 신음성이 흘러나왔다.

더 이상 견디기 힘들었다.

스윽.

두 눈이 파열될 것 같은 고통에 론은 어쩔 수 없이 고개를 옆으로 돌려야만 했다. 더 이상 눈싸움을 하다가는 자신의 요핵이 흔들릴 수도 있는 상황인 것이다.

"헤헤헤, 내가 이겼다."

론의 귀로 테이도의 전음이 얄밉게도 들려왔다.

"크르릉! 이노옴."

론은 테이도가 약 올리는 듯한 전음을 보내오자 분노를 터뜨렸다. 하지만 그렇다고 섣불리 공격하기도 뭐했다.

상대는 저 네 아이의 스승이라는 사람이었다.

제자들도 인간으로서는 결코 이룰 수 없는 그런 엄청난 강자들인데 스승이라는 자는 또 얼마나 강하겠는가. 거기다 가장 꺼림칙한 것은 놈에게서 그 어떠한 기세도 읽어낼 수가 없다는 것이었다.

마치 허깨비를 보는 듯한 그런 느낌.

생각 같아서는 그냥 돌아가고 싶지만 그것도 놈이 공간에 이상한 수작을 부려나 도망칠 수도 없는 상황이었다.

이젠 어쩔 수 없다. 싸우는 수밖에.

저벅저벅.

테이도가 느긋한 걸음으로 앞으로 나섰다.

눈싸움에서 내가 이겼으니까 너는 그만 무릎을 꿇고 내게 모든 걸 바쳐라.

"크르르릉."

론은 상대가 말도 안 되는 소리를 하며 다가오자 곧바로 자신의 몸에 있는 요기를 극도로 끌어올리기 시작했다.

우우우우웅!

그러자 그의 몸에서 작은 진동음이 들려오며 몸에 나 있는 털이 모조리 일어섰다. 거기다 그의 아홉 개의 꼬리 중 네 개가 한꺼번에 흔들리기 시작했다.

"크르릉! 좋다, 단번에 끝내주마."

"어이, 이봐! 나한테 눈싸움에서 졌잖아. 한데 그게 무슨 짓이야? 남자라면 그런 더러운 짓을 하면 안 돼!"

테이도는 정말 그럴 줄 몰랐다는 듯이 두 눈을 동그랗게 뜨고는 전음을 보냈다. 하나 돌아온 대답은 하나였다.

부르르르르.

론의 네 개의 꼬리가 흔들리는 것과 동시에 장내엔 커다란 변화가 생겼다.

가장 먼저 하늘 위에는 또다시 짙은 먹구름이 생겨나 벽력을 내뿜기 시작했고, 그 밑에서는 보이지 않는 바람의 칼날이 무수히 생겨나기 시작했다.

우르르르릉, 쉬이익!

또한 테이도의 주위로는 작은 동산만 한 불덩이가 다섯 개나 생겨나 그를 향해 달려들었고, 거기다 그가 서 있는 대지엔 작은 지진까지 일어났다.

화르르르르르. 드드드득.

물샐틈없는 공격.

상대가 피할 곳은 그 어디에도 보이지 않았다.

론은 혼신을 다한 지금의 공격이라면 상대를 틀림없이 쓰러뜨릴 수 있을 거라 생각했다.

그렇게 믿었다.

하지만 그가 지금 상대하고 있는 자는 테이도.

어느 순간 테이도의 모습은 장내에서 보이지 않았다.

쿠콰콰콰콰콰콰—

쿠아아앙!

론의 강력한 공격들은 아무런 죄도 없는 대지를 그저 무참히 두들기고 할퀼 뿐이었다.

'크르릉, 이놈이 공간을 넘나드는 기술까지 사용할 줄 아는구나.'

론은 다급해졌다.

상대가 공간을 아무런 예비 동작이나 준비도 없이 이동할 수 있다면 그건 정말 끔찍한 일이라 할 수 있는 일이었다.

부르르르르.

론은 급히 자신의 아홉 번째 꼬리를 흔들며 자신도 공간 속으로 숨으려 했다. 비록 이 포이룬 산을 빠져나갈 수는 없지만 산의 정상 부근 안에선 자유로이 이동이 가능했던 것이다.

바로 그때였다.

"크윽—!"

막 공간 속으로 숨으려던 론이 무슨 일인지 신음을 토해내며 몸을 비틀거리는 게 아닌가.

"헤헤, 네놈이 내 앞에서 감히 어디로 숨으려고 그래?"

어느새 나타난 것일까.

테이도는 론이 서 있는 자리에서 10여 미터 앞에 서 있었다.

특이한 건 그의 오른손이었다.

흔들흔들.

앞으로 쭉 뻗은 그의 오른손이 이리저리 흔들리는 것에 따라 론의 몸도 같이 흔들리고 있었던 것이다. 이건 마치 주위의 공간이 론을 붙들고 흔드는 것과 같은 것이었다.

"크아아앙!"

론은 사력을 다해 몸을 움직여 보려 했다.

우드드드득.

뼈마디가 움직임을 보이고 근육이 부풀어 오르기 위해 애를 쓴다. 하나 전혀 소용없는 짓이었다.

공간은 그가 움직이는 것을 허락하지 않았다.

저벅저벅.

테이도는 느긋한 걸음으로 론의 곁으로 다가가 몸을 허공으로 살짝 띄우고는 그의 귓가에 대고 한마디 했다.

"넌 졌어."

"······."

론은 테이도의 '졌어'라는 말에 아무 말도 못하고 멍하니 서 있기만 했다.

결국은 이렇게 돼버리고 말았다.

처음부터 느낌이 그다지 좋지 않았는데.

이제 자신은 어떻게 될 것인가?

론은 능력의 끝이 보이지 않는 검은 괴물에게 자신의 몸이 더럽혀지는 것을 원하지 않았다.

'크르릉! 할 수 없군. 이제 모든 건 제사장님이 알아서 할 수밖에. 며칠만 참았으면 됐는데 아쉽군.'

복잡한 머릿속을 빠르게 정리한 론.

그의 부리부리한 두 눈이 급격히 생기를 잃어갔다.

"응?"

테이도는 다시 바닥으로 내려서는 이상하다는 듯 사자 머리 요족을 바라보았다.

녀석의 몸속에 자리한 요핵.

그것이 갑자기 활발한 움직임을 보이고 있었던 것이다.

마치 화산 폭발이 일어나기 직전의 전조 증상처럼.

"뭐야, 이 자식! 진짜 자폭을 하려고 하잖아. 안 되지, 안 돼! 내가 네놈을 만나기 위해 그동안 얼마나 고생을 했는데."

휘이익.

테이도는 재빨리 론의 몸에 손을 가져가 요핵을 봉쇄해 버렸다. 이렇게 하면 요족은 힘을 쓰지 못한다.

그건 당연한 일이었다.

한데 얼마 지나지 않아 테이도는 생각지도 못한 문제가 발생했음을 알 수 있었다. 요핵의 주변을 세인아의 반야대능력의 진기로 막았는데도 불구하고 녀석의 몸은 점점 크게 흔들리며 폭발 직전에까지 이른 것이다.

"이런 씨부럴!"

테이도는 입에 거친 욕설을 내뱉으며 재빨리 론의 몸을 하늘 높이 공간 이동시켜 버렸다.

스르르르르.

그러자 곧 하늘 끝에선 포이룬 산 전체를 뒤흔드는 폭음 소리가 들려왔다.

쿠아앙—!

후득, 후드득.

새벽하늘엔 때 아닌 비가 내리기 시작했다.

그건 어느 누군가의 회색빛으로 물든 핏물이었다.

가로세로 5미터 규모의 제단이었다.

그 위에는 웬 꼬마 아이가 잠들어 있었다.

테이도와 네 아이는 그 제단의 근처로 다가와서는 멈추어섰다. 더 안으로 들어가 보려고 했지만 어떤 결계 같은 게 가로막고 있어 할 수 없는 일이었다.

스윽.

테이도는 제단의 밑에 그려져 있는 이상한 선 같은 것을 유심히 바라보고는 고개를 갸웃거렸다.

'이건 뭔가 기운을 흡수하는 그런 마법진의 종류인데, 이게 왜 제단 밑에 그려져 있는 거지?'

잠시 고민의 시간을 갖는 테이도.

먼저 눈앞에 있는 결계를 어떻게 해제해야 할지 연구에 들어갔다.

휘이익.

아이들은 신법을 펼쳐 허공으로 떠올라서는 제단에 누워
있는 남자 아이를 보며 서로 의견을 나누었다.

"쟨 뭐 하는 꼬마 녀석일까?"

크리티안의 물음에 세인아가 대답했다.

"확실치는 않지만 나는 아무래도 저 애가 사부에게 혼이
난 그 멜비스 시장의 아들이 아닐까 그런 생각이 들어. 그 아
저씨가 말한 생김새하고 일치하잖아."

"그렇긴 하네. 한데 이상하게도 멜비스 시장하고는 닮은
구석이 하나도 없어 보인다. 그렇지, 애들아?"

에란트의 말에 다른 세 아이가 모두 고개를 끄덕였다.

달라도 너무나 달랐다.

아무리 아이가 엄마 쪽을 많이 닮았다고 해도 한 군데 정도
는 아빠하고 닮은 구석이 보여야 했는데 지금 제단에 누워 있
는 꼬마는 전혀 다른 사람처럼 보였던 것이다.

그때, 아이들의 귀로 테이도의 말소리가 들려왔다.

"다들 그만 내려와."

아이들은 사부가 부르자 얼른 그의 곁으로 내려섰다.

스윽, 척척.

"사부, 여기 앞에 있는 결계 같은 걸 이제는 해제하실 수 있
는 거예요?

"그래."

테이도는 세인아의 물음에 간단히 대답해 주고는 손을 들어 제단의 앞에 있는 결계를 만져 주었다.

스스스스스.

그러자 곧 희미한 안개 같은 게 눈앞에 생겨났고 잠시 후. 결계는 사라졌다.

"자아, 이제 저 꼬마에게 가보자."

휘이익!

아이들은 사부의 말에 꼬마 아이의 곁으로 빠르게 다가가더니 아이의 이모저모를 살펴보았다.

크리티안이 아이의 모습을 관찰한 후 말했다.

"이상하네. 남자 애가 맞는 것 같은데 꼭 여자 애처럼 생겼잖아?"

"그러게. 그리고 왠지 애한테서 마법적인 기운이 풍기는데? 무슨 마법 물품이라도 가지고 있나?"

"괴상한 꼬마군."

타이니의 말에 모두가 고개를 끄덕인다.

"모두 비켜봐라."

테이도는 제자들 틈으로 들어가서는 잠자고 있는 꼬마 아이를 자세히 살펴보았다.

연두색 머리에 여자 아이보다 훨씬 예쁘장하게 생긴 아이.

체구를 봐서는 일곱 살 정도 먹은 아이였다.

하나, 테이도의 눈에는 다르게 보였다.

겉모습과는 다르게 아이가 좀 더 나이가 든 것으로 보인 것이다. 또한 방금 전 아이들의 말대로 누워 있는 꼬마 아이에게서 마법적인 기운이 느껴졌다.

그리고 그 마법의 기운은 아이의 왼쪽 귀에 걸린 하나의 작은 귀고리에서부터 시작되었다.

"이건 사람의 모습을 다르게 보이게 하는 변용 마법인데, 왜 이 꼬마 아이의 귀에다 이런 마법 물품을 달아놓은 거지?"

스윽.

테이도는 손을 뻗어 아이의 귀고리를 떼어냈다.

그러자 곧 아이의 얼굴에 큰 변화가 일었다.

스스스스스.

얼굴 모습이 좀 더 예쁘게 변한 것은 물론 녀석의 귀가 갑자기 길어진 것이다.

귀의 끝부분이 뾰족한 그런 모습으로.

"어라? 엘프네!"

테이도의 입에서 놀람에 찬 말이 새어 나왔다.

CHAPTER 8
요족의 제사장을 보다

잠시 후, 아이는 잠에서 깨어났다.

사실 아이는 제단에 새겨진 요법진으로 인하여 생명력이라고 할 수 있는 원기가 조금 소진된 상태라 몇 달을 요양해야만 했지만 테이도가 기적의 회복 마법이라는 '리커버리'로 단숨에 회복시켜 버린 것이었다.

두리번두리번.

아이는 깨어나자마자 누군가를 찾았다.

하지만 아이의 앞에는 다섯의 낯선 인영만이 모습을 보이고 있을 뿐이었다.

"엄마."

아이의 눈에 물기가 들어찬다.

그날 자신과 엄마는 웬 괴물같이 생긴 자들에게 납치당하고 며칠 뒤에 헤어져야만 했다.

엄마는 헤어지기 전 말했다.

나중에 다시 꼭 만날 수 있을 거라고.

"뚝! 울지 말고 내가 하는 말에 대답해 보거라."

아이는 물기 젖은 눈으로 검은 머리에 이상하게 생긴 아저씨를 바라보았다.

"……."

아무 말 없는 아이.

한데 이상하다. 왠지 안심이 되었다.

아이는 테이도의 모습을 보자 모든 불안스러운 마음이 사라지고 몸에 활기가 들어참을 느꼈다.

"너의 이름이 레이 타가다인이냐?"

아이는 고개를 끄덕이며 대답했다.

"예, 아저씨. 하지만 저의 진짜 이름은 아니에요."

"으응, 그렇구나. 내 그럴 줄 알았다. 내 척보기에도 너는 순순한 혈통을 지닌 그런 엘프로 보이니 멜비스 놈의 자식일 리는 당연히 없겠지."

아이는 테이도가 자신을 보고 엘프라고 하자 깜짝 놀라서는 자신의 귀로 손을 가져가 댔다. 그리곤 곧 자신의 귀에 있던 마법 물품이 사라진 것을 알고는 이내 고개를 끄덕였다.

테이도는 다시 물었다.

"그럼 너의 진짜 이름은 무엇이냐?"

"으음, 엄마가 제 진짜 이름은 프로이 엔델이라고 했어요."

"프로이 엔델이라. 좋은 이름이군. 마음에 들어. 아주 마음에 들어."

무슨 일인지 테이도의 입가에 흐뭇한 미소가 걸쳤다.

그는 아이가 마음에 들었다.

처음 보았을 때부터 안 사실이긴 하지만 다시 세세히 살펴보니 프로이는 무공을 익히기에 최상의 근골을 가진 그런 아이였나.

테이도는 이 엘프 아이를 자신의 제자로 삼고 싶었다. 아직 누구에게도 인연이 닿지 않은 곤륜 상인의 절학.

엘프 아이의 기질과 재능은 그 곤륜 상인의 절기와 상성이 아주 잘 맞을 듯했다.

테이도는 아이에게 계속해서 질문을 던져 보았다.

"그럼 이제부터 너의 모든 걸 내게 알려주겠니? 너의 엄마의 이야기부터 네가 멜비스 놈의 자식이 된 사연. 거기다 최근에 네가 요족 놈들에게 납치를 당하기까지의 모든 상황을 말이다. 특히 엄마와는 어떻게 헤어지게 됐는지 자세히 알려 다오. 그래야 내가 네게 뭔가를 해줄 수 있을 것 같으니 말이다."

믿음이 가는 아저씨였다.

자신의 모든 걸 알려줘도 될 것 같았다.

"우웅, 그럼 잠시만요, 아저씨."

프로이는 테이도의 물음에 입가에 손을 가지고 가 잠시 생각을 정리하기 시작했다. 그리고 얼마 안 있어 아이는 자신이 알고 있는 모든 걸 테이도에 이야기해 주었다.

그건 그리 길지 않은 이야기였다.

잠시 후.

테이도는 프로이가 해준 이야기에 살짝 미간을 찌푸렸다.

쓸 만한 이야기가 별로 없었던 것이다.

다만 알 수 있었던 것들은 프로이의 어머니라는 사람은 클로무스 대륙에서 15년 전에 이곳으로 건너왔다는 것 하나 하고, 이곳으로 오기 전에 이미 프로이를 뱃속에 잉태하고 있었다는 것뿐이었다.

멜비스 놈이 어떻게 엘프하고 연결이 됐는지, 그리고 아이가 납치를 당해서 그동안 어디에 있었는지 등등은 전혀 알아내지 못했다.

'하긴 엘프 아이가 주위에서 일어나는 일들을 자세히 알 수는 없는 일이지. 그래도 아이가 엄마하고 마지막으로 본 것이 열흘 전이라고 했으니 잘하면 그 엘프 아줌마도 구할 수 있을지 모르겠군.'

테이도는 아이와 몇 마디를 더 나누었다.

자신이 어떤 사람인지, 그리고 무엇 때문에 이곳으로 왔는지 등등의 여러 가지 말들을 짧게 간추려 얘기해 주었다.

스윽.

곧 테이도는 자리에서 일어났다.

아이와는 충분한 대화를 나누었으니 이제 이곳을 떠나는 일만 남았다.

"사부, 이제 그 사로잡은 요족 놈들에게 가게요?"

세인아의 물음에 테이도가 고개를 끄덕였다.

"후후후, 그래. 이제 놈들에게 가서 필요한 정보를 뽑아내 봐야지. 이번에 요족 놈들의 소굴을 찾아내서 아주 개 박살을 내버리는 거야."

아이들은 사부의 말에 서로 시선을 주고받으며 미소를 지었다. 사부가 오래간만에 기분이 좋아 보이는 것 같아 자신들도 덩달아 즐거워지는 기분이었다.

"자아, 빨리 가자. 프로이는 내 손을 잡고."

그때 옆에 있던 크리티안이 한마디 했다.

"사부, 프로이는 제가 손을 잡고 가면 안 될까요? 저도 이런 남동생 같은 애가 하나 있었으면 했는데 말이에요."

"그 애가 어떻게 네 동생이 되냐?"

이상하다는 듯 되묻는 테이도.

"너희들은 지금 일곱 살이고 프로이는 열네 살인데, 동생이라면 너희들이 동생인 거지."

그러자 크리티안의 옆에 있던 세인아가 두 눈을 동그랗게 뜨고는 대답했다.

"엘프는 인간의 나이 기준과는 다르다면서요, 사부. 수백 년을 살아가는 엘프는 유아기와 소아기가 인간에 비해 훨씬 길다고 하셨잖아요."

"맞아요, 맞아. 프로이는 우리의 동생이에요. 겉보기에도 프로이는 일곱 살 정도로밖에 보이지 않잖아요."

테이도는 아이들의 말에 어처구니가 없었지만 생각해 보니 일면 맞는 말이기도 해 그냥 넘어가기로 했다. 그리곤 프로이에게 물었다.

"프로이, 너 크리티안 하고 같이 갈래?"

도리도리.

"싫어요. 저는 아저씨 손잡고 갈래요."

프로이가 고개를 흔들며 거부 의사를 밝힌다.

테이도는 그것 보라면서 크리티안에게 약 올리는 듯한 표정을 지었고, 크리티안은 두 눈을 부라리며 프로이를 노려봤다.

'저 꼬마 녀석이 감히 이 아름답고 예쁜 누나의 호의를 거부하다니.'

흠칫!

프로이는 붉은 머리 소녀가 자신을 무섭게 노려보자 고개를 재빨리 돌리고는 테이도의 손을 힘껏 움켜쥐어야 했다.

"자아, 그럼 아까 이 사부가 결계를 쳐둔 곳으로 출발하자."

테이도는 프로이의 손을 잡고 곧 신법을 펼쳐 날아갔다.

휘이이이잉.

시원한 바람을 맞으며 하늘 높이 날아오르게 된 프로이.

"와아아아! 너무 신나요, 아저씨!"

난생처음으로 하늘을 나는 즐거움에 프로이는 우울한 기분을 단숨에 날려 버릴 수 있게 되었다.

"으아아악—!"

난데없는 고함 소리가 사위로 퍼져 나갔다.

믿을 수 없는 일이 벌어지고 말았다.

테이도는 마치 넋 빠진 사람마냥 그렇게 결계 내를 바라보고 있었다.

'이, 이럴 수가!'

없었다.

그 어디에도 여덟 마리의 중급의 요족은 보이지 않았다.

곁에 있던 타이니가 물었다.

"사부님, 어떻게 된 일입니까?"

같이 탈혼마안을 펼쳐 놈들에게서 정보를 뽑아내려 했던 그녀이다. 한데 아무리 살펴보아도 요족들의 모습이 보이질 않으니 이상하단 생각이 들었다.

"나, 나도… 모, 모르겠다. 놈들이 어떻게 사라졌는지. 분명 이곳에 펼쳐 놓은 결계는 외부와 완벽히 차단당해 있어 설령 공간을 자유로이 이동하는 놈들이라도 이곳을 드나들 수는 없는 일인데."

믿고 싶지 않은 테이도였다.

터벅터벅.

그는 곧 힘없는 발걸음으로 자신이 괴물들을 놓아두었던 자리에 가 멈추어 서서는 살펴보았다.

'으음.'

있었다. 놈들이 누워 있던 자국이 흙바닥에 나 있는 게 보였다.

스슥.

테이도는 허리를 숙여 놈들이 쓰러져 있던 자리를 만지며 두 눈에 금안의 빛을 일으켜 보았다. 그러자 얼마 지나지 않아 바로 알 수 있게 되었다.

소멸이었다. 놈들은 소멸된 것이었다.

'어, 어떻게 소멸된 거지? 나는 놈들을 아껴 먹으려고 피한 방울 마시지 않았는데.'

테이도는 여전히 믿을 수 없다는 모습을 하고는 생각해 보았다. 과연 놈들이 어떻게 해서 소멸될 수 있었는지.

'설마 저번에 그놈처럼 여기에 있던 놈들도 정신에 어떤 금제 같은 게 걸려 있었던 거 아니야? 하지만 나는 여기 있던 놈들에게 손가락 하나 까딱하지 않았는데 어떻게 스스로 소멸할 수가 있었던 거지?

그의 머릿속은 복잡한 생각들이 계속해서 돌아다녔다.

하지만 뚜렷한 결과물은 얻어내지 못했다.

다만 놈들이 스스로의 힘보다는 어떤 명령에 의해서 소멸했을 거란 그런 생각이 들었다. 녀석들은 사자 머리 요족처럼 스스로 자폭할 능력은 되지 않았던 것이다.

"빌어먹을!"

억울했다. 너무나 억울했다.

다 잡은 고기를, 이제 양념을 해서 낯여 먹기만 하면 되는 일을 누군가가 훔쳐 간 기분이었다.

"하아아~"

테이도의 입에서 오래간만에 한숨이 흘러나왔다.

되는 일이 하나도 없다 생각하는 그였다.

완벽하다 싶은 것들이 다시 보면 잔뜩 엉클어져 있으니 앞으론 일을 어찌 처리해야 할지.

테이도는 한참을 멍하니 서있었다.

그리곤 잠시 후. 하늘을 올려다보았다.

"하아아~"

또 한 번 그의 입에서 한숨이 흘러나온다.

어느샌지 그 많던 별은 자취를 감추었고, 달빛 또한 서서히 사라지고 있었다.

이제 잠시 후면 새로운 아침이 시작될 터이다.

새로운 아침.

테이도는 하늘을 보며 새로운 아침을 생각했다.

'그래, 이번 일을 교훈으로 삼자. 앞으론 내 앞에 먹이가 떨어지면 나중으로 미루지 말고 그때그때 바로 처리하는 거야. 그래, 그럼 된 거야. 오늘 그래도 새로운 제자 녀석이 될 아이를 만났으니 그놈으로 위안을 삼자.'

테이도는 답답한 가슴을 깨끗이 털어내 버리기로 마음먹었다. 나쁜 일보다는 좋은 일을 더 생각하기로.

"아자자자자!"

요란한 소리와 함께 기지개를 크게 펴는 테이도.

"타이니, 이제 그만 나가보자. 녀석들이 많이 기다리고 있을 테니……."

"예, 사부님."

테이도와 타이니는 곧 결계 밖으로 신형을 돌려 세웠다.

며칠 후.

"여기 야채 샐러드하고 수프요."

"여기는 양머리 공룡 찜하고 과일들 좀 내주시오."

"알겠습니다. 잠시만 기다리세요."

웅성웅성.

꽤 큰 규모의 식당이었다.

점심시간이라 그런지 식당 안에는 요리를 주문하는 손님들과 가게 점원들의 목소리가 크게 울려 퍼졌다.

"빨리빨리 좀 갖다 주시오! 주문을 한 지가 언젠데 아직까지 음식이 안 나오는 거요?"

"예, 예, 손님들. 지금 막 나가고 있습니다."

테이도는 다섯 아이들과 같이 창가에 자리한 식탁에서 음식을 들고 있었다.

"냠냠냠. 흐음, 타가다인 시와 플르톤 시가 화해를 했다니 다행이군."

테이도는 지금 오른손의 포크로는 고기를 들어 입으로 가져가 씹으면서 왼손으로는 웬 두꺼운 서류철을 들고 읽고 있는 중이었다.

"이런, 써그럴. 테이도 시에 점점 더 많은 사람들이 몰려들고 있다고? 내가 저번에 빨리 시의 이름을 바꾸라고 했는데, 쪽팔리게 내 이름을 아직까지도 사용하고 있네."

테이도의 양미간이 잔뜩 일그러졌다.

지금 그가 읽고 있는 서류철은 다른 게 아니라 드레듀스 섬에서 일어나고 있는 크고 작은 일들을 적어놓은 것이다. 그리고 그것은 이곳 식당으로 들어오기 전 정보 길드라고 하는 곳에서 얻은 것이기도 했다.

가끔 그는 각 도시의 정보 상인들이 머무는 곳에 찾아가 그들에게 필요한 정보를 거액을 주고 얻고는 했다.

"냠냠냠. 근데 이 요리는 왜 이렇게 질겨? 하여간 요즈음 식당은 뭐든 건성건성이야. 요리하면 확실히 호드리조가 최고였는데."

테이도는 맛없는 걸 억지로 먹는다는 그런 표정을 짓고는 바로 오른쪽 곁에 앉아 있는 프로이를 보며 물었다.

"어때, 너는 먹을 만하냐?"

"예, 사부. 저는 고기 빼고는 뭐든 다 잘 먹어요."

프로이는 푸른빛의 커다란 두 눈을 귀엽게 뜨고는 말했다.

한데 아이가 테이도를 부르는 호칭이 이제는 아저씨에서 어느새 사부로 바뀐 모양이었다.

일주일 전 테이도는 아이들과 함께 포이룬 산에서 내려와 세상을 돌아다녔다. 그리고 그는 프로이에게 타가다인 시로 돌아가겠느냐고 물어보았고, 아이는 싫다고 했다.

왜 그러냐고 했더니 양아버지라는 사람은 자신을 그렇게 사랑하지 않는다고 했다. 다만 엄마를 많이 사랑해 자신을 곁에 두고 가끔 필요한 게 있으면 집사에게 부탁하라는 말만 하고는 일을 보러 나갔다고 했다.

그 뒤로 테이도는 프로이를 자연스럽게 자신의 제자로 들일 수가 있었다.

현재 프로이는 이틀 전부터 육합심법이라는 기본 심법을 익히고 있는 중이었는데, 이건 다른 네 아이가 지나온 길을 프로이도 이제 시작하는 것이라 할 수 있는 것이었다.

"쯧쯧, 안됐구나. 고기를 먹지 못하다니. 그래도 이 식당의 최고 요리는 양머리 공룡 찜인데 말이다."

테이도가 안됐다는 듯이 혀를 찬다.

그러자 앞에 있던 네 아이도 안됐다는 듯 말했다.

"맞아요, 사부. 너무 안됐어요."

"엘프는 참 불쌍한 존재들이네요, 사부."

"프로이가 남부 시에 있는 호드리조 아저씨의 스테이크 요리를 먹어본다면 세상이 정말 얼마나 넓은지 알 수 있을 텐데 정말 불쌍하네요."

프로이는 사부와 사저들이 자꾸 자신을 안됐다는 듯이 말하자 감자 요리를 하나 포크로 집어 들며 밝게 미소 지으며 말했다.

"괜찮아요. 저는 야채 샐러드와 이 감자 요리, 그리고 푸딩이면 만족해요. 이것들도 너무나 맛있는 걸요. 자아, 보세요. 냠냠냠. 와우, 너무 맛있어요!"

"뭐, 네가 괜찮다면 다행인긴 한데."

테이도는 프로이가 감자 요리를 맛있는 표정으로 먹자 더 이상 할 말이 없는지 곧 왼손에 들고 있는 서류철로 다시 시선을 돌렸다.

'으음, 괴물들의 난동이 전보다 심해지고 있구나. 그래도 놈들의 숫자가 예전보다 대폭으로 줄어 싸우기는 예전보다 낫다고 하니 그건 다행이로군.'

사락사락.

테이도는 식사를 하면서 빠르게 서류철을 읽어 내려갔다.

잠시 후.

식탁의 위에는 모락모락 피어나는 차향 하나와 과일로 만든 음료수가 놓여져 있었다.

아이들은 각자 자신들이 주문한 음료수를 들었고, 테이도는 찻잔을 들며 천천히 차향을 즐겼다.

"후르릅. 으음, 좋군."

테이도는 차향을 즐기며 무언가를 생각했다.

과연 요족 놈들의 소굴은 어디에 있는 것인지, 그리고 지금 놈들은 무엇을 하고 있는지 등등을 생각해 보았다.

"사부, 지금 무얼 생각하고 있는 거예요?"

크리티안의 물음에 테이도는 짧게 대답했다.

"요족!"

"요족이요?"

"그래. 놈들의 소굴이 과연 어디에 있는지 그걸 생각하고 있다."

"으음……."

아이들은 사부의 대답에 아무 말도 안 하고 조용히 자신들도 생각해 보았다. 그동안은 놈들의 소굴에 대해 그다지 깊이 생각해 보지 않았던 아이들이다.

과연 놈들의 소굴은 어디에 있는 것일까?

그동안 드레듀스 섬을 이 잡듯이 모두 뒤져 보았지만 놈들이 머무는 장소를 발견하지를 못했다. 사부와 자신들의 눈을 피한 채 잔뜩 웅크려 숨어 있는 요족들의 소굴.

시간은 조금씩 흘러갔다. 하지만 테이도와 아이들은 깊은 생각 속에서 빠져나오지 못했다.

그때였다.

가만히 앉아서 사부와 사저들을 지켜보고 있던 프로이가 한마디 꺼내 들었다.

"섬에 없으면 바다에 있는 거 아닌가요?"

"……."

"……."

테이도와 네 아이는 눈을 멍하니 뜬 채 바보 같은 표정을 지어 보였다.

머리에 뭔가가 날아와 충격을 준 느낌이었다.

그랬다. 섬에 없으면 바다에 있을 수 있는 일이었다.

섬의 사면에는 작지 않은 크기의 무인도가 여러 개 있다고 알려져 있었다. 왜 이런 간단한 생각을 지금껏 생각지도 못했던 것일까?

벌떡!

테이도는 자리에서 거칠게 일어나 큰 소리로 떠들었다.

"맞아! 그거야, 그거! 이런 바보! 지금껏 이런 간단한 생각을 진작에 생각해 내지 못하다니! 으하하하하하! 됐어! 됐다구! 놈들의 소굴을 이제는 찾을 수 있겠어!"

테이도는 확신했다.

분명 놈들은 바다에 있는 어느 무인도에 있을 것이라고.

웅성웅성.

주위에서 식사를 하던 사람들이 작게 떠든다.

그들은 웬 검은 머리를 하고 있는 사내가 미친 듯이 떠들자 다들 손가락을 머리 부위에 갖다 대고는 돌렸다.

하지만 테이도는 사람들이 쳐다보든 말든 계속해서 웃었다.

"우헤헤헤! 이 자식들아, 기다려라! 내가 간다!"

*   *   *

슈아아아아아앙!

짙은 안개가 가득한 하늘 위였다.

테이도는 무서운 속도로 드레듀스 섬의 동해를 날고 있었다.

어제저녁부터 테이도는 아이들 셋과 함께 드레듀스 섬이 자리한 사면의 바다 위를 날고 있는 중이었다.

프로이의 경우는 너무 어려 아이들 중 일단 에란트와 함께 중부에 자리한 클론 시에 있게 하였다. 나중에 요족 놈들의 소굴을 찾으면 그때 함께 데려가기로 약속을 하고 말이다.

"으음, 저기에 또 하나의 무인도가 있구나."

그의 기감에 30㎞ 앞에 안개에 가려진 작은 무인도가 포착되었다.

테이도는 바로 공간이동술을 펼쳤다.

"일보만리!"

<u>스르르르르.</u>

"으음, 여기도 아닌가?"

별다른 건축물이 보이지 않았다.

테이도는 기감을 크게 확대해 풀숲이 길게 자란 무인도를 샅샅이 살펴보았다. 혹시 섬의 지하에도 있지 않을까 땅속까지 자세히 살펴보았지만 마법적인 기운이나 요족의 기운은 전혀 느껴지지 않았다.

부스럭.

테이도는 품속에서 종이를 하나 꺼내 들었다.

그건 다른 게 아닌 해양 지도였다.

아주 오랜 옛날 마법사들이 이곳 섬을 빠져나가 보기 위해 배를 타고 바다로 나가 지도를 만든 적이 있었는데, 지금 테이도가 들고 있는 게 바로 그때의 마법사들이 만든 지도였던 것이다. 그리고 이것은 어제 낮에 정보 상인들에게 거금을 들여 산 것이기도 했다.

슥슥.

테이도는 펜으로 지도에 그려진 작은 무인도 하나를 지웠다. 자세히 보니 지도에는 엑스 자로 지워진 무인도가 무려 사십여 개나 되었다.

"이제 동해 쪽의 섬들은 이십여 개 정도만 남았구나. 오늘 중으로 여기를 모두 둘러봐야겠지. 이곳 동해 쪽으로 있었으면 좋겠는데 어떨지 모르겠군."

테이도는 다시 이곳 무인도를 떠나기에 앞서 남해에 있는 아이들에게 연락을 취해보기로 했다.

현재 무인도가 가장 많은 남해에는 세인아와 타이니 둘이가 있었고, 서해에는 크리티안이 가 있었다.

어제저녁 바다를 수색하기에 앞서 테이도는 아이들 각자가 수색할 바다를 일일이 정해주었던 것이다.

"세인아!"

통신 반지에 내력을 주입해 아이의 이름을 부르자 곧 연락이 왔다.

"예, 사부님. 저 세인아에요."

"그래, 남해의 무인도는 어느 정도나 살펴봤니?"

테이도의 물음에 세인아는 바로 대답했다.

"예, 일흔세 개의 무인도 중 제가 스물다섯 개, 그리고 타이니가 스물세 개를 해서 모두 마흔여덟 군데의 무인도를 방금 막 수색을 끝마쳤어요."

"특별한 것은 아직 발견하지 못했고?"

"예, 아직까지는 이렇다 할 것을 발견하지는 못했어요."

"좋아. 그럼 계속 수고를 하도록 하고, 어제 사부가 말한 대로 놈들의 소굴을 발견하면 지체하지 말고 바로 연락해야 한다. 알았지?"

"예, 알겠어요, 사부."

테이도는 세인아와의 통화를 마치고는 이번엔 서해에 있는 크리티안에게 연락을 취해보기로 했다.

지이이잉.

통신 반지에 내력을 주입하고 바로 크리티안의 이름을 불러보았다.

"크리티안!"

그러자 잠시 후. 아이의 음성이 들려왔다.

"예, 사부."

"그래, 서해의 무인도를 어느 정도나 알아봤니?"

"예, 방금 전 스물한 번째의 무인도를 돌고 지금 또 근처에 있는 스물두 번째 무인도로 향하고 있는 중이에요, 사부. 이제 거의 다 도착했네요."

"그래, 그럼 이제 한 열 군데 정도만 남은 거로구나."

"사부가 전해준 지도가 정확하다면 그런 거죠. 어? 잠깐만요, 사부. 지금 막 커다란 무인도에 도착했는데 뭔가 이상한 게 보이네요."

테이도는 크리티안의 말에 놀라서는 바로 물었다.

"그, 그게 정말이냐?"

"잠시만요, 사부. 회색빛 안개가 너무 짙어서… 어? 맞네요, 맞아! 사부 여기에요, 여기! 저 멀리 커다란 건축물이 보여요. 얼른 이리로 오세요, 사부!"

크리티안이 호들갑을 떨며 큰 소리로 말한다.

테이도 또한 아이의 말에 흥분해서는 더듬거리는 음성으로 대답했다.

"아, 알았다. 너, 너는 거기서 움직이지 말고 그대로 있어라. 내 바로 아이들을 데리고 곧 그리고 가마."

"예, 알겠어요, 사부. 그럼 빨리 오세요."

테이도는 크리티안과의 통화를 끊고는 바로 신형을 날려 하늘 높이 날아올랐다. 그리곤 공간이동술을 펼쳐 세인아와 타이니가 있는 남해로 사라졌다.

"일보만리!"

*　　　　*　　　　*

휘스스스스스.

칙칙한 회색빛의 안개는 쉼없이 일렁이고 있었다.

100여 미터 높이의 기둥 위로 악마상들이 앞뒤로 보이며 뾰족한 첨탑이 길게 나 있는 거대 건축물은 그 회색빛이 일렁이는 공간에 서서는 불길한 자태를 뽐내고 있었다.

우우우우웅.

대전 안에 있던 2미터 크기의 거대 눈알.

요족들의 제사장인 그는 갑자기 대전 안에 경보음이 울리자 하던 일을 멈추었다.

지금 그의 앞에는 높이 5미터에 길이 20여 미터가 되는 제단이 있었는데, 그 제단의 위에는 뜻밖에도 무척이나 아름다운 한 여인이 누워있었다.

기다란 귀를 지닌 그녀는 다름 아닌 엘프였다.

한데 무슨 일을 당하고 있는 건지 그녀의 모습은 무척이나 핼쑥해 보였다. 마치 예전에 타이니가 다크마에게 원기를 흡수당했을 때의 모습이랑 비슷해 보였다.

'으응, 무슨 일이지?'

제사장은 갑자기 불길한 기분이 들었다.

거의 일이 마무리되려는 시점에 난데없이 경보음이 울리니 그럴 수밖에 없었다.

지이이잉.

제사장은 바로 의지를 일으켜 성전의 바깥을 살펴보았다.

그리곤 곧장 탄식의 정신감응이 그에게서 흘러나왔다.

—으음… 놈이로군. 요족의 재앙이라는…….

제사장은 일을 서둘러야 함을 깨달았다.

제사장은 며칠 전 있었던 자신들 요족과 테이도 일행과의 전투를 알고 있었다. 7요단이라는 상급의 경지에 있던 론이 당한 것은 그야말로 충격적인 일이었다.

거기다 상대가 어떻게 했는지 여덟의 중급 요족이 힘을 봉인당한 채 공간의 이동을 방해하는 그런 결계 같은 곳에 갇혀 버렸다. 요족 중 한 명이 그에게 정신감응으로 뜻을 보내온 것이다.

제사장은 할 수 없이 중급 요족들의 정신 속에 걸어둔 금제를 작동시켜 소멸시킬 수밖에 없었다.

'크르릉! 할 수 없군. 우선 다른 녀석들로 하여금 막아보게 하는 수밖에는……'

제사장은 잠시 테이도의 모습을 정신의 눈 속에 담아두고는 먼저 성전의 주위에 있는 다섯의 중급 요족들에게 정신감응을 보내 테이도를 막게 하였다.

물론 그들로서는 당연히 막아낼 수 없는 그런 일이겠지만 어느 정도 시간을 벌어주기만 하면 일은 마무리가 될 수 있을 듯싶었다.

스윽.

제사장은 자신의 거대 눈알을 돌려 다시 제단 위에 있는 엘프에게로 시선을 돌렸다.

연한 녹색의 머릿결을 길게 기르고 있는 아름다운 여인.

그녀는 엘프였다.

또한 그녀는 그냥 단순한 엘프가 아닌, 세상에 몇 명 존재하지 않는다는 하이 엘프이기도 했다.

'증폭의 기운을 지닌 엘프… 이 여인으로 인해 우리들의 왕께서는 좀 더 일찍 봉인에서 풀려날 수 있게 되었어. 이제 조금만 더 인간의 백(魄)을 제단에 흡수시키면 왕께서는 귀환하시리라.'

제사장은 다시 일을 시작하였다.

지이이이잉.

제단에 그려진 요법진이 진동을 일으키며 그동안 인간들이 죽으며 남긴 백들이 제사장의 눈에서 스며 나와 엘프 여인의 몸속으로 스며들었다. 그러자 엘프 여인은 자신의 몸속으로 들어온 그 기운들을 더욱 크게 증폭시켜 제단에 그려진 요법진 속으로 전이시켰다.

우우우우우웅.

시간의 흐름에 따라 제단이 자리한 성전은 점점 기이한 울음을 토해내기 시작했다.

"이제부터가 아주 중요하다."

테이도는 아이들을 바라보며 일장 연설을 늘어놓고 있었다.

"속전속결! 전처럼 느긋이 일을 진행시키는 게 아니라 지금부터는 아주 빠르게 단번에 놈들을 아작 낸다. 여기만 무너뜨리면 만사가 탄탄대로야. 사부가 하는 말이 무슨 소리인지 알겠지?"

"예, 알겠어요, 사부."

"걱정 마세요, 사부님. 지금부터는 최강의 절기로만 단숨에 놈들을 꺾어버릴 테니까요."

"맞아요, 맞아!"

테이도는 아이들의 대답에 고개를 끄덕였다.

"좋다. 그럼 지금부터 놈……."

무슨 일인지 테이도가 말을 하다 말고는 멈추었다. 그리곤 시선을 돌려 거대 대전이 있는 곳을 바라보았다.

"어쭈, 감히 나를 관찰하네?"

테이도는 누군가가 심안(心眼)과 비슷한 방법으로 자신을 바라보고 있음을 알 수 있었다.

"왜 그러십니까, 사부님?"

타이니의 물음에 테이도는 불쾌하다는 듯이 말했다.

"별거 아니다. 어떤 도둑고양이 같은 녀석이 이 사부의 옥체를 훔쳐보고 있는 것이니 말이다. 어라? 이제야 시선을 치우네. 저놈의 자식."

스윽.

테이도는 다시 고개를 아이들 쪽으로 돌렸다.

하나하나 녀석들의 시선과 마주하며 말했다.

"그럼 이제 시작해 보기로 하자. 몇 명의 요족이 괴물들을 이끌고 지금 이곳으로 오고 있으니."

테이도의 말이 끝나기가 무섭게 저 멀리서부터 괴물들의 포효 소리가 들려오기 시작했다.

"크아아아아아아앙—!"

"쿠오오오오!"

테이도는 곁에 서 있는 프로이의 손을 꼭 쥐고는 다시 한 번 말했다.

"자아, 그럼 나가 봐라!"

"예, 사부."

아이들은 곧 신법을 섬전처럼 펼쳐 앞으로 나아갔다.

쉬이익.

*   *   *

요족들의 성전이 자리한 섬은 직경이 약 40km로 꽤 커다란 섬이다. 하지만 지금 이곳 섬에서 벌어지고 있는 전투는 섬의 크기가 상당히 좁은 듯 사방에서 죽음의 절규가 넘쳐 흐르고 있었다.

크리티안의 태양류이 다시 빛을 발하며 눈앞의 적을 향해 날아갔다.

슈아아아아아앙!

삼십여 마리의 괴물들은 또다시 붉은 섬전 같은 게 자신들을 향해 날아오자 괴성을 지르며 피하기에 바빴다.

하지만 전혀 소용없는 일이었다.

붉은 섬전을 보았다 생각한 순간, 이미 그것은 괴물들의 몸통을 훑고 지나간 뒤였다.

콰콰쾅!

"크에엑!"

"쿠오오오오오—!"

일방적인 학살이었다.

그녀는 지금 본신 능력을 모두 발휘하여 빠른 속도로 괴물들을 도륙하고 있었다.

크리티안은 태양류이 휩쓸고 지나간 길을 따라 신법을 펼치며 양손에 강환을 만들어 주위의 괴물들을 향해 내던졌다.

"죽어랏!"

슈아아아아악!

콰앙! 콰앙!

놈들의 몸뚱이가 터지면서 검붉은 피가 비를 이루며 쏟아져 내린다. 괴물들의 비명 소리만이 난무하는 이곳.

바로 그때였다.

부스럭.

크리티안이 신법을 펼쳐 이제 막 안으로 진입한 숲에서 어떤 미묘한 변화가 일어났다. 황토색에 6미터 크기를 지닌 바위가 크리티안이 눈치 채지 못하게 조심스럽게 일어서고 있었던 것이다.

'크르릉! 인간이 감히 이곳 요족의 성전을 침입하다니…….'

요염한 여인의 얼굴에 여덟 개의 다리를 가진 그런 괴물.

그것은 중급의 거미 요족이었다.

거미 요족은 회색빛 안개가 거칠게 일렁이고 있는 숲에 자신의 힘을 내보였다.

<u>스스스스스.</u>

그러자 숲에는 곧바로 눈으로 확인하기 극히 힘든 그런 가느다란 실들이 생겨나 크리티안의 진로를 방해하기 시작했다.

만일 뭣 모르고 그냥 실들을 지나쳐 간다면 질기고 예리한 실에 몸이 두 동강이 날 수도 있는 상황인 된 것이다.

"흥!"

콧방귀를 뀌는 크리티안.

그녀는 이미 요족의 존재를 눈치 채고 있었다.

다만 지금은 숲으로 도망친 다른 괴물들을 먼저 처치한 뒤에 그 요족을 상대하려고 했던 것뿐이다.

"내가 모르고 있는 줄 아나 보군. 바보 같은 요족."

크리티안은 놈을 비웃었다.

자신을 비롯한 세 친구들은 이상하게도 요족들의 가운을 잘

느낀다. 요족들 중에는 변신술에 능한 녀석들도 있어 가끔은 인간으로 변신해 그녀들에게 접근하려는 녀석들도 있었지만 그럴 때면 놈들은 대번에 들통이 나 모두 사로잡히고 말았었다.

후아아아앙.

크리티안은 몸에 호신강기를 둘러 예리한 실들을 그냥 뚫고 들어가 왼손으로 태양겁멸장의 장력을 눈앞의 괴물들을 향해 날렸다.

퍼퍼펑!

놈들은 실들에 가로막혀 이러지도 저러지도 못하고 있다가 단숨에 몸이 터져 죽고 말았다.

"좋아, 이번엔 녀석이다."

그녀는 괴물들을 죽이자마자 바로 오른손에 들고 있던 태양륜을 자신이 지나쳐 온 길로 날렸다.

"태양폭출!"

화아아아아아악!

눈부신 빛이 일며 태양륜은 환상처럼 날아가 눈앞의 모든 걸 불살랐다.

거미 요족은 지금 한참 입을 크게 벌려 독 안개를 내뿜고 있는 중이었다. 그의 능력은 쇠라도 잘라낼 정도의 예리한 거미줄과 이렇게 입으로 독 안개를 일으켜 상대를 독살시키는 두 가지의 공격 능력이 있었던 것이다.

하지만 거미 요족은 독 안개를 숲으로 크게 퍼뜨리기도 전에 전신이 단번에 터져 나가 죽고 말았다.

콰콰쾅!

'됐어.'

에란트는 수룡환상보를 멈추고 주위를 바라보았다.

삼십여 마리의 괴물들과 시커먼 흙빛을 띠는 거대한 요족이 쓰러져 죽어 있었다.

그리고 그 요족은 서서히 바람에 흩날려 사라졌다.

휘스스스스.

"흐음, 뭐, 상관없겠지. 사부님이 이곳에선 제압하는 것보단 단숨에 쓰러뜨리라고 했으니."

쿵쿵쿵.

섬의 북쪽에서 또다시 커다란 울림소리가 들려온다.

에란트가 시선을 돌려 바라보니 이백여 마리의 육식 공룡과 대형 몬스터가 다가오고 있는 게 보였다.

"좋아, 이번엔 한 번에 끝내주지."

부스럭.

에란트는 바로 자신의 품속에 있는 만년옥소를 꺼내 들었다. 그리곤 입가에 옥소를 살며시 가져가 대 하나의 음을 그들 괴물들에게 들려주었다.

삘리리리.

그건 귀곡살음의 세 가지 음중 첫 번째인 귀곡혈야였다.

놈들의 숫자를 봤을 때 첫 번째 음만으로도 모두 쓰러뜨릴 수 있겠다 판단한 그녀였다.

삘리리리리리.

털썩털썩.

하나둘씩 수풀 바닥으로 쓰러지는 괴물들.

놈들은 숨을 두어 번 내쉴 정도의 극히 짧은 시간에 모두 죽음의 나락으로 떨어지고 말았다.

너무 어이가 없는 결과다.

사실 테이도의 네 아이 중 대량 살상 능력만으로 따지자면 에란트의 귀곡살음에 당할 절기는 아무것도 없다고 봐야 했다.

만일 그녀가 후에 심무경의 경지에 올라 귀곡살음의 마지막 세 번째 음인 귀곡천하(鬼哭天下)를 연주하게 된다면 그 결과가 어떠할지는 정말 아무도 모르는 일이라 할 수 있었다.

"그럼 이제 저곳으로 가봐야겠구나."

에란트는 적을 모두 처치하고는 바로 신법을 펼쳐 요족들의 성전으로 날아갔다.

휘이익.

요법진이 설치된 성전의 500여 미터 주위는 돌무더기가 잔

뚝 부서져 어지럽게 흩어져 있었다.

저벅저벅.

세인아와 타이니는 그런 성전의 주위를 조심스럽게 진입하고 있었다.

드드드드득.

또다시 바닥에서 거대 돌기둥이 솟구쳐 올라와 타이니에게 주먹을 휘둘렀다.

타이니는 그런 돌주먹을 피하지 않고 바로 왼손에 천마지존수의 내력을 일으켜 그것에 부딪쳐 갔다.

콰쾅!

커다란 폭음 소리와 함께 인간 형상의 돌기둥은 바닥에 쓰러진 다른 것들과 마찬가지로 잘게 부서져 흩어졌다.

하지만 돌기둥은 계속해서 솟구쳐 올랐다. 또한 허공 위에서는 바람의 칼날들이 생겨나 지상에 있는 세인아와 타이니를 향해 공격을 가하기 시작했다.

쉬이익!

쿠쿠쿠쿠쿵!

아이들이 안으로 진입하면 할수록 요법진은 더욱 강력한 방어막을 만들어내기 시작한 것이다.

"으음, 어쩔 수 없군."

아무래도 안 되겠는지 아이들은 자신들의 독문병기를 들고는 신법을 펼치며 앞으로 나아갔다.

천마도가 한번 휘둘러지니 80여 미터의 둥근 공간이 단숨에 무너져 내린다. 또한 열여덟 개의 불존주가 하늘 위로 떠오르니 바람의 칼날들은 모조리 튕겨 나갔다.

쿠콰콰콰콰콰!

콰쾅!

점점 안으로 깊이 파고드는 아이들.

요법진은 더욱 크게 요동치며 아이들의 진입을 막기 위해 모든 힘을 동원하기 시작했다.

우우우우우웅!

돌기둥은 쉴 새 없이 솟아올랐고, 바람의 칼날은 더욱 예리하게 날아다녔고, 이제는 강력한 전류가 바닥에서 피어오르기 시작했다.

파직, 파지지직!

아이들은 할 수 없이 허공으로 신형을 살짝 띄워야만 했다. 하지만 허공 위에는 마법 중 그라비티와 같은 중력을 높이는 그런 게 있는지 압력이 점점 거세져 신형을 움직이기가 쉽지 않았다.

"헤헤, 아주 요란을 떠는구나."

테이도는 요법진이 펼쳐진 하늘 위에서 프로이를 안은 채 아이들을 바라보고 있었다.

허공 위에는 요법진으로 인해 중력을 높이는 것 말고도 안으로 공간 이동을 못하게 하는 그런 결계까지 설치되어 있어서 지금 그는 그 결계를 해제하고 있는 중이었다.

"사부, 안으로 들어가지 못하는 건가요?"

프로이가 근심이 묻어나는 얼굴로 묻는다.

"저 커다란 건물 안에서 엄마의 냄새가 느껴지는데 빨리 들어가 봤으면 좋겠어요."

테이도는 프로이의 근심 어린 말에 입가에 미소를 살짝 얹고는 말했다.

"후후. 프로이, 걱정 마라. 이제 막 하늘 위에 있는 공간의 결계를 해제했으니 말이다."

"정말이요, 사부?"

"그래. 이제 곧 너의 엄마를 만날 수 있게 해주마."

테이도는 환한 표정을 짓고 있는 프로이의 머리를 한번 쓰다듬어 주고는 곧 오른손을 들어 요족의 성전이 자리한 건물을 향해 겨냥했다.

그러자 장내엔 곧 놀라운 일이 벌어지고 말았다.

드드드드득.

요족들의 성전인 커다란 대전.

그 대전의 지붕이, 뾰족한 첨탑과 악마상들이 자리한 그 거대 지붕이 서서히 떠오르고 있었다.

테이도는 지금 자신의 오른손에 응집한 공간의 기로 직경이 300여 미터가 넘는 대전의 지붕을 아무렇지도 않은 듯 손쉽게 들어 올리고 있었던 것이다.

가히 인간의 힘을 벗어난 능력이라 할 수 있었다.

후득, 후드드득!

자욱한 먼지. 대전의 지붕이 위로 떠오를수록 회색빛 안개가 가득한 곳에 먼지가 잔뜩 끼기 시작한다.

"우와아아아, 대단하다!"

"지금 저 하늘 위에 있는 사부가 하는 일이야."

"역시 사부님이시군."

아이들은 요족들의 성전으로 진입하다 말고는 하늘 위로 떠오르는 거대 지붕에 다들 놀라워하고 있었다.

쿠우웅!

마침내 그 거대 지붕이 왼편에 있는 작은 숲으로 떨어져 내렸다.

숲은 이제 사라졌다.

300미터가 넘는 거대 석벽에 작은 숲은 완전히 사라지고만 것이었다.

우우우우웅!

그리고 바로 그 순간에 맞추어 대전 안에서 일을 진행시키고 있던 제사장이 장내에 모습을 드러냈다.

제사장은 사라진 자신들의 성전의 지붕을 통해 떠오른 것이었다.

"호오, 네놈이 우두머리로구나."

기쁜 듯 미소를 짓는 테이도.

하늘에는 이제 프로이를 안고 있는 테이도와 요족들의 제사장, 이렇게 셋이 마주하게 된 것이다.

CHAPTER 9
메이지 시로 가다

2미터 크기에 감겨져 있는 거대 눈.

테이도는 녀석을 향해 물었다.

"너지, 그 소울 아이의 본신이. 얼마 전에 자폭하려고 했던 그것 말이야."

제사장은 테이도의 물음에 아무 말도 안 했다. 다만 감겨져 있던 자신의 눈을 갑작스럽게 떴을 뿐이다.

화아아아아악!

순간, 회색빛의 기류가 제사장의 눈에서 뿜어져 나와 테이도를 향해 달려들었다.

"흥! 건방진 눈깔."

테이도 또한 지체하지 않고 바로 금안의 빛을 내뿜었다.

후아아아아앙!

그러자 하늘 위에선 칙칙한 회색빛과 신령스럽게 느껴지는 금빛의 기운이 서로 부딪치며 힘겨루기를 시작하였다.

치직, 치지지직!

듣기 싫은 소음이 들리기 시작한다.

회색빛의 기운은 파괴적인 성향을 띤 채 테이도를 죽이기 위해 달려들었다. 그리고 금빛의 기운은 그것과는 다르게 배고픈 괴물 놈처럼 달려드는 회색빛의 기운을 잡아먹기 시작했다.

'이, 이놈이ㅡ!'

제사장의 회색빛 기운이 더욱 크게 일어나 테이도에게 달려들었다.

화아아아아악!

하지만 전혀 소용이 없는 일이었다.

우적우적!

아귀처럼 회색빛 기류를 먹어치우는 금빛의 기운.

녀석은 마치 그동안 배가 고팠는데 잘됐다는 식으로 제사장이 내뿜는 회색빛의 기운을 마음껏 먹어댔다.

금빛은 회색빛에 비해 상위의 기운이었던 것이다.

회색빛의 기운은 점점 힘이 약해져만 갔다.

그에 따라 제사장의 거대 눈알도 서서히 떨리기 시작했다.

'으으윽! 아, 안 되겠군.'

거대 눈알은 어쩔 수 없이 자신의 힘을 거둬들여야만 했다. 계속하다가는 상대방의 힘만 부풀리는 꼴이 되고 마는 일이었다.

"끄으윽!"

테이도의 입에서 트림 소리가 흘러나왔다.

왠지 그의 얼굴빛이 전과 다르게 더욱 윤기가 나는 듯 보였는데, 아무래도 그의 신체상에 약간의 어떤 변화가 일어난 게 아닌 가 생각되어졌다.

"아아! 너무나 상쾌하다. 5요단의 녀석들과는 비교가 안 될 정도로 순수한 기운이야. 8요단의 경지에 든 녀석이라서 그런가. 제기랄!"

마지막에 신경질을 부리는 테이도.

그의 눈에 일고 있던 금빛이 가라앉았다.

"큰일이네. 천의의 일단공인 무형에 한 걸음을 걸치고 말았어. 저놈의 기운을 흡수하고 나니까 세상의 뭔가가 조금씩 보이기 시작하는데… 이거 내가 곧 죽는 거 아니야?"

테이도는 심각한 표정을 짓고는 이제는 웬만하면 요족의 힘을 흡수하지 말아야겠다는 생각을 품었다. 물론 그것은 스스로가 그렇게 마음먹었다고 해서 되는 건 아니었다.

요족들과 싸울 때 삼라귀원선법의 힘을 사용하지 않는다면 모르겠지만 그게 아니라면 중단전에 자리한 원신금단은

스스로가 알아서 요족의 기운을 흡수하기 때문이었다.

'으음, 8요단의 녀석이 이 정도의 힘을 발휘한다면 9요단이라는 녀석은 어느 정도의 힘을 가지고 있는 것일까? 이곳에는 저놈보다 힘이 센 녀석은 느껴지지 않는데.'

테이도는 의문이 깃든 눈으로 제사장을 바라보았다.

현재 그의 능력으로는 제사장까지가 딱 알맞았다.

8요단의 상급에 이른 요족까지는 자신의 능력으로 충분히 제압할 수 있을 것 같은데 만약 그 이상의 요족이라면 어찌 될지 알 수 없었다.

잘못하면 자신이 질 수도 있겠다 싶은 생각이 드니 조금 불안감이 들었다. 물론 스스로가 무형(無形)의 경지에 든다면 괜찮겠지만 만약 그 같은 경지가 혹시 다른 세계로 가는 것이라면 그건 정말 큰일일 수도 있기에 함부로 시도할 수는 없는 일이었다.

"야! 눈깔! 혹시 이곳에 너보다 강한 녀석이 있는 건 아니겠지?"

테이도의 엉뚱한 질문에 제사장은 아무 대답도 안 했다.

'응? 뭐야, 저 녀석?'

고개를 갸웃거리는 테이도.

'이상한 놈이네. 나랑 눈싸움을 하고 나서 왜 밑을 내려다보고 있는 거지?'

지금 제사장의 거대 눈깔엔 지상에 있는 자신의 네 아이가 담겨 있었다. 테이도가 자세히 보니 녀석의 눈깔은 마치 이상한 생물체를 본다는 듯 그런 느낌을 주고 있었다.

'크르릉. 정말 이상하군. 왜 저 무신이라는 인간 녀석들에게서 용족의 기운이 느껴지는 거지? 분명 인간이 맞는 것 같기는 한데.'

제사장은 테이도와 힘겨루기에서 밀리고 난 후, 우연찮게 밑에서 중급의 요족 넷과 싸우고 있는 아이들의 모습을 보고는 놀란 눈을 해야만 했다.

까마득히 오래전 자신들 요족에게 패해 멸망을 한 용족의 기운이 네 아이들에게서 미약하게나마 느껴진 것이다.

이건 자신들 요족에게 매우 중요한 일이었다.

제사장은 한번 아이들의 정신 속을 살펴보기로 결심했다. 현재 자신의 앞에 있는 무서운 적은 무슨 일인지 공격은 안 하고 마치 넋 빠진 사람마냥 다른 데 정신을 팔고 있었기 때문이다. 아무래도 약간의 여유 시간이 있겠다 싶었다.

'좋아, 한번 해보자.'

잠시만 힘을 분산시키기로 결심한 제사장.

그는 곧 자신의 힘의 근원인 요핵을 발동해 지상에 있는 네 아이들의 정신 속으로 스며들어 갔다.

스스스스스.

한편, 제사장과는 하늘 위에서 30여 미터 정도 떨어진 곳에서 있는 테이도는 프로이를 재운 뒤 왼팔에 안고는 이상한 짓을 하고 있었다. 아니, 그건 이상한 게 아니라 지금 제사장이 하고 있는 일과 비슷한 것이라 할 수 있었다.

스스스스스스.

테이도의 정신은 지금 거대 눈알의 잠재의식 속에 들어가 있는 상태였다.

녀석이 아이들을 넋 빠진 채 바라만보고 있자, 이때다 싶어 재빨리 그의 정신 속으로 침투한 것이었다.

'으음, 이 자식, 징그럽게도 오래 살았구나. 거의 만 팔천 년 가까이를 살아오다니. 괴물이군, 괴물이야.'

테이도는 회색빛의 공간 속을 돌아다니며 밝게 빛나고 있는 문양들을 살펴보고 있었다.

허공을 두둥실 떠다니는 문양은 모두 제사장의 기억들이었다.

'정보가 너무나 많아 이거 필요한 것을 찾는 데 많은 시간이 걸리겠는걸. 잘못하다간 놈에게 들킬 수도 있겠어. 일단 놈에게 들킬 때까지는 계속해서 살펴보자.'

테이도는 수많은 문양들을 스치듯 빠르게 살펴보았다.

그러다가 어느 순간에 흥미로운 것을 발견하고는 바로 그 문양을 건드려 보았다.

후화아아아악!

순간, 문양은 환한 빛을 분출하며 회색빛 공간 속에 새로운 세상을 창조해 냈다.

테이도는 놀랍다는 눈으로 그 세상을 보았다.

'오오, 정말 멋진데······.'

그것은 거대 괴수들 간의 싸움이었다.

먼저 하늘이 열리고 수많은 요족들이 하계로 내려오고 있었다. 녀석들은 마치 패잔병의 모습처럼 온몸이 피에 젖어 내려오고 있었는데, 그때 지상에 있던 도마뱀처럼 생긴 거대 괴수들은 요족들이 하늘에서 내려오자 다들 날개를 활짝 펴고 하늘로 빠르게 올랐다.

그리고 잠시 후. 녀석들은 싸우기 시작했다.

"이 버러지 같은 용족들아! 감히 우리가 천상계에서 밀려났다고 네 놈들이 감히 우리에게 발톱을 들이미는 것이냐!"

요족 중 불의 형상을 하고 있는 녀석이 큰 소리로 외치자 용족의 괴수 중 하나가 더욱 큰 소리로 외쳤다.

"이 냄새나는 요괴들아! 네 녀석들이 여기가 어디라고 감히 내려오는 것이냐? 이곳 중간계는 우리 용족의 터전이다! 네놈들은 다시 천상계로 썩 돌아가거라!"

한소리씩 내뱉는 요족과 용족.

잠시 후. 그들 두 종족은 입씨름을 하면서 동시에 힘을 겨루기 시작했다.

서로 물러설 수가 없었다.

요족은 천상계의 전쟁에서 패해 돌아갈 수가 없었고, 중간계의 지배자인 용족은 절대로 그들 요족들을 받아들일 수 없었다.

쿠콰콰콰콰콰콰콰—

화르르르르!

번개가 내려치고 불의 폭풍이 일며 얼음비가 내렸다.

칠흑 같은 어둠이 세상을 덮치고 대지는 갈라지며 바닷가엔 해일이 몰려왔다.

그 두 종족의 싸움은 상상을 초월하는 것이었다.

세월은 흘렀다.

그들의 싸움은 무려 30년이나 더 지속되어졌고, 결국 용족은 멸망하고 말았다.

테이도는 이 모든 내용을 다 볼 수가 없어서 중요한 것만을 간추려 보았다.

그리고 하나의 중요한 정보를 얻을 수 있었다.

확실한 것은 아니지만 자신의 제자들의 근원이 어디에 있는 것인지를 알게 된 것이다.

'으음, 어쩌면 아이들이 이 용족이라는 녀석들의 후예일 수가 있겠구나. 용족들도 알에서 부화를 한다고 했으니 말이야. 한데 이상한 것은 아이들이 인간의 모습으로 태어났다는 것인데…….'

테이도는 고개를 갸웃거렸다.

하지만 이 이상 아이들에 대해 생각하는 것은 시간 낭비일

뿐인지라 서둘러 다른 문양을 살피며 새로운 정보들을 얻기 위해 돌아다녔다.

시간은 조금씩 흘러갔고, 그는 쓸 만한 정보를 몇 개 더 건질 수가 있었다. 세상의 숨겨진 비밀을 어느 정도 알게 된 것이었다.

그리고 바로 그때, 아무도 없는 이곳에 누군가의 호통 소리가 들려왔다.

―이노옴, 네가 감히 여기가 어디라고 들어온 것이냐?

우르르르르릉!

잠재의식 세계가 크게 흔들렸다.

테이도는 화들짝 놀라서는 얼른 미안하다는 말을 전했다.

"미안하다, 눈깔아. 내가 궁금한 게 좀 있어서 말이야. 지금 나갈 테니까 걱정 말어."

스스스스.

테이도는 정말 미안하다는 듯이 말하고는 얼른 녀석의 잠재의식 속에서 빠져나왔다. 이곳 잠재의식은 거대 눈알의 세계인지라 자신의 힘이 상대적으로 약할 수밖에 없었다.

잘못하면 이곳에서 갇힐 수도 있는 상황이라 테이도는 황급히 빠져나올 수밖에 없는 일이었다.

"뭐야? 저 녀석들이 왜 자고 있는 거지?"

테이도는 지상에 있는 아이들이 마치 잠이 든 듯 가만히 누워만 있자 두 눈을 동그랗게 떴다.

"크와아아아앙!"

"키리릭!"

그때 살아남은 삼십여 마리의 괴물들이 멀리 숨어 있다가 아이들이 죽은 듯 쓰러져 있자 달려들었다.

"이놈들이 감히!"

테이도는 재빨리 의념을 일으켜 아이들 모두를 들어 올렸다. 그리곤 아공간을 열어 기다란 마법 양탄자를 꺼내 허공에 펼쳐 놓고는 아이들 모두를 그곳에 내려놓았다.

스윽, 척.

테이도는 기감을 펼쳐 아이들을 살펴보았다.

'으음, 별거 아니군.'

안도의 표정을 짓는 테이도.

기감으로 살펴보니 녀석들은 단지 정신적인 충격으로 인해 잠시 기절한 상태였다. 아무래도 거대 눈깔이 자신의 제자들 정신 속으로 침입한 게 아닐까 그런 생각이 들었다.

"너 이 새끼! 감히 내 제자들의 정신 속을 침입해! 네놈이 죽어봐야 정신을 차리겠구나."

테이도는 시선을 돌려 제사장을 노려봐 주었다.

제사장은 그런 테이도의 반응에 어처구니가 없다는 반응

을 보였다. 자신은 검은 머리 제자들의 정신 속을 어렵게, 그 것도 별다른 소득도 없이 살펴보고 나왔지만 상대는 자신의 잠재의식 속에 들어가 수많은 정보들을 얻지 않았는가.

바로 정신감응을 일으켰다.

─크르릉, 네놈이 나의 정신 속을 침입할 줄은 미처 몰랐구 나. 하지만 이제 소용이 없다. 네놈이 내게서 무얼 훔쳐보았 는지 몰라도 이제 우리 요왕께서는 곧 부활을 하시리라.

테이도는 제사장의 말에 깜짝 놀랐다.

"뭐라고? 요왕이 부활한다고? 그놈은 용족의 왕에게 제압 당해 봉인당했잖아?"

이해할 수 없었다. 분명 제사장의 잠재의식 속에서 얻은 정 보대로라면 요왕은 더 이상 인세에 나타나지 못하게 되어 있 었다. 마지막 순간 용족의 왕이라는 현룡이 스스로의 죽음을 담보로 해서 요왕을 봉인했던 것이다.

'으음, 역시 내게서 정보를 빼내갔군.'

지이이이잉.

제사장은 테이도의 말에 아무 소리도 안 하고 자리를 뜨기 위해 기운을 개방했다.

성전 안에 새겨진 부활의 요법진.

그것이 이제 충전을 완료해 가동하고 있는 게 느껴졌다. 이제는 드레듀스 섬으로 가서 왕의 귀환을 기쁘게 맞이하는 일만 남은 것이었다.

"이 새끼가 내가 묻고 있는데 감히 도망을 치려 하네."

테이도는 제사장이 자신과의 싸움을 미루고 자리를 뜨려고 하자 재빨리 오른손을 들어 올려 힘을 발휘하려고 했다.

하지만 바로 그 순간에 맞춰 제사장은 자신의 몸체를 수천 개로 분리시켰다.

스스스스스.

마치 소울 아이의 모습처럼 변한 눈알들.

"얼레?"

주먹만 한 크기의 눈알이 수천 개로 늘어나자 테이도는 재빨리 기감을 세밀히 펼쳐 놈의 요핵이 자리한 곳을 찾아보려고 했다.

그러나 너무 늦고 말았다.

수천 개의 눈알은 곧 사방으로 흩어져 버렸다.

슈슈슈슈슈슉.

"이런, 쥐새끼 같은 놈을 봤나!"

테이도는 재빨리 결계를 펼쳐 사방으로 흩어진 녀석들 중 백여 개를 잡아냈다. 하지만 그것들 중에는 요핵이 존재하지 않았다.

결국 놈을 놓치고 만 것이었다.

"쳇! 처음부터 주위에다가 절대결계를 펼치는 건데."

놈을 놓쳐 조금 아쉬운 테이도다. 사실 잡으려고 마음먹었다면 잡지 못할 것도 없었다.

기감을 발동해 추적하면 오래지 않아 잡을 수도 있었지만 지금은 놈을 쫓는 것보다 대전 안에 있을 프로이의 어머니라는 사람부터 구하는 게 우선이라 놈을 잡는 것은 나중으로 미룬 것뿐이었다.

성전의 주변에 있던 요법진이 무너지자 이제 그의 기감엔 한 인영의 기가 느껴지고 있었는데 아무래도 그 인영이 프로이의 모친인 것 같았다.

스윽.

테이도는 바로 옆에 있는 양탄자에 올라타서는 기절한 아이들과 함께 대전의 안으로 날아갔다.

휘이이익.

커다란 제단 위에 죽은 듯 누워 있는 한 인영.

아름다움의 대명사라는 엘프 여인은 지금 미라처럼 몸이 비쩍 말라 보기 흉한 몰골을 하고 있었다.

테이도는 제단 주위에 있던 결계를 해제한 뒤, 가까이 다가가 그녀의 몸 상태를 살펴보았다.

'흐음, 어려운데. 다 타버린 장작이나 마찬가지인데 될지 모르겠군.'

테이도는 어렵다는 눈빛을 내보이며 바로 치료 마법 중 가장 뛰어난 마법의 시동어를 외쳤다.

"리커버리!"

화아아아아악.

눈부신 빛이 환하게 일었다.

빛은 곧장 제단 위에 누워 있는 엘프 여인의 신체 속으로 흡수가 돼서는 자신의 힘을 발휘하기 시작했다.

엘프 여인의 잠력을 폭발시켜 그 힘을 생명력이라 할 수 있는 원기로 바꾸기 시작한 것이다.

하지만 상황은 그리 좋아 보이지 않았다.

그녀에겐 잠력이라고 할 수 있는 기운이 웬일인지 거의 존재치 않았고, 또한 이상하게도 주위에서 끌어 모으고 있는 마나가 그녀의 몸속 원기에 제대로 흡수가 되지 않았던 것이다.

"흐음, 하이 엘프증폭의 기운, 거대 눈알에게서 얻은 정보 중에 있던 건데… 아무래도 하이 엘프란 종족은 특수 체질인가 보군."

살리기는 힘들 것 같았다.

하지만 프로이에게 마지막 인사는 시켜주고 싶었다.

테이도는 자신의 원신금단을 일으켜 그 기운을 엘프 여인에게 주입해 주고는 곧 양탄자에서 수혈이 짚여 잠을 자고 있는 프로이를 깨웠다.

"으, 으음."

"깼으면 이리 오거라."

프로이는 잠에서 깨어나자마자 사부가 부르는 소리에 얼른 자리에서 일어났다. 그리고 그때에 맞춰 엘프 여인도 테이도의 원신금단의 힘에 의해 의식을 차렸다.

그녀는 눈을 뜨자마자 검은 머리에 이상하게 생긴 남자가 자신을 측은한 눈빛으로 바라보고 있자 힘겹게 물어보았다.

"으음, 누, 누구신지?"

테이도는 그녀의 물음에 정중하게 대답했다.

"저는 프로이의 스승이 되는 사람입니다."

그리곤 멍하니 서 있는 프로이를 다시 불렀다.

"빨리 이리로 오거라. 너의 어머니는 이제 얼마 안 있어 귀천을 해야 하니."

프로이는 사부의 말에 얼른 제정신을 차리고 얼른 자신의 엄마에게로 뛰어갔다.

"어, 엄마, 엄마! 나 프로이에요, 프로이. 어서 일어나세요, 엄마."

"으응, 프, 프로이니? 내 아들 프로이 엔델이야?"

"예, 저예요, 엄마!"

"오오, 정령왕이시여!"

믿을 수 없는 일.

그녀는 자신의 아들이 살아 있다는 사실이 믿겨지지가 않았다. 자신과 아들을 납치한 요족들은 결코 인간의 힘으로는 어찌해 볼 수 없는 그런 괴물들이었기 때문이다.

하이 엘프인 그녀의 기억 속에는 선대로부터 전설처럼 전해지는 이야기들이 있었다. 아주 오랜 옛날 중간계의 지배자인 용족과 천상계에 있던 요족 간의 대전쟁.

그리고 그 전설의 한 부분인 요족이 오늘날까지 명맥을 유지한 채 자신과 아들을 납치했을 때에는 절망감에 빠져야 했던 그녀이다.

"엄마, 엄마! 이분은 저의 사부세요. 얼마 전 그 나쁜 요족들에게서 저를 구해주신 분이에요."

스윽.

그녀는 고개를 돌려 테이도의 모습을 바라보았다.

점점 힘이 빠져나가 눈앞이 가물가물거리려 할 때 테이도는 그녀에게 원신금단의 힘을 좀 더 강하게 전해주었다.

스스스스스.

그러자 엘프 여인의 두 눈에 곧바로 힘이 모이더니 프로이의 사부란 사람을 자세히 볼 수 있게 되었다.

검은 머리에 황색 피부, 거기다…….

'으음, 이상하구나. 나의 진실의 눈이 잘못된 것일까? 아무것도 알아낼 수가 없다니.'

그녀는 속으로 이상하다고 생각했다.

하이 엘프란 종족은 사물의 내면을 살펴볼 수 있는 그런 진실의 눈을 소유하고 있었다. 한데 그런 자신의 눈에 비친 테이도에게서는 그 무엇도 알아낼 수가 없었던 것이다.

무형의 모습이라고 해야 할지, 아니면 실체가 없는 유령이라고 해야 할지.

'마치… 마치… 이분은 우리 엘프의 신이라고 할 수 있는 정령의 왕과 비슷한 느낌이구나.'

그녀는 결국 하나의 결론을 얻을 수 있었다.

진실의 눈이 통하지 않는다는 건 상대가 단순한 인간이 아닌 신적인 그 무엇이어야만 했다.

아들의 사부라는 분이 신적인 존재란 생각이 들자 그녀는 힘들지만 얼른 자리에서 일어나 인사를 하려고 했다.

하지만 몸은 끔쩍도 하지 않았다.

"무리하면 더 빨리 귀천하니 그냥 가만히 계세요. 아시겠지만 시간이 얼마 남지 않았으니 아이와 못다한 대화나 더 나누시기 바랍니다."

테이도는 프로이의 어머니께 평소에 잘 쓰지 않는 정중한 말투로 얘기를 했다. 그러면서 한손으로는 끊임없이 그녀에게 원신금단의 힘을 전해주었다.

"고, 고맙습니다. 저의 못난 아들을 구해주신 것도 모자라 제자로 거두어주시다니, 이 고마운 마음을 어떻게 전해야 할지……."

"별말씀을… 인연이 닿아 맺어진 것이니 괘념치 마십시오."

"아, 아닙니다. 저희 모자를 이렇게 만나게 해주신 것만 해도 크나큰 은혜를 입은 것인데. 허어, 허억."

그녀는 말을 할수록 점점 힘이 부침을 느꼈다.

진작에 죽었어야 할 몸. 당연히 말을 한다는 것 자체가 힘든 일일 수밖에 없었다.

"어, 엄마! 안 돼요, 안 돼! 이렇게 돌아가시면 싫어요! 사부, 사부! 우리 엄마를 살려주세요!"

프로이가 눈물을 흘리며 테이도에게 매달렸다.

테이도는 고개를 흔들며 말했다.

"사람은 누구나 죽는다. 그건 나라고 해도 마찬가지이지. 지금은 우는 일보다 필요한 대화를 나누는 게 더 중요해. 자, 내 손을 잡거라."

"엉엉엉! 싫어요, 싫어! 엄마를 살려주세요! 사저들이 얘기를 해주었단 말이에요! 사부는 신이라고! 신은 무엇이든 다 할 수가 있는 거잖아요!"

"하아, 나 참! 시간이 얼마 없는데."

"엉엉엉엉! 사부!"

테이도는 아무래도 안 되겠는지 왼손으로 프로이의 손을 잡고 오른손으로는 아이의 어머니 손을 잡았다. 그리곤 곧 두 눈을 감고 삼라귀원선법을 운기행공하기 시작했다.

화아아아아악!

환한 빛이 순식간에 일어나 그들 세 사람을 감싸 안았다.

그러자 얼마 안 있어 두 모자지간은 서로 마음이 연결되어 뜻을 주고받을 수 있게 되었다.

물론 그 사이에는 테이도 또한 존재했다.

마음의 대화는 현실에서의 대화보다 훨씬 길게, 그리고 좀 더 생생하게 이루어졌다.

마음이 연결되니 서로의 감정까지 공유가 된 것이다.

그들 세 사람은 하고 싶고 들려주고 싶은 이야기들을 원없이 하게 되었다.

잠시 후.

이제 헤어짐의 시간이 다가왔다.

필요한 대화는 마음을 통해 넘칠 만큼 했기에 이제 더 이상 미련은 남아 있지 않으리라.

엘프 여인은 힘겹게 손을 내밀어 큰 눈에 작은 눈물을 보이고 있는 어린 아들의 얼굴을 매만졌다.

"그, 그럼 앞으로 스승님의 말씀을 잘 따라서 후… 훌륭한 엘프가 되도록 해라. 아… 알았지?"

"훌쩍훌쩍. 아, 알았어. 걱정 말아, 엄마. 프로이는 앞으로 훌륭한 하이 엘프가 돼서 엘프의 수호신이 될게."

그녀는 입가에 작은 미소를 지었다.

아들의 모습은 그녀의 시선에 더 이상 비춰지지 않았지만 이제는 안심할 수가 있었다.

더없이 훌륭한 스승이 아들의 보호자이지 않은가.

더 이상의 미련은 없었다.

"그, 그래. 그럼 이 어미는 먼저 정령의 세계로 가 있으마. 나, 나중에 그럼 우리 꼭 다시 보, 보기로 하⋯⋯."

툭.

아이의 얼굴에 닿아 있던 그녀의 손길은 결국 떨어져 내리고 말았다.

그녀는 이제 정령의 세계로 돌아간 것이다.

"흑흑흑."

프로이는 울지 않기 위해 애썼다.

엄마하고 마음으로 대화를 나눌 때 약속했다.

울지 않기로.

프로이는 사내아이이니까 울지 말아야 한다고.

'하아, 정말 괜찮은 여인인데 아쉽게도 떠나고 말았군. 간만에 대화가 통하는 그런 상대였는데 말이야.'

아쉬운 표정을 짓는 테이도.

방금 전, 마음의 대화를 통해 알게 된 그녀의 본모습은 너무나 아름다운 것이었다.

앞으로 그와 같은 여인은 다시 만나보지 못하리라.

그는 흐느껴 우는 프로이의 작은 어깨를 만져 주었다. 그리곤 조금이라도 마음이 안정되게 해주기 위해 아이의 몸에 원신금단의 힘을 전해주었다.

스스스스스.

아이는 잠시 후 잠들었다.

아이들은 오래지 않아 깨어났다.

모두 초췌한 모습으로 있었는데, 그것도 테이도가 곧장 7써클의 회복마법인 리커버리를 펼쳐 금세 활기찬 모습으로 바뀌었다.

"자아, 자, 어서 서둘러라! 지금 당장 드레듀스 섬으로 떠날 테니!"

아이들은 정신을 차리자마자 사부가 서두르는 기색을 보이자 궁금하다는 듯이 물었다.

"사부, 어떻게 된 일이에요?"

"다 끝난 거 아닌가요? 놈들의 소굴을 완전히 부숴놓았잖아요."

"이제 이곳엔 별다른 게 느껴지지 않는 것 같은데요?"

테이도는 아이들의 질문에 짧게 대답했다.

"한 놈이 도망쳤다."

세인아가 사부의 대답에 재차 물었다.

"혹시 그놈, 커다란 눈알처럼 생긴 놈 아니에요? 우리의 정신 속을 침입했던 그 요족이요?"

펄럭펄럭.

테이도는 아이들이 누워 있던 양탄자를 털어내며 바쁘다는 듯이 말했다.

"그래그래. 바로 그놈이 도망쳤다. 어서 너희들도 소지품이나 뭐 다른 어떤 가지고 갈 게 있으면 챙겨라. 시간이 많이 없어."

요족들의 왕.

제사장은 분명 요왕을 언급하며 자신에게서 도망쳤다.

수만 년 전에 용족의 왕에게 봉인당했다던 그 요왕.

불길했다.

미약하긴 하지만 그의 기감 속엔 지금 드레듀스 섬에서 풍겨오는 어떤 요기를 느끼고 있는 중이었다.

이 먼 곳에까지 풍겨오는 요기라니…….

자신의 현재 힘으로 놈을 막아낼 수 있을지 어떨지 알 수가 없었다.

서둘러야 했다.

"야야야! 빨랑빨랑 못해! 저기에 놔둔 마법 배낭은 왜 그냥 놔둔 거야!"

아이들은 지금 사부가 바쁘다고 하는데도 대전의 이곳저곳을 돌아다니며 뭔가 가져갈 게 있나 살피고 있었다. 그래도 이곳이 요족들의 성전이니 쓸 만한 게 많이 있을 거라 생각한 것이다.

"와우, 이건 사부가 좋아하는 마나석 같은데? 그리고 이건 사람의 심신을 가라앉히는 아로마석인 것 같고!"

크리티안이 대전 안쪽의 한 석실에서 기쁜 듯 큰 소리로 외쳤다.

휘이익.

그러자 바람 소리가 한번 들리고 테이도는 어느샌가 크리티안이 있는 석실로 들어가 마나석을 주워 들고 있었다.

"오호, 최상급의 품질들이로군. 헤헤헤, 이거 괜찮은 마법 무구나 마법 물품을 대량으로 만들 수가 있겠는걸."

아이들에게 서두르라고 하던 그가 마나석을 보자 입가에 환한 미소를 담으며 희희낙락하고 있다.

"사부, 사부! 제가 발견한 것이니까 저한테 몇 개의 마법 물품을 만들어주셔야 해요? 아셨죠?"

크리티안이 테이도의 팔에 매달리며 말했다.

"헤헤, 그래, 그래. 내 너한테 두 개 정도 쓸 만한 것들을 만들어주마."

"에게, 달랑 두 개요?"

"그것도 많은 거다, 이놈아."

테이도는 석실 내에 있는 백여 개의 마나석과 그 밖의 아로마석을 비롯한 모든 보물들을 자신의 아공간에 한꺼번에 쓸어 담았다. 그리곤 다시 큰 소리로 외쳤다.

"이놈들아, 빨리 서둘러라! 지금 당장 떠나야 해!"

다른 석실을 돌아다니며 필요한 것들을 챙기고 있던 아이들은 사부의 재촉에 할 수 없다는 듯 밖으로 나왔다.

"자아, 자! 다음에 와서 그때 제대로 뒤져 보면 되니까 얼른 이리로 와. 게이트!"

마법의 시동어를 외치자 바로 아이들 눈앞에 커다란 검은 공간이 생겨났다.

테이도는 아이들을 서둘러 그 안으로 들여보내고는 자신도 게이트의 공간 속으로 들어가 사라졌다.

지이이이잉.

메이지 시.

이곳은 드레듀스 섬의 북동부에 자리한 도시다.

마법사의 도시이자 드레듀스 섬에 있는 칠십여 개의 도시가 외교관을 비롯한 검사들을 파견하여 일을 보는 곳.

아마 드레듀스 섬의 도시 중에 이곳보다 안전하고 치안 상태가 좋은 도시는 없을 것이다.

한데 오늘따라 이곳 메이지 시의 분위기는 전과 다르게 우울하게 가라앉아 있었다. 즐겁게 일을 하려고 해도 왠지 도시안의 사람들은 기분이 계속 가라앉았다.

마치 무언가 불길한 것이 다가오기라도 할 것처럼 말이다.

메이지 시의 7층 청사.

대머리에 푸른색의 수염을 길게 기르고 있는 클리우스 마법사는 좀 전부터 이상하게 가슴이 두근거려 고개를 갸웃거리고 있었다.

클리우스는 메이지 시의 시장이었는데, 그는 6써클을 마스터한 마도사였다.

테이블 사이에 마주 보고 있는 두 명의 노인.

클리우스는 자신과 같은 마법 경지에 있는 그 둘에게 물었다.

"이상하지요?"

"그렇습니다, 클리우스님. 웬일인지 조금 전부터 대기 속에 녹아 있는 마나가 흔들리고 있는 것 같은데 무슨 일인지 모르겠군요."

갈색 머리를 한 카나토 마도사의 말에 옆에 같이 있던 오렌스 마도사도 한마디 했다.

"으음, 테이도님이 석 달 전에 해준 말이 문득 떠오르는군요. 요족이란 괴물 놈들이 어쩌면 조만간에 무슨 일을 저지를지 모른다고."

"요족이라. 처음엔 테이도님의 그 같은 말을 믿기가 어려웠는데……."

"그렇지요. 하지만 실제로 우리가 그 요족 놈들을 보고 얼마나 크게 놀랐습니까. 검사나 마법사들을 잡아먹으며 힘을 키운다니 그 얼마나 끔찍한 일입니까."

클리우스는 생각만 해도 몸서리쳐진다는 듯이 몸을 부르르 떨었다.

실내는 잠시 조용해졌다.

세 마도사는 잠시 아무 말도 없이 테이블에 있는 찻잔을 들어 한 모금씩 마시며 테이도를 생각했다.

이들과 테이도와의 인연은 벌써 2년이 다 되어갔다.

그들은 테이도의 마법 능력에 대해 놀라워하며 그를 자신들 메이지 시의 시장으로 선출하려고 했었다.

7써클의 마법을 전부 시동어만으로 시전하는 말도 안 되는 능력.

그건 대마도사라는 7써클의 경지가 결코 아니었다.

마법에는 8써클의 경지도 있었다.

클로무스 대륙에 살고 있다는 엘프 중에는 8써클이라는, 인간에게는 없는 그런 마법의 경지를 이룬 자도 있다고 했다.

하지만 아무리 8써클의 엘프라고 해도 시동어만으로는 마법을 펼치지 못한다.

마법을 시동어만으로 시전한다면 그건 단순한 인간이 아닌 신적인 그 무엇인가로 봐야 했다. 당연히 메이지 시의 세 마도사는 테이도를 우러러 보았고, 그의 말이라면 뭐든지 들어주려고 했었다.

"아무래도 우리가 밖으로 한번 나……."

클리우스 마도사가 막 뭐라고 얘기할 때였다.

흔들흔들.

갑자기 지진이라도 난 듯 실내가 작은 움직임을 보였다. 그리고 갑자기 청사의 밖에서부터 웅성거리는 소리가 크게 들려왔다.

"이게 갑자기 무슨 일인가요?"

"그, 그러게요."

세 마도사는 재빨리 집무실의 커다란 창문으로 다가가 바깥을 살펴보았다. 그리곤 다들 믿을 수 없다는 눈빛들을 내보여야만 했다.

"크아아아아앙—!"

"쿠오오오!"

"으아악! 이 괴물들아, 죽어랏!"

갑자기 어디서 나타난 건지 시의 중심부에 수백, 수천의 괴물들이 모습을 드러내 시민들을 공격하고 있었던 것이다.

드드드드득!

그때 지반이 흔들리며 어디선가 굉음이 들려왔다.

세 마도사가 시선을 오른편으로 급히 돌려보니 이내 괴물들이 어디서 나타나고 있는지 알 수 있었다.

작은 숲이 조성되어 있는 공원.

굉음과 함께 잔디밭이 크게 갈라지며 그곳의 열려진 공간으로부터 괴물들은 나오고 있었다.

쿵쿵쿵!

"크아아아아앙!"

"괴물들이다! 모두 뒤로 피해라!"

"치안대원들은 지금 뭐 하는 건가? 어서 마법사님들을 모셔오도록 해라! 으아악!"

시민들의 모습에 다급해진 클리우스 시장.

"이런, 빨리 나가 봅시다."

클리우스 마도사의 말에 두 마도사는 얼른 마법을 캐스팅하며 창밖으로 몸을 띄웠다.

"플라이!"

CHAPTER 10
삼십육광휘불

화르르르르르.

검은 불길이 거세게 타올랐다.

메이지 시는 삽시간에 아수라장이 되어버리고 말았다.

집체만 한 괴물들은 도시의 건물들을 온몸으로 부수며 사람들을 찾아 잔인하게 죽였다.

후드드드득! 쿠웅!

"으아악! 누가, 누가 나 좀 구해줘요!"

건물 벽이 무너지며 한 사내가 그 밑에 깔리고 말았지만 지금은 누구 하나 그를 구해줄 여유가 없었다.

도시 안에는 지금 괴물뿐만이 아니고 바닥에서 이상한 나무들이 솟구쳐 올라 사람들을 나무줄기로 조여서 죽이고 있었던 것이다.

쩌저저거적!

그때 흙바닥이 갈라지며 또 하나의 괴물 나무가 솟구쳐 올라와 방금 전 석벽에 깔린 사내의 몸을 감싸기 시작했다.

"으아악!"

사내는 짧은 비명을 내지르고 난 뒤 곧 축 늘어져 죽고 말았다.

"까아아아아악—!"

"나, 나무 괴물이다! 모두 피해랏!"

스르르르르!

나무 괴물은 자신의 가지를 길게 내밀며 주위를 맴돌고 있는 시민들을 하나씩 잡아채기 시작했다.

"으아아앙! 엄마!"

엄마를 잃은 한 꼬마 아이가 바닥에 쓰러져 울기 시작한다.

"모두 당황하지 마라!"

멀리서 괴물들과 전투를 벌이고 있던 한 검사가 나무 괴물의 모습을 보고는 큰 소리로 외쳤다. 그는 재빨리 자신의 길을 막고 있는 괴물을 독검으로 베어 넘기고는 바닥에 넘어져 있는 아이를 구하기 위해 뛰어갔다.

슈우우우우웅!

퍼퍼펑!

그때 어디선가 날아온 파이어볼이 나무 괴물의 몸체를 강타했다.

화르르르르르!

녀석은 불길이 몸에 닿자마자 쥐 죽은 듯 가만히 멈추어 섰고, 검사는 다행히 아이를 무사히 구해낼 수 있었다.

"모두 뒤로 피하시오!"

"크아아앙!"

방금 전에 파이어 볼을 날린 마법사는 또다시 마법을 하나 캐스팅하여 그것을 근처에 있는 괴물들에게 날려주었다.

"라이트닝 볼트!"

파직! 파지지지직!

괴물들은 비명 지를 틈도 없이 번개 공격에 새카맣게 감전되어 쓰러졌다. 하지만 괴물들은 그게 다가 아니었다.

쿵쿵쿵!

어느새 주위엔 육식 공룡과 대형 몬스터 수십여 마리가 또다시 몰려든 것이다.

"크아아아아앙!"

"키리리릭."

"이, 이런."

마법사는 절망에 빠지고 말았다.

괴물들은 계속해서 몰려들고 있는데 자신의 능력으로는 더 이상 주위의 시민들을 구해줄 수가 없었던 것이다. 하지만 할 수 있는 데까지는 해보아야 했다.

정신을 모으고 다시 캐스팅에 들어가는 마법사.

하지만 어느샌지 또다시 나무요족이 바닥을 뚫고 솟구쳐 올라와 그의 몸통을 휘감았다.

'아아, 끝장이로구나.'

마법사는 두 눈을 감고 자신의 죽음을 기다렸다.

시간은 흘렀다.

'응? 이상한데.'

마법사는 시간이 흘러도 자신의 숨결이 계속해서 이어지자 이상한 생각에 눈을 떠보았다.

"뭐야?"

이상한 일이었다.

언제 자신의 몸이 바닥에 착지한 채 서 있었단 말인가.

그가 의아하다고 생각하는 그 순간, 주위에선 난데없는 시민들의 환호성이 터져 나왔다.

"와아아아아! 무신이다, 무신이야!"

"검은 머리의 무신! 그녀는 암흑의 전신이다!"

"와아아아! 우리는 살았다! 암흑의 전신은 괴물들에게는 사신이나 마찬가지다! 와아아아."

마법사가 시선을 돌려 뒤를 바라보니 웬 여자 아이가 묵빛을 띠는 검을 들고 수십여 마리의 괴물들 틈에 서 있는 게 보였다.

타이니는 방금 전 마법사를 구하고는 재빨리 사람들을 공격하고 있는 괴물 틈으로 스며들었다.

"크아아아아앙!"

"쿠오오오!"

크게 포효를 터뜨리는 괴물들.

타이니는 별다른 표정 변화 없이 자신에게 달려드는 괴물들을 향해 천마도를 한번 휘둘러 주었다.

슈아아아악!

그러자 녀석들은 마치 스스로가 얼음이 되기라도 한 듯 제자리에 가만히 멈추어 서 있기만 했다. 그때 어디선가 불어온 한줄기 바람이 녀석들의 몸을 스치고 지나갔다.

휘이이이이잉!

털썩! 털썩!

괴물들의 몸통은 가벼운 바람의 힘에 밀려 하나둘씩 잘게 분리되어 바닥으로 쓰러졌다.

시민들은 놀란 눈을 하고는 다시 암흑의 전신에게로 시선을 돌렸다. 하지만 이미 그녀는 장내에서 사라지고 보이지 않았다.

슈아아아아앙!

크리티안과 에란트는 메이지 시의 번화가 위를 어기비행의 경신술로 날고 있었다.

빼곡히 들어찬 식당과 상점이 줄지어 늘어선 게 보인다. 아니, 현재는 그것만 보이는 게 아니라 수많은 괴물들이 사람들을 공격하여 잡아먹고 있는 것도 볼 수 있었다.

"크아아아아앙!"

"으아악!"

마법사와 검사들이 사력을 다해 막아보고 있지만 워낙에 많은 수의 괴물이 한꺼번에 몰려들어 그들은 점점 궁지로 몰리고 있었다.

"에란트! 빨리 놈들을 처치하자!"

"좋아!"

아이들은 곧바로 독문 병기들을 꺼내 들고는 괴물 놈들에게 자신들의 힘을 사정없이 내보였다.

슈아아아아아악!

먼저 크리티안의 태양류가 놈들이 밀집되어 있는 곳으로 날아갔다. 그리고 뒤이어 에란트의 만년옥소에서 한줄기의 음이 흘러나와 괴물들을 향해 퍼져 나갔다.

삘리리리리리.

순간, 번화가에 몰려 있던 마법사와 검사, 그리고 많은 수의 시민들은 놀라운 광경을 목도하게 되었다.

그 많은 거대 괴물들이 제대로 된 싸움 한번 못해보고 빠르게 쓰러지고 있었던 것이다.

쿠콰콰콰콰콰콰—

붉은 섬전이 지나가고 있는 곳은 그 무엇이든 터져 나갔다. 또한 한쪽에 몰려 있던 괴물들은 무슨 일인지 눈과 입과 같은 구멍에서 갑자기 피를 흘리며 스스로 무너지고 있었다.

이것은 어디선가 들어보고 또한 지켜보았던 광경이다.

마법사들 사이에서 누군가가 큰 소리로 외쳤다.

"무신들이다! 우리 메이지 시에 태양의 화신과 생멸의 여신이 강림했다!"

그러자 주위에 있던 모든 시민들이 만세를 부르며 환호하기 시작했다.

"저기, 저기다! 바로 저 하늘 위에 두 분이 계신다!"

"와아아아! 무신들이다, 무신들이야! 우리 메이지 시를 구하기 위해 오셨다!"

"와아아아아아아아!"

용케도 두 아이의 공격을 피해 살아남은 괴물들이 사람들의 커다란 함성에 당황하기 시작했다. 하지만 녀석들이 숨을 쉴 수 있는 시간도 그게 마지막이었다.

크리티안과 에란트.

이 아이들의 두 번째 공격이 지금 막 시작되었기 때문이다.

쿠콰콰콰콰콰콰!

삘리리리리리!

3층으로 이루어진 대저택.

지이이이잉.

갑자기 허공 중의 한곳이 열리며 테이도가 모습을 드러냈다.

그는 저택의 정원을 한차례 쓸어보더니 시선을 구석진 자리에 고정시키고는 곧바로 일을 하기 시작했다.

"빌어먹을 놈들 같으니라고. 이 자식들이 언제 여기다 이런 요법진을 다 설치한 거지?"

그가 바라보고 있는 잔디밭에는 사람의 눈에는 보이지 않는 그런 요족들의 요법진이 설치되어 있었다.

"빨리 해제해 버려야겠군."

테이도는 아이들과 이곳 메이지 시로 오자마자 프로이는 자신이 만든 결계로 들여보내 안전하게 몸을 숨길 수 있게 하고는 남은 네 제자 아이들에게는 메이지 시에 몰려든 괴물들을 쓰러뜨리라고 시켰다. 그리고 자신의 경우는 괴물들을 토해내고 있는 요법진을 찾아 파괴하고 있는 중이었다.

스스스스스.

테이도가 손을 한번 흔들자 정원에 있던 요법진은 흔적도 없이 사라졌다. 이제는 눈으로 한번만 보면 그 어떤 복잡한 결계나 마법진이라도 단번에 해제시킬 수 있게 된 그였다.

"이제 두 개만 더 없애면 되는 건가? 눈알 자식부터 찾아내 죽이려 했더니만, 제길. 빨리 남은 두 개도 마저 없애고 눈알 자식을 찾아봐야겠군."

미간에 살짝 주름을 만든 그는 곧 공간이동술을 펼쳐 정원에서 사라졌다.

"일보만리!"

*   *   *

메이지 시의 세 마도사는 잠시도 쉬지 않고 계속해서 마법을 시전하고 있었다.

"플레임 랜스!"

"파이어 필드!"

퍼퍼펑!

수십의 괴물들은 어디선가 시작된 불의 공격으로 온몸이 불에 타 서서히 죽어갔다.

"크아아아아앙!"

화르르르르!

마도사들은 지금 십여 명의 검사대원들에게 보호를 받은 채 3층으로 된 건물의 옥상에 서 있었다.

괴물들과 바닥에서 갑자기 솟구쳐 오르는 나무 괴물이 주로 몰려 있는 곳만을 찾아다니며 이렇게 마법으로 한꺼번에 처치하고 있었던 것이다.

"저기 외곽 쪽에서 신호가 왔습니다. 동북쪽의 주택가 시민들을 대피소로 모두 들여보낸 모양입니다."

오렌스 마도사의 말에 클리우스가 고개를 끄덕이며 대답했다.

"그럼 이번엔 제가 대단위 마법을 사용하지요."

"예. 방금 전에는 제가 했으니."

그때 카나토 마도사가 둘의 사이에 끼어들며 재빨리 말을 꺼내 들었다.

"가, 가만, 그럴 필요가 없을 듯하군요. 저길 보세요. 금빛 머리의 소녀가 보입니다. 아무래도 광휘의 성신이라는 그 무신이 아닌가 생각이 드는군요."

클리우스와 카나토 마도사는 그의 말에 고개를 끄덕였다.

광휘의 성신이라 불우는 무신은 지금 하늘을 빠르게 날아다니며 손에서 무언가를 내던지고 있었는데, 그럴 때면 수십 마리의 괴물이 한꺼번에 무너졌다.

그 속도가 너무나 빨라 그곳에 있던 수백의 괴물은 얼마 지나지 않아 모두 쓰러지고 말았다.

"허허, 정말 엄청나군요. 저렇게 많은 수의 괴물을 숨을 몇 번 내쉬지도 않는 짧은 시간 동안 모조리 쓰러뜨리다니……."

오렌스 마도사의 말에 카나토가 대답했다.

"그건 당연한 거 아닌가요? 네 명의 무신은 모두 테이도님의 제자 분이라고 했으니 말이에요."

"어쩌면 테이도님도 이곳에 와 계실지 모르겠군요. 제자

분들이 이곳에 있는 걸로 봐서요. 안 그렇습니까?"

"으음, 아무래도 그럴 확률이 많겠지요."

마도사들의 머릿속에 순간적으로 테이도의 얼굴이 떠올랐다.

검은 머리에 이상하게 생긴 얼굴.

하지만 자신들의 가슴을 설레게 할 정도의 그런 상상을 불허하는 마법 실력을 가진 신과 같은 분이었다.

"그럼 뭐, 여기의 일은 깨끗이 잘 마무리가 되겠군요."

"하하, 그건 당연한 거지요."

쿠쿠쿠쿠쿠!

그때였다.

무슨 일인지 갑자기 멀쩡했던 하늘에서 굉음이 들리며 시커먼 먹구름들이 몰려들기 시작하는 게 아닌가?

어둡고도 불길한 기운을 내뿜는 먹구름.

우우우우우웅!

이건 단순한 자연현상이 절대로 아니었다.

"크으윽!"

"이, 이건 대체 무슨 일이."

마도사들이 갑자기 얼굴을 보기 흉하게 일그러뜨리기 시작하며 무언가에 대항하는 그런 모습을 취했다. 지금 그들의 정신 속을 누군가가 침입하려 하고 있었던 것이다.

마도사들의 정신력은 평범한 인간들과는 비교할 수 없이

강한데도 불구하고 지금 그들은 무척이나 힘겨운 표정들을 짓고 있었다.

"으윽!"

그들은 고개를 들어 자신들의 정신을 침입하려는 자를 찾아보았다.

먹구름이 회오리를 이루고 있는 하늘 위.

이상한 눈알의 형태를 한 괴물이 회색빛의 기류를 뿜어내며 자신들 세 마도사를 바라보고 있었다.

우우우우우웅!

지금 요족들의 제사장은 마도사들의 정신을 제압하여 자신의 수족으로 부리려 하고 있었던 것이다. 만일 그들을 자신의 수족으로 만든다면 이곳을 불바다로 만드는 일이 좀 더 수월할 것이기 때문이다.

생각해 보라.

6써클의 마도사 세 명이 이곳 메이지 시에 대단위 마법을 펼친다면 그 결과가 어떠할 것인지.

"절대로 지지 않는다!"

마도사들은 사력을 다해 정신의 문을 보호했다.

하지만 그들의 얼굴엔 점점 땀이 비 오듯 흘러내리기 시작했고, 얼마 지나지 않아 그들은 서서히 자신들 정신의 문이 열리는 소리를 들어야 했다.

―우와아아아아아아아!

바로 그 순간, 어디선가 폭풍과도 같은 외침이 마도사들에게 들려왔다.

그 외침엔 사악한 힘을 물리치는 힘이 담겨 있어 허물어지려는 마도사들의 정신은 다시 철벽으로 둘러싸여지게 되었다.

멀리서 괴물들과 싸우고 있던 세인아.

그녀는 하늘 위에 있던 제사장이 마도사들을 정신 능력으로 제압하려고 하자 불성의 절기 중 하나인 사자후(獅子吼)로 녀석의 요기를 단숨에 끊어버린 것이었다.

스윽.

제사장은 시선을 옮겨 자신의 일을 방해한 세인아를 바라보았다.

'크르릉! 저 인간은 네 명의 무신 중 하나라는 광휘의 성신이로구나. 나의 정신 공격을 가장 오래도록 버틴 그 아이.'

제사장은 자신들 성전에서 만났던 세인아를 조금은 껄끄럽다는 듯이 바라보았다.

세인아가 익힌 반야대능력이란 신공은 파사(破邪)의 기운이 다른 아이들이 익힌 신공과는 비교할 수 없이 뛰어난 그런 무공이었다. 제사장의 능력이 세인아보다 월등히 강하긴 해도 그녀를 제압하기 위해서는 다른 아이들보다 두 배 이상의 힘이 소모되었다.

'으음, 저놈을 어떻게 상대하지? 완벽하지는 않지만 한번 불존주의 네 번째 초식을 사용해 볼까?'

세인아는 속으로 제사장을 어떻게 상대해야 할지 고민하기 시작했다. 초절정의 극의에 이른 지금의 능력으로도 저 눈알 요족한테는 어림도 없으니 한번 불광이십사존(佛光二十四尊)이나 펼쳐 볼까 하는 생각이 들었다.

'좋아, 한번 해보자! 불광이십사존은 사실 심무경의 초입에 이르러야 본래의 위력이 나온다고 했지만 나한십팔천으로는 어림도 없으니 한번 해보는 거야.'

세인아는 눈을 빛내며 바로 손에 들고 있는 불존주를 치켜들었다.

바로 그때였다.

지이이잉.

제사장이 떠 있는 허공보다 60여 미터 정도 위의 한 공간이 열리며 누군가가 갑자기 모습을 드러내는 것이 아닌가?

검은 머리를 휘날리며 나타난 사내, 그는 테이도였다.

"와아, 사부―!"

세인아가 사부를 크게 부르며 이제는 다행이라는 표정을 지었다.

테이도는 잠깐 세인아의 모습을 눈에 담고는 곧바로 고개를 돌려 제사장을 노려보았다.

"너, 이 새끼! 아까 나한테서 도망."

그의 말은 끝까지 이어지지 못했다.

제사장이 또다시 자신의 몸을 수천 개로 나누며 사방으로 도망치기 시작했던 것이다.

슈슈슈슈슈슉!

하지만 테이도는 웬일인지 여유가 있는 표정이었는데, 그건 마치 네놈이 나한테서 도망을 칠 수 있겠느냐 하는 그런 표정이었다. 그리고 그것은 곧 현실로 나타났다.

수천 개의 눈알은 일정 공간 안에서 더 이상 밖으로 나가지 못하고 있었던 것이다.

"흥! 바보 같은 요족 놈. 내가 아까 같은 실수를 또 할 줄 알았나?"

그렇다. 테이도는 제사장이 있는 허공으로 공간이동을 해 오자마자 바로 절대결계를 녀석이 머무는 자리에서 200여 미터 정도로 둥글게 쳐 두었던 것이다.

그의 마법적인 능력 중 가장 뛰어난 것은 공간 계열의 마법인지라 지금 그가 펼쳐 놓은 절대결계는 상대가 신이 아닌 이상은 절대로 빠져나갈 수가 없는 그런 것이라 할 수 있었다.

'이런! 나의 능력으로도 빠져나갈 수가 없구나.'

퉁퉁퉁.

제사장은 아무리 해도 투명한 막으로 이루어진 결계를 뚫고 나갈 수가 없자 할 수 없이 도망치려던 것을 포기했다.

스윽.

수천 개의 눈알이 천천히 뒤돌아섰다.

한데 웬일인지 제사장도 테이도와 마찬가지로 여유가 있어 보였다. 그리고 테이도는 녀석이 지금 왜 여유 있는 모습을 보이고 있는지 금세 알게 되었다.

쿠쿠쿠쿠쿠쿠—

흔들리고 있었다.

저 멀리 메이지 시의 청사 앞에 있는 광장이 거칠게 흔들리며 거대한 요기를 뿜어내기 시작했다.

테이도의 표정이 급격히 어두워졌다.

"제기랄, 이건 상상을 초월하는 요기잖아. 저걸 어떻게 막아내지?"

쩌저저저저적.

300여 미터에 이르는 광장이 마침내 갈라지기 시작했다. 그리고 서서히 무언가가 지상으로 나오기 시작했다.

이곳이었다. 이곳 메이지 시가 바로 요족들의 왕이 수만 년 전에 봉인된 그 장소였던 것이다.

테이도는 자신의 능력으로는 죽었다 깨어나도 지금 지상으로 올라오고 있는 놈을 이길 수 없음을 깨달았다.

—네 녀석은 이제 각오하는 게 좋을 것이다. 감히 얼마 남지 않은 우리 요족들을 무참히 죽인 죄, 이제 우리의 요왕께

서 네놈의 목숨을 거두시리라.

　제사장이 정신감응을 일으켜 테이도에게 뜻을 보냈다.

　"넌 찌그러져 있어."

　성질이 난 테이도는 손을 흔들었다.

　후화아아아악!

　상서로운 금빛의 기운이 결계 안을 휩쓴다. 그러자 수천 개
로 나누어진 눈알들이 갑자기 몸을 비비 꼬며 고통에 찬 모습
을 보였다.

　'으으윽! 저, 저놈이.'

　원신금단의 힘을 절대결계의 공간에 흘려 넣자 제사장의
요핵이 힘을 잃고 일부의 요기를 테이도에게 흡수당한 것이
다.

　"저걸 막긴 막아야 되는데… 우와, 이거 미치겠네."

　테이도의 머릿속은 복잡했다.

　쩌저저저저적!

　서서히 광장을 뚫고 나오고 있는 그것은 요왕이었다.

　그리고 요왕은 신이었다.

　천상계에는 신왕과 마왕, 그리고 정령왕이 있다고 하는데,
그것들은 다 신이었다. 왕이란 이름이 붙은 것들은 다 신적인
능력을 가지고 있는 녀석들인 것이다.

　후득, 후드드득.

광장을 먼지로 가득 채우며 나오는 요왕은 진정 괴물 같은 모습을 하고 있었다. 세 개의 기괴하게 생긴 머리가 삼면을 바라보고 있는 그것의 크기는 무려 100여 미터나 되었다. 머리통의 크기가 그 정도인데 전신이 드러나면 그것은 또 얼마나 크겠는가.

"으아악! 살려줘!"

"모두 피해라! 빨리 피해!"

스스스스슷.

한 줌의 먼지가 되어 사라지고 있는 시민들.

"모두 회색빛 안개에서 물러서라. 그건 바로… 으아악!"

아수라장이었다. 광장의 근처에 있던 시민들은 요왕이 중간계에 강림하며 내뿜는 회색빛 기류에 원기를 빼앗기며 순식간에 먼지가 되어 사라지고 있었다.

"오오! 신이시여!"

시민들은 절망했다.

상상을 초월하는 힘이었다.

그리고 시간은 그리 많지 않았다.

저 요왕이 완전히 모습을 드러내면 정말 어떻게 할 방법이 없는 것이었다.

"으으으, 어떡하지? 어떡하지?"

안절부절못하는 테이도.

그는 온갖 번뇌에 둘러싸인 그런 얼굴로 요왕이 중간계로 강림하는 것을 지켜보아야만 했다.

시간은 점점 흘러갔다.

그에 따라 요왕이 흘리는 요기는 더욱 강력해져 갔다.

그리고 그걸 지켜보는 테이도의 얼굴은 더더욱 일그러져 갔다.

시간이 없었다, 시간이.

"우와와와와와—!"

크게 고함을 내지르는 테이도.

"씨부럴, 할 수 없군."

그는 결국 마음의 결심을 내리고야 말았다.

"세인아, 이리로 와보거라."

세인아는 거대한 요기를 흘리는 괴물을 몸을 부르르 떨면서도 악착같이 노려보고 있다가 사부가 전음을 보내오자 얼른 신형을 날렸다.

휘이이익.

"사부, 사부! 저 괴물을 어떻게 하지요?"

세인아가 근심이 묻어나는 얼굴로 묻는다. 하지만 테이도는 그저 오른손을 세인아에게 내밀면서 한마디를 했을 뿐이다.

"불존주를 줘봐라."

"예? 저의 불존주를요?"

"그래. 얼른 줘봐. 시간이 그리 많지 않아."

세인아는 사부가 심각한 표정으로 말하자 고개를 갸웃거리고는 곧 자신의 불존주를 사부에게 건네주었다.

테이도는 불존주를 만지작거리며 광장을 바라보았다.

"죽어라, 이 괴물아!"

쿠아앙!

세 아이와 세 마도사가 보였다.

지금 그 여섯 명은 사력을 다해 요왕을 향해 맹공을 퍼붓고 있었다. 다들 얼굴엔 두려움이 묻어나 있었지만 지금 이 괴물을 처치하지 않으면 세상은 멸망의 길로 갈 것이란 생각에 악착같이 덤비고 있는 것이었다.

"파이어 스톰!"

"체인 라이트닝!"

"인시너레이트!"

강한 파괴력을 지닌 마법의 시동어를 동시에 외치는 마도사들. 그것은 곧장 허리 바로 위까지 빠져나온 요왕의 거대 몸체를 향해 강한 폭발을 일으키며 공격해 들어갔다.

쿠콰콰콰콰콰!

마도사의 공격에 맞추어 세 아이도 자신들이 현재 쓸 수 있는 최강의 공격 초식들을 펼쳤다.

크리티안의 경우는 태양류의 네 가지의 초식 중 세 번째인 태양멸멸(太陽滅滅)을 사용했다.

그리고 타이니의 경우는 천마도의 다섯 가지 초식 중 네 번째인 천마지옥멸(天魔地獄滅)을, 마지막의 에란트의 경우는 귀곡초혼(鬼哭招魂)을 연주했다.

쿠아앙!

쿠콰콰콰콰콰콰콰!

감히 상상을 할 수 없는 공격들이 연이어 펼쳐지니 장내에는 온갖 빛이 사방을 누비고 귀청을 아프게 하는 굉음이 계속해서 터져 나왔다.

하지만 그 같은 공격은 오히려 요왕의 화만 키우는 꼴이 되고 말았다. 녀석은 자신의 세 개의 얼굴에 있는 입을 동시에 벌리고는 힘찬 바람을 내뿜었다.

후아아아아앙!

"휴우우, 자리를 보고 덤벼야지, 저게 뭐 하는 짓이야?"

테이도는 요왕이 입에서 바람을 일으키는 순간에 그들 여섯을 자신이 있는 근처로 바로 공간이동을 시켜 버렸다.

그러자 요왕이 내뿜었던 바람이 그들이 있던 자리를 한순간에 녹여 버리고 말았다.

치지지지직.

바람의 영역은 주위 300여 미터를 덮어버렸기 때문에 잘못했으면 그들 여섯은 한순간에 고혼이 될 뻔한 것이다. 물론 아이들의 경우는 호신강벽을 두르면 어느 정도 버틸 수가 있는 공격이었지만 마도사들은 그게 아니었던 것이다.

스스스스슷.

사라졌던 그들이 다시 모습을 드러낸 곳은 테이도가 떠 있는 하늘의 바로 아래에 있는 한 건물의 옥상이었다.

그들은 어리둥절한 표정을 짓고 있다가 한줄기 전음 소리에 다들 고개를 들어 하늘 위를 바라보았다.

"까불지 말고 다들 거기에 있어. 저놈은 이제부터 내가 알아서 할 테니."

세 아이는 사부의 곁에 세인아의 모습이 보이자 얼른 신법을 펼쳐 하늘 위로 올라갔다. 한데 이제 보니 사부가 있는 곳의 근처에 제사장의 모습이 보이는 게 아닌가.

아이들이 막 제사장을 향해 공격하려는 찰나, 테이도가 한마디 했다.

"소용없다. 절대결계를 허공에다 쳐 두었으니."

아이들은 사부의 모습이 전과 다르게 잔뜩 일그러진 모습을 하고 있자 고개를 갸웃거리며 물었다.

"사부, 왜 그래요? 어디 몸이 불편한 곳이라도 있나요?"

"혹시 저기에 있는 괴물 때문에 그러시는 건가요? 사부님의 능력이라면 당연히 처치할 수 있는 거잖아요."

"으음, 어려운가요?"

테이도는 아이들의 질문에 처연한 표정을 지었다.

"휴우우, 됐다. 너희들의 질문에 대답할 기력이 나는 없다. 귀찮구나. 만사가 귀찮아."

스윽.

테이도는 왼손을 들어 올렸다.

그리곤 절대결계 안에 갇힌 제사장에게 다시 한 번 손을 휘둘러 녀석의 요기를 흡수했다.

ㅡ크아악! 이노옴!

그러자 하늘에는 고통에 몸을 비비 꼬는 요족과 넘치는 힘에 몸을 부르르 떠는 그런 인간의 모습이 연출되었다.

'됐다. 몸이 변화를 일으키기 시작했으니 이제는 마음을 편안히 놓아두자. 무형의 경지에 이르러 다른 세계로 가면 그만이야. 아이들이 걱정되긴 하지만 더 이상 고민하지 말자.'

그동안 일부러 막아왔던 무형의 벽이 마음을 편안히 하자 결국 무너지고 말았다. 한 발짝만 걸쳐져 있던 것이 이젠 전체가 다 들어서게 된 것이다.

후화아아아아악!

빛이 일었다.

곁에 있던 네 아이들은 사부의 몸에서 눈부신, 그러면서도 마음을 포근히 해주는 그런 빛이 흘러나오자 다들 황홀한 표정을 지었다. 이런 일은 예전에도 가끔씩 있는 일이었지만 오늘은 이상하게도 다른 때보다 더욱 그 느낌이 좋았다.

너무나 신령스러운 그 느낌.

아이들은 사부가 내보이는 지금의 이 빛이 영원했으면 하는 그런 바람을 품었다.

쿠쿠쿠쿠쿠쿠쿠!

무슨 일인지 광장을 뚫고 나오고 있는 요왕이 찬란한 금빛을 내뿜고 있는 테이도의 모습을 보고는 갑자기 다급한 표정을 짓기 시작했다.

요왕은 지금 테이도에게서 일어나고 있는 현상이 무엇인지 알고 있었던 것이다.

지상선(地上仙).

지금 테이도는 지상선이라는 경지에 들어선 것이었다.

아무리 신이라 해도 이곳 중간계에서는 제대로 된 힘을 발휘하지 못한다. 그건 자신뿐만 아니라 다른 왕들도 마찬가지였다.

신은 천상계에 있어야지만 제대로 된 힘을 발휘할 수가 있는 것이다. 그에 반해 지상선이란 경지는 진정한 신에 비해 그 힘이 약하긴 하지만 중간계에 있어서 만큼은 최강의 힘을 발휘하는 준신이었다.

요왕은 더 늦기 전에 테이도를 공격하기로 마음먹었다.

현재 그의 몸은 허리까지 빠져나와 있었는데, 이제는 여섯 개의 팔 중 네 개를 사용할 수 있는 그런 상태였던 것이다.

사용할 수 있는 네 개의 팔 중 두 개가 들리며 회색빛을 띠는 그런 뇌전의 창이 두 대가 만들어졌다.

쩌저저저저적!

길이만 해도 무려 100여 미터에 이르는 거대한 창!

요왕은 바로 그 뇌전의 창을 테이도를 향해 날렸다.

슈아아아아아앙!

흠칫!

아이들은 갑자기 광장이 있던 곳에서부터 자신들로서는 막아낼 수 없는 그런 기운이 섬전처럼 다가오자 깜짝 놀랐다. 그리고 바로 그 순간에 맞추어 테이도는 감겨진 두 눈을 뜨고는 자신에게 날아오고 있는 거대한 뇌전의 창을 쳐냈다.

퉁, 투웅!

허무한 결과였다.

두 대의 창은 테이도의 가벼운 손길에 하늘 저 멀리로 날아가 버리고 말았다.

—지상선! 네놈이 감히 이 요왕과 대적하려느냐!

우르르르릉!

요왕에게서 천지를 진동시키는 그런 정신감응이 터져 나왔다.

테이도는 요왕의 정신감응에 머리가 지끈거림을 느끼고는 잠깐 한 손으로 머리를 눌러주고는 비웃는 듯한 말을 꺼냈다.

"미친놈, 지가 먼저 공격하고는 오히려 화를 내네. 저런 새끼가 신이라고 거들먹거리다니……."

씨익.

갑자기 테이도가 흐뭇한 미소를 짓는다.

'헤헤헤, 다행이다. 무형의 경지에 들어서면 다른 세계로 갈 줄 알았는데 그게 아니었으니.'

마음이 한결 편해진 테이도.

그는 비로소 모든 걸 알게 되었다.

이 세계의 비밀을, 그리고 삼라귀원선법의 무형의 경지와 이단공인 신통(神通)이 무엇을 의미하는지를.

무형이라는 길에 들어서자 모든 걸 알게 된 것이다.

후드드드드득.

어느새 요왕이 자욱한 먼지와 함께 자신의 하반신을 서서히 드러내기 시작했다.

"안 돼지, 안 돼! 상대가 완전한 힘을 갖추지 못했을 때 공격하는 게 내 주특기인데……."

테이도는 놈이 광장에서 완전히 빠져나오기 전에 제압하기 위해 눈앞에서 알짱거리고 있는 네 아이들을 비켜서게 했다.

"야야야! 비켜봐!"

이제 다급해진 것은 요왕이었다.

요왕은 아무래도 안 되겠는지 이번엔 여섯 개의 팔 모두를 들어 올려 자신의 권능을 일으키려 했다.

하지만 바로 그 순간 테이도는 세인아에게서 받은 불존주를 요왕을 향해 날렸다.

"삼십육광휘불(三十六光輝佛)!"

화아아아아악!

눈부신 빛이 일었다.

그건 사악한 힘은 절대로 용서치 않는 성스러운 빛이었다.

지상에 있던 시민들과 마법사, 검사들, 그리고 테이도의 곁에 있던 아이들은 놀라운 눈빛을 내보인 채 하늘에 떠 있는 별들을 지켜보았다.

서른여섯 개의 성스러운 별.

―크아아아아악! 이 비겁한 놈!

요왕의 절규에 찬 정신감응이 테이도에게 흘러들어 갔다.

"미친놈! 죽기 살기로 싸우는데 비겁이 어디 있다고. 저런 게 신이라니 한심하구나."

서른여섯 개의 별은 특이한 결계를 이루며 지상에 있는 요왕을 감싸기 시작했다.

샤라라라랑.

몸통만 300여 미터에 이르는 그런 엄청난 크기였지만 삼십육광휘불의 빛은 요왕을 완전히 집어삼키며 자신의 힘을 온전히 발휘하기 시작했다.

우우우우우웅!

요왕은 몸부림을 치며 결계에서 벗어나려고 했지만 전혀 소용 없는 일이었다. 이건 불성이 창안한 그런 삼십육광휘불의 초식이 절대로 아니었다.

테이도는 불성의 절기를 자신의 힘과 합쳐 전혀 다른 의미의 신을 봉인할 수 있는 그런 결계로 만든 것이었다.

이건 그의 정신의 힘이 깃들여져 있는 것이어서 앞으로 그의 힘보다 더 강한 자가 나타나지 않는 이상은 절대로 풀 수 없는 그런 봉인술이라 할 수 있는 것이었다.

"그만 사라져, 이 새끼야!"

테이도는 악착같이 버티고 있는 요왕에게 욕설을 내뱉으며 자신의 힘을 극한으로 내뿜었다.

—크아악! 내가… 내가 또다시 봉인당해야 하다니…….

샤라라라라라랑!

서서히 빛 속으로 사라지는 요왕.

스팟—!

잠시 후. 그의 모습은 장내에서 자취를 감추고 말았다.

수만 년을 어두운 공간 속에 갇혀 있다 이제야 간신히 풀려날 기회를 얻었던 요왕은 다시 테이도에게 봉인되어 허무하게 사라지고 만 것이었다.

살아남은 시민들은 모두들 조용히 서 있었다.

어느새 지상을 어지럽히고 있던 괴물들은 모두 죽은 듯 쓰러져 있었다.

다들 믿을 수 없다는 그런 표정과 함께 방금 전까지 메이지시에 일어났던 꿈같은 일들을 되새기고 있는 시민들.

스윽.

테이도는 고개를 돌려 절대결계 속에 갇혀 있는 제사장을 바라보았다.

'짜식, 죽을상을 하고 있구먼.'

어느새 수천 개로 나뉘어 있던 몸을 하나로 만든 제사장.

그는 눈을 감고 있었다.

그것은 마치 자신은 더 이상은 살 의미가 없으니 어서 죽이라고 하는 모습 같았다. 그리고 실제로도 제사장은 조용히 테이도가 자신의 숨을 끊어주길 바라고 있었다.

하지만 테이도는 그를 죽일 생각이 전혀 없었다.

죽여선 안 되는 일이었다.

"하아아, 제기랄! 내가 이 세계로 온 것이 균형 때문이라

니. 저놈을 죽이면 또 다른 무언가가 나타나 균형을 맞추어야
하니……."

고개를 살래살래 내젓는 테이도다.

그는 삼라귀원선법이 천의(天意)의 일단공인 무형에 이르
자 지상선이라는 이상한 경지에 이르고 말았다. 원래 선도에
서는 반선에 경지에 오르고 나면 그 다음은 신선이나 마선의
경지로 가야 하는데 삼라귀원선법은 특이하게도 그 중간의
과정이 하나가 더 있었던 것이다.

어쨌든 테이도는 자신이 지상선의 경지에 이르게 되자 이
제 세상의 법칙을 어느 정도 알게 되었는데, 그중 하나가 바
로 자신이 서 있는 이 세계가 원래 그가 있던 세계가 아니라
는 데 있었다.

차원 이동이었다.

이곳 세계에 오래전에 균형이 깨지는 그런 일이 발생하여
그가 이곳으로 넘어와 새로운 균형의 추가된 것이었다.

신족, 마족, 요족, 용족. 정령족.

태초에 우주의 거대한 의지는 이들 다섯 종족을 만들어 세
상의 균형을 맞추었었다. 그런데 그만 중간계에 있던 용족이
천상계의 요족에 의해 멸망하는 바람에 어쩔 수 없이 새로운
강력한 힘을 가진 그런 종족을 찾게 된 것이었고, 그 상대로
테이도가 지목되었던 것이다.

이 같은 일은 아주 오랜 시간 지극히 자연스럽게 진행되어

온 것이었다.

한데 여기서 만일 테이도가 균형의 한 추인 요족을 멸족시
키면 세상은 또다시 다른 어느 누군가를 이 세계로 데려와 균
형을 맞출 수밖에 없는 일이었다.

그것이 이 세계를 만든 우주의 의지이자 법칙이었다.

'저놈을 죽일 수는 없으니 일단 나의 권능이라 할 수 있는
공간의 틈에 저놈을 가둬둬야겠어. 그다음에 나중에 내가 이
단공인 신통의 경지에 이르러 새로운 세계를 만들 수 있게 되
면 그때 저놈을 풀어주는 거야.'

테이도는 속으로 제사장의 처리를 생각하고는 곧 시선을
돌려 아이들을 바라보았다.

초롱초롱한 눈빛들.

아이들은 모두 사부를 존경스럽다는 그런 눈빛을 내보이
고 있었다.

"와아아, 사부! 방금 전의 그것은 정말 끝내주는 장면이었
어요. 최고, 최고예요!"

"역시 사부님이십니다."

"헤헤, 나는 사부가 처음부터 그 괴물 놈을 그렇게 쉽게 꺾
으실 줄 알았어요."

"정말 어떻게 말로 설명할 수 없을 만큼 감동적이었어
요."

아이들은 서로 지기 싫은지 한마디씩 말을 꺼내며 사부를

칭찬하기 바빴다.

씨익.

테이도는 아이들의 칭찬이 그리 싫지 않은지 입가에 환한 미소를 담았다. 좀 전까지만 해도 무형의 경지에 이르면 이 믿고도 사랑스러운 제자들의 곁을 떠나야 하는 게 아닐까 하는 걱정을 했었는데 앞으로 당분간은 그런 걱정을 하지 않아도 돼 그의 마음은 편안해졌다.

"헤헤헤, 짜식들."

슥슥.

테이도는 아이들의 해맑은 미소가 너무나 예뻐 보여 하나씩 녀석들의 머리를 쓰다듬어 주었다. 그리곤 지상을 내려다보며 말했다.

"그럼 이제 그만 떠나자. 저 지상에서 우리를 바라보고 있는 눈들이 너무 많아 부담스러우니 말이다."

네 아이는 사부가 자신들의 머리를 쓰다듬어 주며 환한 웃음을 보여주자 다들 큰 소리로 대답했다.

"예, 좋아요, 사부!"

"알겠습니다, 사부님!"

잠시 후. 그들은 사라졌고, 지상에 살아남은 사람들에게선 커다란 함성이 터져 나왔다.

그들은 알고 있었던 것이다.

이제 이곳 드레듀스 섬은 살기 좋은 그런 곳으로 바뀌었음을 말이다.

"와아아아아! 만세!"

"무신들이여, 영원하라! 만세, 만세!"

Epilogue

어느 날부터인지 드레듀스 섬에는 더 이상 회색빛 하늘을 볼 수 없게 되었다. 대신 푸른빛의 창공이 나타나 세상 사람들을 놀라게 했는데, 사람들은 태어나 처음으로 보는 그 푸른 하늘에 다들 감동하여 한동안 아무 일도 못하고 하늘만을 쳐다보게 되었다.

또한 드레듀스 섬에는 더 이상 붉은 달도 떠오르지 않게 되었다. 삼 개월마다 있었던 그 살육의 밤이 이제 더 이상 나타나지 않게 된 것이다.

네 명의 무신들.

드레듀스 섬에 살고 있는 사람 모두는 세상이 이처럼 살기 좋게 변한 것은 그 네 명의 무신 때문이라고 생각했다.

광휘의 성신, 암흑의 전신, 태양의 화신, 생멸의 여신.

앞으로 드레듀스 섬의 역사는 이들 네 명의 무신을 영원히 기억할 것이다.

영원히……

요족들의 성전.

테이도는 모든 일을 끝마치고 이제 클로무스 대륙으로 떠날 채비를 하고 있었다.

그곳 대륙에 있는 요왕의 법보를 회수해야만 했다.

드레듀스 섬의 결계는 사라졌지만 클로무스 대륙에 있는 회색빛 악몽은 여전하기 때문에 더 이상 이곳으로 사람들이 공간이동을 할 수 없게끔 해야 했던 것이다.

스윽.

테이도는 여러 가지 물건을 아공간에 바쁘게 집어넣다가 잠시 고개를 들어 하늘을 바라보았다.

"흐음, 날씨 한번 좋군."

대전의 천장이 사라진 그곳엔 맑은 하늘에 흰 구름이 두둥실 떠다니고 있는 게 보였다.

그는 지난 며칠간 드레듀스 섬에 인연이 닿았던 곳은 한 차례씩 모두 돌아다녀 보아야 했다.

메이지 시는 물론 가기 싫은 테이도 시에도 들러 파구스 시장과 대주를 비롯한 그의 친구들에게 드레듀스 섬에 펼쳐진 결계가 사라졌으니 이젠 자유로이 바다 밖으로 나갈 수 있게 되었다고 설명해 주어야 했던 것이다.

당연히 모두들 기뻐하고 환호했다.

왠지 그동안 드레듀스 섬에 살면서 '갇혀 있다' 는 생각이 머릿속에서 떠나질 않았는데 이제는 자유로이 나갈 수가 있다고 하니 그건 당연한 일인 것이다.

저벅저벅.

그때 지난 며칠간의 일을 떠올리고 있던 테이도 앞으로 세인아가 다가왔다. 한데 무슨 일인지 아이의 얼굴엔 어떤 불만에 찬 표정이 스며있었다.

세인아는 물었다.

"사부!"

"왜?"

"근데 그건 왜 아직까지 안 주시는 거예요?"

고개를 갸웃거리는 테이도.

"뭘 말이냐?"

"제 독문병기인 불존주 말이에요."

그랬다. 세인아의 얼굴 표정이 왜 그렇게 불만에 차 있는지 이제야 알 수 있었다. 그날 사부인 테이도에게 전해준 불존주를 세인아는 아직까지 돌려받지 못하고 있었던 것이다.

테이도는 아이의 말에 이제야 생각났다는 듯이 미안한 말투로 대답했다.

"아아, 맞다, 그거. 근데 그거 이제 나한테 없는데……."

세인아는 이해를 못하겠다는 듯이 되물었다.

"왜요?"

"너도 알잖니. 그날 요왕을 봉인하느라고 네 불존주를 써 버렸잖아. 당연히 네 불존주는 세상에 없는 거지."

그 순간 갑자기 세인아의 얼굴 표정이 급격히 어두워지며 울 듯한 목소리가 흘러나왔다.

"그, 그럼요?"

테이도는 세인아의 표정이 심상치 않자 이걸 어떻게 해야 할지 생각해 보았다. 생각해 보니 다른 아이들은 자신들의 최강 무공을 펼칠 독문병기를 가지고 있는데 세인아는 그렇지 못하지 않은가.

"에에… 그게… 지금은 곤란한데."

"훌쩍훌쩍. 그, 그럼 언제 주실 수 있는 건데요?"

서서히 눈가에 눈물이 고이기 시작하는 세인아.

아이는 터지기 직전의 화산처럼 크게 울 준비를 모두 끝마쳤다. 이제 사부인 테이도가 어떠한 말을 하느냐에 따라 세인아의 울음의 강도는 결정되어질 것이다.

'이런 씨부럴. 사라진 불존주를 어떻게 주냐고! 하지만 그렇다고 안 줄 수도 없고.'

테이도는 짧은 시간 동안 머리를 최대한 쥐어짜 이 일을 어떻게 해야 할지 생각해 보았다.

'제길, 할 수 없군. 마나석과 나의 원신금단의 힘으로 새로운 불존주를 만들어줄 수밖에.'

"훌쩍훌쩍."

결국 하나의 방도를 찾은 테이도는 울먹거리는 세인아의 머리를 쓰다듬으며 말했다.

"헤헤, 한 일주일 정도 있어야겠는데… 괜찮겠지, 세인아? 요왕을 봉인시키고 사라진 불존주가 다시 세상에 나오려면 원래부터 시간이 좀 걸리거든."

"훌쩍훌쩍. 워, 원래 그런 거였어요, 사부?"

"헤헤헤, 그래. 원래부터 그런 거야. 그리고 어쩌면 너의 그 불존주는 더욱 강한 파사의 기운을 지니고 나타날지 몰라."

세인아의 눈가에 핀 눈물이 빠르게 말라갔다.

"저, 정말이요, 사부?

"그럼, 그럼! 그러니 너는 일주일 뒤에 불존주가 다시 나타나 전보다 더욱 막강한 파사의 기운을 지니고 있더라도 이상하다고 생각하면 안 된다. 알았지?"

"예, 알겠어요, 사부!'

세인아는 사부의 말에 너무나 기분이 좋아 씩씩하게 대답했다. 테이도는 그런 세인아의 머리를 다시 한 번 쓰다듬어주며 말했다.

"자아, 그럼 이제 너도 빨리 떠날 준비를 하거라. 잠시 뒤에 꿈에 그리던 클로무스 대륙으로 출발할 테니까."

"예. 그럼 세인아는 제 방으로 가서 마저 준비하고 올게요."

"그래, 그래."

테이도는 웃는 낯으로 손짓을 하며 아이를 방으로 들여보낸 뒤 다시 빠르게 얼굴 표정을 구겼다.

정망 변화무쌍한 얼굴 표정이다.

부스럭부스럭.

"제기랄, 또다시 며칠 밤을 새야겠네. 하여간 편할 날이 없어요, 편할 날이……."

테이도는 아공간에 요족들이 수만 년에 걸쳐 모은 보물들을 쓸어 담으며 자신의 인생을 한탄했다.

제자라고 하는 것들이 툭하면 마법 무구나 마법 물품을 만들어 달라고 떼를 쓰니 골치가 아팠다.

그래도 한 가지 위안이라면 하이 엘프인 프로이가 자신의 말을 너무나 잘 따른다는 것이었다. 다른 녀석들처럼 사고도 치지 않고 얌전히 자신이 시키는 수련을 묵묵히 해내는 그런 녀석이었다.

"좋아, 다른 녀석들에게 줄 마법 물품을 모두 프로이에게 주자. 그리고 앞으로도 나한테 미운 짓을 하는 녀석들에게는 하나도 주지 않을 거야. 흐흐흐, 좋아, 좋아. 그렇게 하는 거야."

갑자기 음흉한 표정을 짓는 테이도.

그는 지금의 생각대로 하면 앞으로 아이들이 사고를 치지 않고 자신의 말을 잘 따를 것이란 그런 생각을 했다.

물론 그건 어디까지나 그의 생각이었다.

아이들은 어쨌거나 아이들이다.

아이가 사고를 치지 않으면 그건 이미 아이가 아닌 것이다.

그리고 지금은 모르고 있지만 테이도는 앞으로 아이들의 사고치는 모습을 더욱 자주 볼 수 있을 터였다.

지금 그가 가고자 하는 클로무스 대륙.

그곳은 아이들이 그의 속을 썩이게 하는 데에는 최적의 장소였던 것이다.

『테이도의 모험』 5권 終

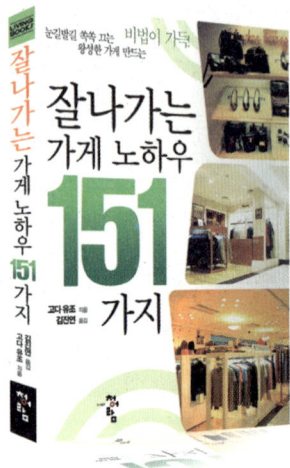

초등학생이 반드시 읽어야 할 좋은 책 49권

각 학년별로 초등학생이 반드시 읽어야할 좋은 책을
선정하여 통합논술의 기본이 되는 '올바른 독서법'을
일깨워 줍니다.

교과서와
함께하는
초등학교 통합논술

초등1학년 / 값 12,000원 / 초등2학년 / 값 9,500원 / 초등3학년 / 값 11,000원 / 초등4학년 / 값 9,500원 / 초등5학년 / 값 9,500원 / 초등6학년 / 값 11,000원

♣ 혼자 할 수 있어요.
엄마가 책 읽는 방법을 가르쳐 주어도 좋아요.
독서지도하는 선생님이 가르쳐 주어도 좋답니다.
"초등 교과서와 함께하는 **통합논술 시리즈**"는
아이 스스로 독서할 수 있도록 꾸며진 책이에요.
엄마와 선생님은 요령만 가르쳐 주시면 된답니다.

♣ 교과서의 중요한 내용이 총정리되어 있어요.
각 학년별로 중요한 교과 내용이 함께 수록되어 있어요.
초등학생은 교과서 내용을 충실하게 공부해야 합니다.
아울러 그와 병행한 독서가 대단히 중요하지요.
"초등 교과서와 함께하는 **통합논술 시리즈**"는
두 가지 방법 모두 알려준답니다.

♣ 이 책은 훌륭하신 선생님들이 함께 쓰신 책이랍니다.
동화작가 선생님들이 쓰셨어요. 소설가 선생님도 쓰셨답니다.
국어 논술독서지도 선생님들도 함께 쓰셨지요.
"초등 교과서와 함께하는 **통합논술 시리즈**"는
엄마의 마음으로 모든 선생님들이 함께 꾸민 책이랍니다.